杨庆祥 主编
新坐标

夜宴

刘汀 著

徐刚 编

江苏凤凰文艺出版社

图书在版编目（ＣＩＰ）数据

夜宴 / 刘汀著；徐刚编. — 南京：江苏凤凰文艺出版社，2023.9
 ISBN 978-7-5594-6395-1

Ⅰ.①夜… Ⅱ.①刘… ②徐… Ⅲ.①中国文学-当代文学-作品综合集 Ⅳ.①I217.1

中国版本图书馆CIP数据核字(2021)第258980号

夜　宴

刘　汀著　徐　刚编

出 版 人　张在健
责任编辑　李　黎　项雷达
特约编辑　王　怡　郭　幸
责任印制　刘　巍
出版发行　江苏凤凰文艺出版社
　　　　　南京市中央路165号，邮编：210009
网　　址　http://www.jswenyi.com
印　　刷　苏州市越洋印刷有限公司
开　　本　880毫米×1230毫米　1/32
印　　张　8
字　　数　200千字
版　　次　2023年9月第1版
印　　次　2023年9月第1次印刷
书　　号　ISBN 978-7-5594-6395-1
定　　价　56.00元

江苏凤凰文艺版图书凡印刷、装订错误，可向出版社调换，联系电话 025-83280257

新时代，新文学，新坐标

杨庆祥

编一套青年世代作家的书系，是这几年我的一个愿望。这里的青年世代，一方面是受到了阿甘本著名的"同时代性"概念的影响，但在另外一方面，却又是非常现实而具体的所指。总体来说，这套"新坐标"书系里的"青年世代"指的是那些在我们的时代创造出了独有的美学景观和艺术形式，并呈现出当下时代精神症候的作家。新坐标者，即新时代、新文学、新经典之涵义也。

这些作家以出生于1970年代、1980年代为主。在最初的遴选中，几位出生于1960年代中后期的作家也曾被列入，后来为了保持整套书系的"一致性"，只好忍痛割爱。至于出生于1990年代的作家，虽然有个别的出色者，但我个人认为整体上的风貌还需要等待一段时间，那就只有等后来的有心人再续学缘。

这些入选的作家都是我们这个时代的新青年。鲁迅在1935年曾编定《新文学大系小说二集》，并写有长篇序言，其目的是彰显"白话小说"的实力，以抵抗流行的通俗文学和守旧的文言文学。我主编这套"新坐标书系"当然不敢媲美前贤，但却又有相似的发愿。出生于1970年代以后的这些作家，年龄长者，已经50多岁，而创作时间较长者，亦有近30年。他们不仅创作了大量风格各异、艺术水平极高的作品，同时，他们的写作行为和写作姿态，也曾成为种种文化现象，在精神美学和社会实践的层面均提供着足够重要的范本。遗憾的是，因为某种阅读和研究的惯性，以及话语模式的滞后，对这些作家的相关研究一直处于一种"初级阶段"。具体来说表现在以下几个方面。第一，单个作家作品的研究比较多，整体性的研究相对少见；第二，具体作品的印象式批评较多，深入的学理研究较少；第三，套用相关的理论模式比较多，具有原创性的理论模式较少；第四，作家作品与社会历史的机械性比对较多，历史的审美的有机性研究较少；第五，为了展开上述有效深入研究的相关史料的搜集、整理和归纳阙失。这最后一点，是最基础的工作，而"新坐标书系"的编纂，正是从这最基础的部分做起，唯有如此一点一点地建设，才能逐渐呈现这"同代人"的面貌。

埃斯卡皮在《文学社会学》里特别强调研究和教学对于文学"经典化"的重要推动。在他看来，如果一部作品在出版 20 年后依然被阅读、研究和传播，这部作品就可以称得上是经典化了——这当然是现代语境中"短时段经典"的标准。但是毫无疑问，大学的教学、相关的硕博论文选题、学科化的知识处理，即使是在全（自）媒体时代依然发挥着不可替代的历史化功能。编纂这部书系的一个初衷，就是希望能够为大学和相关研究机构的从业者提供一个相对全面的选本，使得他们研究的注意力稍微下移，关注更年青世代的写作并对之进行综合性的处理。当然，更迫切的需要，还是原创性理论的创造。"五四一代"借助启蒙和国民性理论，"十七年"文学借助"社会主义新人"理论，"新时期文学"借助"现代化"理论，比较自洽地完成了自我的经典化和历史化。那么，这一代人的写作需要放在何种理论框架里来解释和丰富呢？这是这套书系的一个提问，它召唤着回答——也许这是一个"世纪的问答"。

书系单人单卷，我担任总主编，各卷另设编者。需要特别说明的是，所有的编者都是出生于 1980 年代以后的青年评论家、文学博士。这是我有意为之,从文化的认领来说,我是一个"五四之子",我更热爱和信任青年——即使终有一天他们会将我排斥在外。

书系的体例稍做说明。每卷由五部分组成:第一,代表作品选。所选作品由编者和作者商定,大概来说是展示该作者的写作史,故亦不回避少作。长篇作品一般节选或者存目。第二,评论选。优选同代评论家的评论,也不回避其他代际评论家的优秀之作。但由于篇幅所限,这一部分只能是挂一漏万。第三,创作谈和自述。作家自述创作,以生动形象取胜。第四,访谈。以每一卷的编者与作者的对话为主体,有其他特别好的访谈对话亦收入。第五,创作年表。以翔实为要旨。

编纂这样一套大型书系殊非易事。整个编纂过程得到了各位编者、作者和江苏凤凰文艺出版社的大力支持,尤其是张在健社长和青年编辑李黎老师的大力支持!在此向付出辛苦劳动的各位同代人深表谢意。其中的错讹难免,也恳请读者和相关研究者批评指正。记得当初定下选题后,在人民大学人文楼的二楼会议室召开了第一次编委会,参会的诸君皆英姿勃发,意气风扬。时维夜深,尽欢而散。那一刻,似乎历史就在脚下。接下来繁杂的编务、琐屑的日常、无法捕捉的千头万绪……当虚无的深渊向我们凝视,诸位,"为什么由手写出的这些字/竟比这只手更长久,健壮?"生命的造物最后战胜了生命,这真是人类巨大的悖论(irony)呀。

不管如何,工作一直在进行。1949 年,作家路翎在日记中写道:"新的时代要浴着鲜血才能诞生,时间,在艰难地前进着。"而沈从文则自述心迹:"我不向南行,留下在这里,为孩子在新环境中成长。"70 年弹指一挥间,在这套"新坐标书系"即将付梓之际,我又想起苏联作家帕斯捷尔纳克的一首诗《哈姆雷特》:

喧嚷嘈杂之声已然沉寂,
此时此刻踏上生之舞台。

倚门倾听远方袅袅余音,
从中捕捉这一代的安排。

敢问,什么是我们这一代的安排?

是为序。

2019.2.16 于北京
2020.3.27 再改
2023.7.11 改定

目录

Part 1　作品选　001

午饭吃什么　003

换灵记　036

夜宴　055

秋收记　078

仓皇　097

Part 2　评论　175

小说之道和刘汀的创作　177

写作的船和风　185

一个经验主义者的小说人生——读刘汀　189

Part 3　创作谈   203

叙事泛滥时代的小说写作   205

新虚构：我所想象的小说可能性   211

Part 4　访谈   219

有关文学，我们能聊些什么——徐刚、刘汀对谈   221

Part 5　刘汀创作年表   240

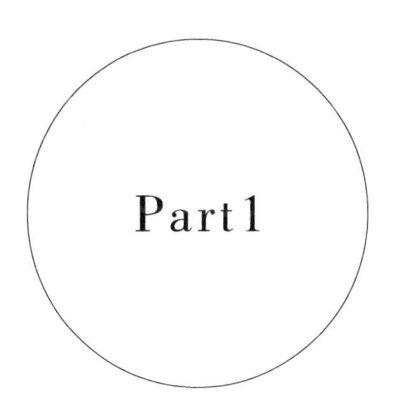

Part 1

作
品
选

午饭吃什么

我关了电脑,边往外走边扯着嗓子吼:"老洪,吃饭啦!"

老洪没回答,我知道他肯定又戴着耳机在网上看《康熙来了》。这个刚满四十岁的中年男人,和所有这个年龄段的男人一样,身材发福,啤酒肚始终让他老婆在给他买裤子时唏嘘很久。他白天唯一的娱乐,就是一遍又一遍地看台湾的综艺节目《康熙来了》,而且时时发出嘿嘿嘿嘿的笑声,有几次刚好被领导听见,还以为他在干什么见不得人的事儿。

我走进老洪的办公室,看到他果然戴着大耳机,因为到了午饭时间,他的嘿嘿嘿嘿就笑得很放肆,很有一种自由自在的感觉。我走到他工位旁,往电脑屏幕上一瞅,吃了一惊,那上面显示的竟然不是小S和蔡康永的脸,而是一摞QQ对话框,再细看对话框里的文字,说的竟然都是工作内容:报账,总结,开会,写材料……

我一把扯下他的耳机:吃饭了,你丫傻乐什么呢。

老洪看了一眼墙上的钟:又吃饭了?我这活还没干完呢。

老洪，你学坏了，一到饭点你就忙。

胡说八道，你没看我忙得恨不得用脚打字了。老洪很不满，还伸手过来抢耳机。

我冷笑一下。骗得了领导，还瞒得过我？我说呢，这段时间一到午饭时间你就巨忙，忙得废寝忘食，汗流浃背，一满屏的 QQ 对话框有个屁用，你也不看看连最晚的聊天记录都是十点半的了，忙个屁。

老洪笑了，你小点声，走吧，咱们去吃饭。

吃什么？我习惯性地问他。

老洪想了想，反问了一句：吃什么？我正要说话，老洪却突然吼了起来：我哪知道吃什么？不是你叫我吃饭吗？操，你说吃什么？

我很吃惊，想不明白老洪怎么会被这个最常见的问题激怒，以前我这么问的时候，老洪总能给出一个答案。我想了想，老洪发脾气也不是多意外的事。我知道老洪最近心情不好，家里老婆和他闹，据说是因为他十五年前上大学时见女网友的事儿；单位里上周又给领导点名批评了，老洪手写了三千多字的检查；而更严重的是前一段体检，老洪的前列腺出了点问题。谁都知道，对中年末路即将奔向老年的男人来说，前列腺的战斗就是前线的战斗，这是关系到生死存亡的大事。这事本来是老洪个人的秘密，只可惜被一不小心弄成了人尽皆知的秘密。老洪很不好意思，特别是在女同事面前，特别是在几个他平时最喜欢的年轻女同事面前。老洪人缘是很好的，见谁都笑眯眯，和颜悦色，平易近人，虽然老洪只是个本科毕业生，还是个外地不知名的小学校，但老洪通过自学会不少必要不必要的东西，比如修个电灯，再比如装点盗版软件什么的。经常有女同事敲门：老洪呀，我电脑老死机，你帮我看看咋回事？老洪立马放下手头的活，颠着屁股跑过去，给她鼓捣好。女同事通常会笑眯眯地说，老洪你真能耐，我老公要是有你一半能干，我也不用这么累了。老洪也笑眯眯地说：我能干吗？嘿嘿，一般一般，世界第三。女同事从抽屉里掏出几块糕点，说老洪你吃你吃，谢谢你帮忙。老洪说哎呀手脏，然后从纸筒里抽出两张面巾纸，包着糕点回去了。这两块糕点，老洪通常会一点一点吃掉，就着娱乐节目，他能吃一个下午，吃得很幸福很满足。

但领导对此不太满意，几次在会上说：老洪，你这样不行，上班来，没什么特别的事，就老老实实在座位上，不要乱跑。我一上午到你那儿三回，三回你都不在，这不行，得有点纪律性。

老洪做出委屈状：领导，我昨个吃坏了东西，拉肚子，一上午就没离开茅坑。

领导说：放屁，我上完厕所才到你们屋的，我在厕所的时候，一个人都没有。

老洪就低下头了，小声嘟囔：那就不兴人家在五楼的厕所拉屎了？

我们单位在三楼，四楼的男厕坏了好几个月了。

我和老洪走出单位门口，天上的太阳一晃，人就有些眩晕。妈的，北京还有这么好的天，老洪说，你说人这玩意就是个贱，没有蓝天的时候盼蓝天，有了蓝天还嫌晃眼睛。咱们到底吃什么？刚才我问过老洪这个问题，他跟我发了点脾气，现在他又问我这个问题，这确实是个特别操蛋的问题，我也想发火，可想了想还是压住了。吃面去吧，我说。

操，这个点去，人忒多，跟蚂蚁窝似的。老洪搭了个手帘，挡着刺眼的阳光。

那就去食堂，吃了好几年，也不差这一顿，我说。

你丫就不能有点创意啊？昨天就吃的食堂，那白菜熬得太难吃了。

那你说去哪儿吃？创意个屁，天天绕一圈，还不就是那几个地方？

那就去吃面吧，老洪说。

我俩沿着马路，往那家山西面馆走，马路边上长着一排树，走到树下，老洪不再搭手帘了。这面馆每天中午火爆异常，全是拼桌，排号能排到好几百，不过话说回来，他们家面的口味还是可以的。大概一两周，我和老洪必定会来吃次面，这顿面有点像平庸的午饭里的小节日。假如说我们今天约定明天中午去吃面，或者约定随便哪一天中午去吃面，两个人就会整天沉浸在一种激动的情绪里。在食堂或者路边摊吃难以下咽的食物时，老洪就说：一想到明天中午去吃面，我就心情激动。我也是，我说，感觉胃肠蠕动都加速了。这顿饭就这么就着美好的理想吃了下去，到了第二天，很可能因为什么原因没去成，然后只好约下一次。偶尔下定决心去了，排号，抢桌子，点单，吃饭，然后拍屁股走人，可能在店里连二十分钟都坐不了，不管吃的时候多畅快，可一出店门，老洪就会说：妈的，吃个饭跟打仗似的,我都记不得吃什么了。

面馆里像煮沸的火锅,咕咕嘟嘟,一人捧着一大碗面哧溜哧溜地往嘴里吃,服务员扯着嗓子喊,8号两位,到这边来。我和老洪跟着服务员坐下,旁边是一男一女,女的很壮,男的瘦小。我和老洪等得心烦,老洪冲我挤挤眼,我知道他又要故伎重施了:每次吃午饭,等饭菜上来的时候,我和老洪都要假装若无其事地偷听旁边的人说话。听完了,过后我们还会讨论细节。我们听见一男一女这么说着。

壮女人:吃个饭,挤死,也不知道北京怎么就这么多人。

瘦男人:常住人口就好几千万呢,人当然多。

壮女人:我说不来不来你不干,非要吃面,有啥好的。

瘦男人:我就喜欢吃面,小时候我们家顿顿吃面,吃面养胃,吃米伤胃。

壮女人:给你妈买火车票了吗?赶紧买去。

瘦男人:买了。

壮女人:回头把旧衣服给你妈装几件,好歹来一回北京。

瘦男人:不用,她也穿不着。

壮女人:怎么不用,拿两件,让我也尽尽儿媳妇的孝心。

瘦男人:媳妇你真好。

壮女人:对了,给我看看火车票。

男人不太情愿地拿出来:有啥看的。

这时候我和老洪的面来了,我俩要了三碗,一人一碗半,捧着面开心地吃，可耳朵也没闲着。

这时候壮女人突然尖叫起来，暴怒地吼了一声：这怎么回事？

我和老洪吓一跳，差点把脸栽到面碗里。

男人小心地说，没，没啥呀，就是车票么。

女人冷笑了一下：哼哼，没想到呀，我对你们这么好，你还和你妈合伙算计我。我不是让你买硬座吗，你竟然买了个卧铺，这得多花多少钱，胆子真够大的，敢抗旨了？

瘦男人：前几天给家里拖地，妈把腰闪了，我心想坐卧铺，好点。

壮女人：我可告诉你，自己想好了，要不是和我结婚，你现在户口还在老家呢，你能成北京人？做梦吧你。

瘦男人：那，那要不我把票退了，换乘硬座。

壮女人：换个屁，还得扣手续费，就这样吧，钱从你的零用钱里出，下不为例。

他们的面也上来了，男人把一碗面推到女人面前：老婆，你尝尝，他们家面条挺好的。

女人拿一双筷子，哧溜哧溜吃起面来：还行，吃个午饭跑这老远，图个什么呀？

我和老洪吃完了，旁边站着两人，恶狠狠地看着我俩，想让我们马上腾地方。

我和老洪就出来了，到门口，老洪突然回转身：他妈的，我要回去找那娘们，有这么对老人的吗？我得和她掰扯掰扯。

我赶紧拉住老洪，算了，老洪，你这身板，就别跟人叫板了，回头让人给你扔出来。

老洪似乎也并不是真要回去,我一拉,他就住了,嘴里说:我最看不惯这种人,穷横什么呀?还有那男的,窝囊。

我赶紧转移话题:老洪,你没觉得今天的面煮得有点轻吗?

老洪吧嗒一下嘴:没吃出来,每次都这样,吃完就忘了啥味了。

在路上走的时候,老洪已经彻底忘了那对男女。

阳光真好呀,老洪说,这要是找个洗脚城,叫上个小妞,做个足疗,爽死了。

老洪,你能不能有点追求啊?

我就这点追求,老洪说。

我不搭理他,两人就这么走着,过了一个十字路口,有一对长椅,通常吃碗面溜达回来,我和老洪都要在这坐会儿,扯扯闲篇。今天也不例外。

老洪坐在那儿,面容少有地严肃起来。

你说,咱们是不是活得特别失败?老洪说。

失败?当然了,不过满大街都是我们这样的人,也就没啥了,我说。

这大概也是我们经常聊的内容,我是个粗心的人,完全没注意老洪和往日有什么不同,直到这家伙呜呜呜地像孩子那样哭泣来。

我吓一跳,说:老洪,你怎么回事?这可是大街上呢。

兄弟,我心里头难受,堵得慌。

为什么呀?

为什么？因为我在思考人生。

不对呀老洪，你这个岁数这个地位早过了思考人生的年纪了，你应该是苟且偷生的时候了。

老洪说，你别不信，我这辈子，这还是第一次思考人生，这一思考不要紧，我忽然发现我活得像一堆狗屎，狗屎还能当肥料呢，我连狗屎都不如。

老洪，这又是你的不对了。你活得好好的，你老婆还没到更年期，你在单位里虽然不是一等一的员工，可也算是不可或缺的一分子，你儿子学习成绩没出过班级前三，你有车有房，还有几百集《康熙来了》可以看，这活得多好啊？你闲着没事思考什么人生？

老洪说，本来我也没思考，就这几天的事，都怪这午饭闹的。

老洪不哭了，可两眼红肿起来，我想这家伙完了，将来岁数大了肯定是个烂眼睛边子，整天流眼泪的模样，谁一说点当年啊、回忆啊、年轻时候啊的话，他红红的眼边子就能淌出眼泪来。但这是以后的事，现在才四十岁的老洪，你哭个什么劲儿呢？不得不说，老洪发生了我察觉不到的变化，因为他都开始思考人生了，而且思考得有点过分，可这他妈的关午饭什么事？

让我想不到的是，还真关午饭的事，而且我也不知不觉地参与了其中。按老洪的说法，一切源于上周三。那天中午，我们心血来潮，说面馆人太多，食堂饭太难吃，路边摊不卫生，就步行者往知春路那边走去，边走边寻摸着找家店吃午饭。从海淀黄庄往知春路去的路南边，每到中午的时候，就变成了热热闹闹的小吃半条街，炒鸡蛋米线米饭的，抱着泡沫盒子卖盒饭的，烙韭菜馅饼的，摊鸡蛋煎饼的，卖凉皮的，排了整整两百多米。附近楼里的小白领、打工仔蹲在花坛的边上或天桥底下，抱着盘子吃午饭。我们从这里走过，已经在这附近上了快十年班的老洪兴奋地叫着：我操，这儿哪来这么多吃的？我操，你看你看，那家伙吃得真香，我怎么没发现啊？我说，老洪，你要在这吃是怎么的？老洪吸了吸鼻子，说，不吃，我就看看，不过味真香，咱们好歹也是白领，哪儿能蹲马路牙子吃饭。我们继续往前走，老洪还在不停地说，真香，可能本来没那么香，可你看那些人吃得那叫香啊，还是他们好，午饭都能吃这么香甜。

然后我们经过一家重庆菜馆，我说进去吧，饿了，随便吃点。老洪说不去，重庆菜太辣，我这几天不方便。我说你有什么不方便的，你大姨爹来了？老洪皱皱眉头，差不多。我才想起来，一年前传说老洪长了痔疮，传得有鼻子有眼，说老洪有一天大便，一转头看见自己拉的屎是红色的。小胡说，这哈尔滨红肠，你中午吃什么了呀？老洪嘿嘿一笑，说没吃什么，今个中午哥们自己带饭了。小胡突然一惊，说，操，洪哥，不对呀，你这是痔疮流血了。老洪起初不信，后来大概是屁股无可遏制地疼了起来，吓得差点晕过去。老洪提着裤子跑了。后来的一次例会上，老洪义正词严地要求给男厕所安上隔断。领导不愿意，说一大群老爷们，拉屎撒尿，穷讲究什么呀。老洪说：老爷们也有隐私，你得尊重我们隐私。其他男同胞也附议，领导拗不过，只好找人把每个茅坑都用草纸板隔开。

关于老洪的痔疮，我在不同场合以正式或开玩笑的语气问过不下十次，老洪大都矢口否认，逼急了老洪就说："你狗崽队呀，打听这个干啥？你才痔疮呢，你们全家人都痔疮。"时间久了，老洪间接承认了自己大便干燥，但还是不承认有过痔疮。我和老洪聊天，大都是在午饭时间，老聊痔疮，也不是什么秀色可餐的事，很快也就翻了篇了。

重庆菜馆不去，川菜馆和湘菜馆自然也就不去了，然后我们沿着知春路分别路过了广东菜、东北菜和不少分不清是哪儿的菜的小馆子，这时候已经快到十二点半，按往常，我们已经吃完了午饭趴在桌子上打盹了，可每一家老洪都有意见，都不进去。我们的午饭遥遥无期。

我说，老洪，你到底怎么回事？咱能不能找个地方将就吃一下，我这都饿得前胸贴后背了，我请你，咱不 AA 行了吧。老洪说你急什么，这不得找合适的地方么，我又没说不吃，找到合适的地方，我请你都行。老洪说出这话来，我知道老洪不是成心毁了这顿午饭，老洪说请客，实在难得。这不是老洪小气，是老洪兜里很少有现钱，老洪去的地方必须可以刷卡，老洪所有的收入都是他老婆控制着，他老婆的意思是：你看，我给你信用卡，你到哪儿都能刷卡，多方便。在老洪家里，用信用卡考察信用的不是银行，是他老婆，他老婆每个月银行的对账单一出来，就打印一张，然后让老洪从 1 号起开始背诵自己刷卡消费的地点和金额，金额不能差出一块钱，地点更是一点也不能错了。但老洪还是会经常被老婆批评，因为老洪吃饭的店名常常和账单上的饭店名字对不上，比如你吃了顿肯德基，信用卡账单上可能写的是百盛。后来老洪学聪明了，消费完马上回来查隶属于哪个公司，背诵的时候一块给老婆听，也就顺理过关了。所以，如果哪天老洪说要请你，请珍惜机会，你应该比真的吃了老洪请还要感到高兴才是。一般情况下，老洪身上唯一的现金，就是午饭钱，这笔钱老洪珍若生命。这是他写了三十多页的午饭预算计划书才申请下来的。

我们就这么走过了大运村，过了北航南门，甚至过了学知桥。学知桥往东，路南，是西土城元大都遗址公园，没什么可看的遗物，但大约能类似一个公园，有几个土包似的山，有条四季浑浊的河，以及河上的桥。我们到了公园门口，已经腿脚发软了。

老洪，要折腾你折腾吧，我就算吃个煎饼也得吃了。我跟老洪说。

老洪也不答话，夹着屁股就往公园里窜，我一把拽住他：你干吗？抽风啊？

我去看看，老洪说。

看什么？这能有啥？我气得几乎想揍他，可就在我想用几句更难听的话来刺激他，好让他的胃回复蠕动，赶紧跟我去吃饭的时候，我看见老洪那张四十岁的脸上迸发出二十岁般的光彩，我吓了一跳。老洪，你怎么了？我摇了摇他肩膀。老洪微笑了一下。我更担心了，老洪，你不会是回光返照了吧？你别这样，你要死也到大街上去，这大中午的就咱俩在这，你死了我可脱不了干系！

老洪清醒过来，拉着我就往里面走：进去进去，进去看看。

我跟老洪走进西土城公园。以前来过几次，还是那样，没什么变化。那时候读书，一大早晨假装锻炼跑到这儿来，看着一群老太太打太极，另一群老人一边顺拐着大步流星地走，一边拍着自己的腹部，嘴里大声地嗬嗬嗬嗬喊着号子。可这时正当盛夏的中午，炎热，闷得人发慌，公园里基本没人。我被老洪拉进来，肚子里又饿，连口水也喝不到，心里除了烦躁就是烦躁。

老洪，你干吗？

老洪不回答我，看着眼前的树啊草啊土包啊，笑眯眯地说：真好，真好。

好什么？老洪，你不会精神出问题了吧？

老洪转过头，郑重其事地把脸凑到我眼前说：哥们，你知道吗？我对这地方太有感情了。

老洪告诉我，他读大学读研究生的七年时间里，经常来这。我这时才想起来，老洪就是在北航念的书，可已经过了十多年了，老洪，你不用这么强烈地抒发对读书生活的怀念了吧？老洪说，他那时候天天上网，和人网上聊天，终于有一天，老洪费尽九牛二虎之力终于把一个语言大学的网友忽悠出来见面了，见面地点就是这儿。老洪说，他为了给姑娘第一面就留下好感，特意从学校的流浪猫群里抓了一只很萌很瘦小的猫，还买了两根金锣火腿肠给它，抱着去了西土城。

老洪和语言大学妹子的见面很顺利，他们抱着小猫走遍了公园里的每一条小路，语言大学妹子一看见这只猫就稀罕不已，对一个充满爱心的老洪也就毫无戒备。妹子说：十三爷，没想到你这么温柔，我有男朋友，可是还是想见见你。老洪那时的网名叫洪兴十三爷，是看了香港的古惑仔片子《洪兴十三妹》改的。

后来呢？我问，你们不会就在这把事办了吧？

后来，老洪说，语言大学的妹子把猫抱走了，就再也没和他联系过，连她的QQ号也再没闪亮过。

这次掺杂着失败的成功见网友案例，让老洪消沉了半个月，但很快西土城公园又见证了他的第二次第三次网友见面。五年的时间里，老洪大概见过二十多个网友，其中也不乏一些有点变态的男人和更年期大妈，有一次老洪竟然见到了一个还不到十五岁的中学生，而且特开放，说是非要和一个成熟男人一夜风流，给青春留下点非同寻常的印记，老洪真是吓坏了，简直是狼奔豕突地逃走，差点掉在护城河里。

老洪说他现在后悔了，悔死了，肠子都悔青了。我问他后悔什么。老洪看了天上火热的太阳一眼，说什么都悔，最后悔的就是当初见了那么多女网友，也在公园林深叶茂的树林里走过，有时还是深夜十一二点空寂无人时走的，竟然一次艳情也没发生，甚至连嘴都没亲过，顶多上了一垒，拉拉手，搂了搂腰。

我说老洪，我他妈也后悔了，我后悔和你出来吃午饭，我后悔一直以来和你一起吃午饭，我甚至后悔当初应聘这家单位。

老洪说别打岔，你还年轻，你不懂，等你到了我这个年纪，你就明白了。

这儿留下我多少足迹呀，老洪感慨道，那时候我真年轻，网友们也真年轻，水，嫩，就跟五六月份摘下来的青玉米似的，一咬一嘴甜滋滋，你说我要是和其中的一个，哪怕就一个好上了，我现在的生活是不是也不至于这样了？

你现在不是活得挺好的吗？我说。

好个屁，老洪不屑地说，要是好的话，我们能连午饭吃什么都不知道吗？能跑到这儿来悲春思秋地瞎逛吗？

你丫就是闲得蛋疼，老洪，可以了，赶紧跟我回去，咱俩就去吃个麦当劳，管他什么垃圾食品不垃圾食品的，午饭嘛，就是个形式，只要你能把形式走完，一切就都OK。

老洪不知道又想起了第几个网友，嘴里嘟囔着恨不相逢少年时，恨不相逢少年时。

下午三点的时候，我去老洪办公室拿一个文件，看见老洪戴着耳机，嘴里叼着半个老婆饼，正对着电脑屏幕嘿嘿傻乐，屏幕上小S正做出各种姿态。

老洪，你不悲春思秋了？

老洪看了看我，咬了一下老婆饼，说：小S真他妈逗，你说世界上怎么还有这样女的？哪个男的敢娶了她？

咋的？你对她感兴趣？人家孩子都好几个了。

我感兴趣有个屁用，嘿嘿。老洪很神奇地继续叼着老婆饼，还能清晰地说完一句话。

老洪，你上班时间明目张胆看综艺节目，还是台湾地区的，你就不怕被领导撞见？

老洪摘了耳机，说，滚。

我回到座位上，忽然想起了老洪中午在西土城公园时的样子，我发现老洪的身体里还藏着另一个老洪，这也不算什么奇怪的事，大概每个人心里都藏着另一个自己。可是，我忽然觉得老洪当时的眼神青涩纯真，老洪如果年轻十岁，很可能就是那个站在快男或者中国好声音舞台上，鼻涕一把泪一把地说"我有一个梦想"的人。

所以说，他这人完全是身在福中不知福，他现在拥有的一切都正是我梦想的，而老洪竟然坐拥幸福生活却心怀不满，还幻想着回到见网友的年轻时代，老洪，你他妈的太过分了。不说别的，就是晚饭这事，老洪就比我幸福多了。人生最焦虑的固然是午饭吃些什么，但晚饭吃什么也同样是个烦恼。毕竟老洪的老婆是全职家庭主妇，他只要一回到家，他老婆就会把热腾腾的饭菜端出来，老洪不但可以吃，甚至还可以敲着桌子表达不满，盐放多了，火大了——这是老洪唯一能行使权力的机会。也就是说，在这个层面上，老洪已经上升到完全不用考虑晚饭吃什么，而是着重考虑好不好吃的地步了。而我是最苦大仇深的群体，他们说人生最重要的三个问题是，我是谁，我从哪儿来，我到哪儿去。我得说这是扯淡，对我来说，三个问题是：早饭吃什么，午饭吃什么，晚饭吃什么。或者说，这完全就是一个问题，吃什么，再简单点就是吃的问题。可又不是吃的问题，作为一个硕士毕业已经工作五年的屌丝凤凰男，单身状态，与别人合租，我已经在绝对意义上解决了吃不起饭的问题，我面对的永远是吃什么的问题。

有一段时间，晚上下班后，我会沿着下班的路线一家一家地吃回去，不管好吃不好吃，不管便宜还是贵，就是一家挨一家地吃。这的确很大程度解决了我晚上吃什么的问题，但这条街总有吃完的时候，怎么办呢？难道我再轮一圈？我开始认真听取单位的妇女们想给我介绍对象的想法了，我在想，如果我有个女朋友，晚上吃什么的问题就不再是我一个人的问题，而变成了两个人的问题，甚至也就是她的问题了。这多好。甚至，我还按照她们的安排相了几次亲，但我特别讨厌相亲，因为相亲就得请女方吃饭，而请女方吃饭就得同样面对吃什么这个问题。这时候面对这个问题，比我一个人面对晚饭吃什么或者我和老洪两个人面对午饭吃什么，还要痛苦得多，你不但要考虑餐厅的地点、价位，还得考虑女孩子的习性和喜好。三次相亲里，有两次女孩条件都不错，人能看，也没提什么必须马上有车有房之类的变态要求，可我一整个晚上都在为我选的餐厅买单，为了把气氛搞得浪漫点，我选了一家西餐厅。可这姑娘对西餐完全不感冒，对着牛排沙拉说了三个小时卤煮火烧，临末了，姑娘抱了我一下，说：你这人不错，可我就担心咱俩将来吃不到一块去。我想解释自己也很喜欢卤煮火烧，但她已经上了公交车，也没从窗户里向我挥手。

老洪，你真是梦里不知身是客啊。

第二天一大早，老洪就跑到我办公室来：我靠，我靠，你看到了没，看到了没。

弄得我摸不着头脑：看到什么？马路上又追尾了？还是网上又出艳照门了？

老洪激动得不行，说：不是啊，楼下，就在楼下。我趴在窗户上往外看，可惜因为角度的问题，我只能看见楼下停着的各色汽车。

老洪说：操，小李子在楼下呢。

我笑了,楼下就楼下,有什么大不了的,他虽然辞了职,也不是不能回来呀。

老洪急了,说我跟你丫说不明白,你跟我下去看。

我下去才知道坏了,小李子真回来了,而且大有一副扎根于此,还要大有作为的架势。小李子是我们的前同事,三年前辞职去了一家央企,他走的时候,老洪差点哭断气,老洪始终苦苦哀求小李子:小李子,你把我也带去吧,我不想在这干了。

小李子乐了,洪哥,这又不是商店促销,买一送一。

老洪之所以对小李子的单位这么垂涎,是因为小李子吐露,他们单位有一个超级牛逼的食堂,每天中午自助餐几十样菜,只要十块钱。老洪听到这个消息,差点疯掉。

小李子走之前,一直是我们三个一起吃午饭的。三个人一起吃午饭,有点像三个和尚挑水吃,结果是每一次午饭都吃到很晚。我们三个很民主地各自提一个地方,然后举手表决,麻烦就麻烦在这,每次其中一个人提一个地方,另两个总有一个会提出反对,然后换个人提地方,结果还是一样。后来老洪生气了,老洪愤愤地说:看看,看看,三个人搞民主,搞到最后连去哪儿吃午饭都决定不了,狗屁,我看这样咱们仨一人一天轮流提,不许反对,提哪儿去哪儿。我和小李子商量了一下,似乎也只有这个办法最好,就按照执行。

那段日子,是我们整个职业生涯里午时心理压力最小的时期,因为一周你至少有两天时间完全不用考虑中午吃什么,这个难题交给别人考虑。但是后来矛盾还是来了,矛盾不是生在这个轮流坐庄的机制有问题,而是来自坐庄的人要去的地方,比如小李子这个人,人虽然才三十多，可胃病也三十多年了，吃不了凉的，吃不了辣的，吃不了油大的，而且极其顽固地认准一家小馆子的几道菜，可以几个月都吃同样的。长此以往，老洪受不了了，老洪虽然是东北人，可老洪在北京这么多年以后，已经无辣不欢了。为这个，老洪和小李子吵过一架，也不算吵架，顶多算拌嘴，因为不可能有人和小李子吵起来。小李子是最爱讲道理的人，甭管什么情况，他都会慢条斯理地说：你看，事情其实是这样的，第一……第二……第三……。小李子能因为去了一家饭店而讲出二十多条理由来，不但老洪听烦了，我也听烦了，可老洪听烦了归听烦了，他若是大吼一声，把小李子镇住，那事情就简单了，可老洪偏偏是个拧巴人。你不是跟我讲道理吗？好，那就讲道理，你讲二十条，我就讲三十条。老洪讲三十条也不要紧，要紧的是老洪根本讲不出三十条来，老洪能讲出三条来已经气喘吁吁了。他们俩折腾这一回，已经快下午上班了，我们只能买一份薯条汉堡，匆匆啃了继续干活。

而如今这个小李子又回来了。

是这样，我们每个人的一生中都会经过无数个煎饼馃子或鸡蛋灌饼摊子，还会和那么几个老板成为熟人，他一看见你就知道你要不要加个鸡蛋，放多少辣酱。但这个不一样，这个看起来连炉子都很新鲜的摊子是前同事小李子开的，而且就开在单位门口。这确实是个黄金宝地，四通八达，人流量很大，而且附近多的是写字楼，每天一大早从公交车地铁站和私家车里走下来的都市白领们都睁着蒙眬睡眼走到摊子前，来点什么。

小李子，你的人生走到大部分人的前面了，而这让老洪愤怒不已。

小李子几年前辞职时老洪就愤怒过，因为老洪一直以为自己在这儿是大材小用杀鸡用了牛刀，老洪幻想着有一天猎头公司的人打来电话：老洪吗，有个大企业相中你了，想请你去做副总啊。这事老洪和谁都说，甚至有一次喝多了搂着领导的脖子还说过这话，当然老洪还没傻到这个地步，他说完上面那段话之后脊背一凉，赶紧补充道：我跟猎头公司的人说了，我老洪，生是单位的人，死是单位的死人，别说是副总，就是让我当总裁，我也不去。领导喝得也有点多，领导说：老洪，人往高处走水往低处流，你要走我也不拦你。老洪吓坏了，一仰脖子又喝了半瓶酒，咣当一声就倒在地上人事不知。第二天，老洪见人就道歉：哎呀，昨天喝大了，兄弟没说啥不靠谱的话吧？别往心里去，别往心里去。连老洪最担心的领导那儿，这事竟然变成了好事，领导有一次在会上说：老洪吗，人虽然年纪大了点，思想有点落伍，但就这点好，忠心，忠诚耿耿，连肠子都是红的。老洪红着脸，也不知道是该当夸好还是当骂好。

老洪没走成，可小李子一扭身走了，还去了国企，待遇赛过公务员。老洪刚刚从难过于自己晚了小李子一步缓过神来，小李子竟然把工作辞了支起了煎饼摊子。老洪更生气了。因为这个主意最早完全是老洪提出来的，在我们三个吃午饭的时候，老洪不但提出了煎饼摊子的设想，他还提出了麻辣烫、掉渣饼、水果车、成都小吃、快递公司等等设想。不擅算账的老洪给我们算过账，案例是麻辣烫摊子，老洪说：你们算算，麻辣烫一串五毛钱，我们一天卖一万串，就是五千块钱，刨去两千块成本，咱们三人一天还一千块钱呢，一个月就是三万，三万呀，咱们现在上班一年才三万。老洪说着说着就有点激动，我和小李子也有点激动，但我们更关心今天中午的午饭怎么样，因为在老洪算账的间隙，我俩一直在讨论小豆面馆里的面到底算北方面还是南方面，我觉得是南方面，小李子说是北方面。老洪很生气地说：你们俩一辈子就配在这儿吃面。我不幸让老洪说中了，可人家小李子步步都走在老洪的前面。

好吧，我和老洪就怀着这些记忆和复杂的情绪站在了小李子的鸡蛋灌饼摊子前。

小李子看见了我们，笑着说：不地道呀，我猜你俩早该到了。

老洪说，小李子，你到底在干吗？

小李子：干吗，做生意呀，你还别说，这活不错，来钱真快。

老洪：那你也不用跑到单位门口来吧？

小李子：我也不愿意来这儿，可地方不好找呀，刚好这儿原来摆摊的撤了，我得赶紧把地方占上。

老洪：靠，你小子愿意伺候人，那就让你伺候，给我来个灌饼，加仨鸡蛋。

小李子：老洪你看你，没变，还是那么冲动。

老洪：仨鸡蛋，你给我挑个大的。

小李子：成嘞，怎么样哥几个，中午我收了摊，咱们喝点？我请客。

老洪后来坐在办公室里吃鸡蛋灌饼的时候，差点噎死，在老洪的座位上，只要一扭头，就能看见小李子戴着顶白色的厨师帽在给人灌饼。老洪被伤着了,以至于他整个上午都没想起来今天是《康熙来了》最新一期的更新时间。十点左右,小李子收了摊。十一点半,我和老洪从办公楼出来,看见小李子开了一辆奥迪在等我们。

嘚瑟,绝对是嘚瑟,老洪说。

小李子打开车门,说:进来。

我和老洪坐到后排座上,小李子发动汽车。

吃什么?小李子问。

都行,我说。

那不成,老洪说,吃点正经的,大中午的。

你说,小李子说。

吃羊肉去,老洪说,去巴依老爷,你就往南走吧,过了联想桥不远。

我们和几年前辞职的小李又天天见面了,也不是天天,偶尔交通管制。小李和他同行们的煎饼摊子鸡蛋灌饼摊子就全部销声匿迹。我和老洪一直奇怪,他们似乎总能头一天晚上就得知第二天的形势,早早做好准备,但在交通管制第二天甚至第三天的煎饼和灌饼,我是死活不吃的。你想,昨天被管制,昨天的食料又不舍得扔,肯定得放在今天或明天用完,吃到腐坏食物的几率太大了。但其实这也没有多大效果,因为交通管制是很频繁的,我们几乎只有昨天的鸡蛋灌饼可以享用。

这种日子持续了两个月,两个月后的某一天,老洪又冲到我屋里来,快看快看,小李子。

我要跟着他往外走,他说不用,这就能看到。

我打开窗子,一下听见人声鼎沸,小李子骑着自己的电动煎饼摊四处乱窜,几辆城管车围追堵截,几番追逐,小李子把煎饼摊停了,不再反抗,下车,抽烟。城管队员们一哄而上,先把煎饼车给弄走,然后上来拉小李子的胳膊。

小李子往上看了一眼,老洪嘴角一斜,说:操,看你还嘚瑟不,我就说早晚得让城管给逮住。

我说,老洪,怎么这么说,小李是朋友,咱们帮不上忙,也不能说风凉话呀。

老洪说,我说的是实话,说实话,有错吗?

老洪走了。

这天中午我俩没在一块吃饭,我不想搭理老洪,我觉得这小子有点孙子,太落井下石了,甚至,我还怀疑城管就是他故意招来的。也不是没有这种可能性,就像电视上的广告:一切皆有可能。但我实在想不到这种可能性的理由,如果老洪这么做了,为什么呢?老洪虽然不满小李子走在前面,虽然反感他嘚瑟,但还不至于去告状吧?难道是老洪妒忌小李卖鸡蛋灌饼比他更赚钱?

这天中午,我虽然没和老洪吃午饭,但还是习惯性地到老洪的办公室门口瞅了一眼,老洪不在座位上,电脑都是关机的。回到座位,我发了一会呆,也想不出一个人能吃点什么。

你们怎么都不去吃饭呢?我问同办公室的几个女同事。

这就走,这就走,那个人到中年可头发白了三分之一的说,我们去吃酸辣粉,你去不去?

不去，我说，我最不喜欢吃这种粉了。

其实我和老洪经常很羡慕这些女同事，她们虽然每天和大家一样面临着午饭吃什么这个几乎无解的问题，但面对的方式却大不一样。女同事中的一部分人，会给自己的整个人生制订详细的计划，这计划中当然要包括午饭，她们会列出一个或只在心里列出一个表格：周一食堂，周二馄饨，周三小炒，周四食堂，周五和朋友共聚午餐，诸如此类的，条分缕析，更重要的是她们能够雷打不动地坚持这个表格。还有一部分常年处于节食减肥的过程中，她们每到中午就端坐在桌子上看一会美剧韩剧日剧或淘宝网，在一种脂肪燃烧消耗能量的假想中度过中午。再或者，她们每一天都能团购到附近某些小吃店的优惠券，按时按点地去光顾它们就 OK 了。

这个中午，老洪不知所踪，我也毫无食欲，就和留下来的女同事一起假想减肥大业。

整个下午，我跑到老洪办公室门前看了好几回，他都不在，似乎一直都没在，随口问了几个同事，竟然从中午开始就再也没人遇见他。

第二天老洪没来上班，但有关老洪的消息却传开了，他们说老洪昨天进了局子。

中午的时候，我正要去吃午饭，领导进来了：小刘，跟我去接下老洪。

接老洪？我有点纳闷。

领导愤愤地说，这叫什么事呢？他自己不检点，找他老婆好了，干吗非得单位派人去接？

我想传言是真的了，老洪果然进了局子，可老洪是因为什么进去的呢？

容不得我多想，领导已经不耐烦了，说：快点吧，搞得我午饭也没吃成。

我赶紧拎起包跟着领导出去。

领导坐在后排，我坐在领导车的副驾驶位置上，司机老张说，去哪儿？

领导没好气地：还能去哪儿？派出所。

一路上我都努力压制自己要问领导老洪犯了什么事的冲动，但我实在很想知道，一向谨小慎微的老洪，究竟干了什么违法的事，他打了人？他破坏公物？还是……

我们到了，民警让我们在大厅里等，过了一会，老洪垂着脑袋被带了出来。

民警说，行了，你可以回去了。

老洪看了看我们，说谢谢领导。

领导没好气地：保证金要从你工资里扣。

老洪说：扣，扣。

我想过去和老洪握个手，或者煽情地抱老洪一下，可又觉得不合适。

走吧，老洪，我说。

老洪长叹一口气：一失足啊。

回去的时候，老洪坐到了副驾驶，我和领导坐后排了。我从后面看见老洪死死地盯着挡风玻璃外面的路，一动也不动。

一失足？他究竟失了什么足呢？到现在我也没弄清楚。

谜底是在第二天揭开的，我一到单位，就感觉出来气氛的诡异。走进办公室的时候，我听见早来的几个同事的键盘噼里啪啦地响着，显然是在聊QQ，这么密集的打字速度，证明他们聊的是一个人人都参与且急于表达自己看法的事情。我内心激动，但假装若无其事地打开电脑，登录QQ，很快就有几十条留言跳出来。

小魏说：刘，靠，昨天哥们问你老洪为啥被抓了，你小子还瞒着不说，我知道了，这家伙胆子够大的，竟然去洗头房找小姐。

老周说：小刘，老洪怎么是这样的人？真没看出来呀，隐藏得够深的。

王会计：事实证明，你们男人没一个好东西，只不过是没被抓到而已。

尽管我提前猜测了种种可能，也包括老洪犯了作风问题，但被如此密集的信息证实，还是有些吃惊。毕竟，老洪是和我一起吃了上千顿午饭的同事，我们在寻找吃什么和正在吃什么的时间里几乎是无话不谈的。我知道老洪日渐苍老和虚弱的身体里包裹着一颗蠢蠢欲动的心，但我也知道老洪只是个有心无胆的家伙，到底是什么让他铤而走险呢？我后来清晰地了解到，那天晚上老洪挑剔老婆做的红烧茄子太甜了，老婆发飙，把茄子扣在了他脸上，老洪也怒了，从老婆的钱包里抢了一千块钱跑了。跑出家的老洪吃了顿韩国烤肉，喝了一瓶牛栏山二锅头，然后满大街晃悠。路过一个看起来是那种地方的洗头房，他走进去，说：小姐，我要消费。

老洪被以流氓罪拘留，民警把他铐起来，从洗头店带走的时候，老洪的一身冷汗排出了酒精，他看见了自己耍流氓的那个洗头妹，长得很普通，但看上去并不像真的站街女，洗头妹似乎还哭过，两只眼睛留着掉眼泪和使劲用手揉搓的痕迹。老洪想，妈的，可能我真搞错了，不好意思。洗头女看见老洪的手被铐着，冲上来给了他一巴掌：告诉你，我是卖艺不卖身的。老洪的脸感觉到火辣辣的，他诺诺连声地说对不起，我搞错了。

这之后，领导找老洪谈了一次话，意思是，老洪你看你已经这样了，不但耍了流氓，还被警察拘留了，我出于同事的好意把你保出来，你是不是也滴水之恩涌泉相报，主动辞职别给单位抹黑的好。老洪说领导你不对，我是你的人，我跟着你干了这么多年了，犯了点小错，而且是酒后犯错，你们应该对我展开批评教育，应该发挥组织上的作用帮助我改正错误继续提高，怎么能把我当累赘一样扔掉呢？领导你这么做和你平时大会上讲的话不一致，你可以给我处分但不能让我畏罪辞职。领导拍了桌子，说老洪你到底想怎么样？你还嫌丢人不够吗？我告诉你，今天你走也得走，不走也得走。老洪也不生气，说领导你让我往哪儿走，我生是单位的人，死是单位的死人，我就不走。领导瘫在椅子上，说老洪我求你了，我让财务多给你开三个月工资行不？老洪说领导不能这样，无功不受禄，有错就改，有过就罚，我错了，领导你扣我三个月工资吧。领导说老洪你咋变这样了呢？原来听挺明白事理的一个人，现在学会了胡搅蛮缠撒泼耍赖。老洪没立即接话，他拿过领导的大茶杯，才说：领导你看你说这么半天口干舌燥的，我给你倒点水去。老洪拿着杯子出去，领导突然觉得自己很委屈，脱口骂道：老洪我×你妈。

老洪终于没有走，他过了个周末就回来上班了，老洪努力让自己看起来和出事之前一个状态，别的同事也努力配合他，但双方都心知肚明，好像两个人一起走钢丝。只有我对老洪冷眼相待，我不能在同事奇怪的眼光里再和他一起去吃午饭了，我也不能和另外一个人结伴去午饭，这么做好像我是个落井下石的小人，在背叛老洪。我只能一个人去吃午饭。但我坐在小饭馆或食堂里没法阻止老洪端着盘子坐我对面。老洪说，操，我原来以为脸是个多大的东西，现在知道了那就是一张皮。我说哦。老洪说，哥们现在看得开了，哪有那么多闹心的，有吃有喝过得挺好，世上本无事庸人自扰之，哥们从此以后就不是庸人了。我说哦。老洪说小刘你的心思我都知道，没事，哥不怪你，要是以前的我也会这么干的，唉说白了呀，小刘，你还是年轻。老洪说我年轻时仿佛一个父亲在说一个儿子，他还又亲热又语重心长地拍了拍我的肩膀，我躲也躲不开。我说哦。我们吃完饭，到残食台那儿把残羹冷炙倒掉，把餐盘放在铁皮箱子里。老洪说，小刘，我告诉你个秘密，我有理想了。我不能再哦下去了，就说啥理想。我要移民，老洪说。

这话只是嘴上说说，是老洪的共产主义理想，他最向往的生活是新西兰，因为他有一个同学移民到那儿了，并且他加入了一个移民QQ群，群里每天都有人发一些新西兰的美景，老洪看得口水都要流出来。自从有了这个伟大的理想，老洪冷落台湾的小S和蔡康永很久了。时间一长，也不知是为了接续上之前的记忆，还是人生本身是一个巨大的森林，试图走出去的人总会一次次回到出发的地方,我和老洪又成了一起为午饭发愁的伙伴。老洪的耍流氓事件,也渐渐成了笑谈,连老洪自己都能笑嘻嘻地拿这个开玩笑了,生活没有什么理由不继续下去。

可自从老洪加入了新西兰岛移民 QQ 群之后,老洪找到了新的话题。每当我们两个面对面坐在拥挤的面馆或嘈杂的食堂里,吃着毫无胃口的午饭时,老洪就会歪着脑袋说:操,上午看我同学发过来的图片,太他妈好了,他们活得太滋润了,简直是神仙般的日子。我总会敲敲他的碗或餐盘:别做梦了老洪,想移民你得有那个实力。老洪扒拉着肉末酸豆角说:老子早晚得移民。

这句话像一个爱流鼻涕的男孩那永远也擦不完的鼻涕一样挂在老洪的嘴边,他逢人都会讲讲新西兰的好处:只要买套房就能拿到绿卡啦,一家一个大 house 啦,空气清新得不得了啦,小孩上学免费啦,当个电焊工都很有尊严啦,等等等等。有一次,我说老洪你要走就赶紧走,要不走你丫就退出 QQ 群,别整天在我耳边念叨了,烦死了。老洪说你屁都不懂,那是天堂,这是地狱。我说老洪你再这样,我可不跟你一起吃午饭了。老洪说,你真是眼窝子浅,看不到真正的趋势。我会行动的,我可不是嘴上的巨人行动上的矮子,老洪说。

但老洪行动起来的第一个意外是他买了条狗,杂种,毛色倒是很富贵,金色的,北京的空气质量好的时候,在阳光下也确实闪闪发光。这条狗和老洪有所不同,它浑身上下都散发着雄性狗的荷尔蒙,老洪牵着它在大街上散步的时候,路过的各种小母狗们都趋之若鹜地往这条狗这儿凑。当然,那些牵着小母狗的异性们也会爱狗及人地对老洪和颜悦色。老洪对这条狗爱极了。

有时候老洪竟然用自行车把它带到单位来,放在办公桌旁边的桌子上。老洪干一会儿活就说:滴滴,你看你们狗多好,啥也不用干,还有人疼,咱俩换个个儿,你当人我当狗吧。滴滴是他给狗起的名字,听了老洪的话,也不发表意见,就是咧着嘴看着老洪。这条狗似乎是被培训过的,只要领导一过来,它就颠颠地跑过去围着领导的裤腿转悠,表示出了极大的亲热。领导说,老洪,这是上班的地方,你怎么能把狗带来呢?老洪就说,领导你看看你看看,滴滴和你多亲,我都妒忌了,你和它有缘分呢。领导说老洪,下不为例。老洪说,不是我想带它来,是它想来。领导能怎么办呢?毕竟老洪在工作上还是很认真,没出什么大的纰漏,你要知道新《劳动法》实施以来,领导不能像过去那样随随便便就把人给开除了。

自从老洪有了这条狗——算了我们也叫它滴滴好了——滴滴时常会跟着老洪来到单位,老洪的午饭就多了一个内容,给狗喂饭。老洪从超市里买了狗粮,整个中午都拿着几块类似于骨头样的狗粮逗滴滴,但奇怪的是,滴滴总是爱答不理的,越是这样,老洪越是来劲。同办公室的同事对老洪恨之入骨,他们再也不能安安稳稳地午休小憩半个小时了,可无论大家怎么冷嘲热讽,老洪还是会耐心地逗着自己的滴滴。其结果大都是狗粮滴滴没有吃多少,反倒是老洪没少吃,老洪说:滴滴,你看,多香啊,你不吃我可吃了?我真吃了?我真吃了?老洪说着就把狗粮放到了嘴里,嘎嘣嘎嘣地咀嚼起来。

我们都觉得老洪精神上出问题了,肯定是,自从那次事件之后,老洪已经不是原来的老洪了。有一天,不知道是为了庆祝什么事情,单位组织中午聚餐的时候,他们都劝我说:小刘,以前就你跟老洪最好了,你得劝劝他去看看心理医生。我现在心里对老洪烦极了,恨不得再也不和他打交道,可是面对领导的殷切希望和同事的热切鼓励,我不能说不。我说好,我旁敲侧击地跟他说说。那天似乎是要了酒的,有人喝有人没喝,老洪是喝了的。我就端着酒杯过去,说:老洪,来,咱哥俩干一个。老洪说,好呀好呀,干一个。喝完酒,我说:老洪,你说咱俩啥关系?老洪:啥关系,哥们,同事,朋友。我说:真的?老洪说:真的。我说:那行,老洪,既然咱俩是哥们,同事,朋友,我跟你说句话,你能不能听?老洪说:你说。我就说,老洪,其实吧,是这么回事,也不是我要跟你说句话,是我们——咱们单位的领导和同事,要和你说句话。这句话吧,怎么说呢,你可能有点不爱听,但是吧,我们也是为你好,老洪其实你挺好的,但是吧……老洪打断了我:小刘,有话快说有屁快放,支支吾吾干什么?我深呼吸一口气说:老洪,你要不要去看看心理医生?你最近可能工作压力太大了,精神有点焦虑紧张。

老洪并没有像我担心的那样跳起来,或者怒吼一声,老洪甚至都没表现出惊奇,他就那么看着我,看着看着,嘴角慢慢露出一点冷笑。老洪看得我心里发毛,我扬着酒杯:老洪,我喝多了,喝多了,胡说八道,你别往心里去。老洪还是看着我。我尴尬地笑笑:老洪,哥们跟你开玩笑呢,哈哈,哈哈。老洪张了嘴,一字一顿地说:刘行,你给我听着,老子没病,老子好得很,你要敢再跟我说这话,我就把你劈了。

我赶紧说，是，是，再也不说了，再也不说了。

自打这一天之后我跟老洪就没在一块吃过午饭，我虽然后悔自己太冲动，不该听人家忽悠就去劝老洪，但恢复一个人吃饭的中午还是比跟老洪在一起时压力要小，什么事都有它的两面。

奇怪的是，有一天老洪在中午时分走到我办公位旁边，说：刘，中午一起吃饭。

我想说中午已经约了人了，但一抬起头看着老洪的脸，忽然有些不忍，就答应了。我说甭等中午了，咱们现在就去，那会儿大概11点。我和老洪去了以前我们经常去的一个小饭馆，点了两个炒菜两碗米饭。我拿起筷子夹起一块醋熘白菜，刚要往嘴里放。我的滴滴死了，老洪说。我的手停在半空，嘴还张着，调整了半天才调整到适合发音的形状，说：怎么死的？老洪突然捂住脸，呜呜哭起来。我放下筷子，说：老洪别这样，旁边都是人，老洪，坚强点。老洪抹了一把眼泪，抬起头：勒死的。我说：谁呀，谁这么残忍。老洪把双手伸直到我脸前面：我，我亲手勒死的。我吓了一跳，身体不由自主地往后躲，差点摔倒，赶紧稳住：你……你……你勒死的，老洪，这是为什么呀？

老洪说，哥们，我要走了。

去哪儿？

新西兰。

你真移民了？

我真要走了，可是滴滴我带不走，留给任何人我都不放心，我也不忍心让它做流浪狗。

我不知道该说些什么，老洪的人生已经从很久之前就脱离开我所能理解的范围了，老洪把一顿午饭吃出了一生的味道，而在我这午饭就是醋熘白菜土豆丝蛋炒粉馄饨馒头。

我亲手勒死了它，老洪说，我本来想给它注射安眠药，可是不知怎么的，有一天我就拿着绳子勒住它脖子，一口气勒死了它，我不知道我为啥那么恨它。

我问老洪，既然你要走了，找我，是不是有什么事？老洪说，我就你这么一个朋友，临走，想和你吃顿饭。我有些惭愧，说老洪你早说，早说哥们给你钱行，咱们去吃点好的，烤肉火锅什么的，哪能吃这个。老洪说无所谓了。那你老婆孩子怎么办？我问他。她们早就过去了，老洪说。你行，我说，老洪你真行，没想到你不声不响办了这么大的事儿，办了多少人想办而办不了的事。

老洪开始扒拉那碗米饭，就着醋熘白菜和土豆丝，老洪吃得很有节奏，一口米饭，一筷子白菜，一口米饭，一筷子土豆丝，如此循环。我什么都吃不下，虽然嘴上祝贺老洪终于就要脱离苦海，可心里头很不是滋味：老洪竟然就真的要移民走了，妈的，他哪儿来那么多钱？一个和我一样不知道午饭该吃些什么的小白领，一个嫖娼被人家抓现行的臭流氓，一个除了《康熙来了》其他电视节目都不喜欢看的中年男人，竟然就移民海岛国家新西兰了？我有点接受不了，我想单位的其他人也接受不了，连那个秃顶的领导——他可比老洪有钱多了——也接受不了。

老洪上飞机的那天，单位所有人的情绪都不太稳定，尤其是领导，因为大概在老洪已经飞过中国领空的时候，财务部门发现老洪借助一个项目转走了一大笔钱，足够老洪在新西兰无忧无虑生活二三十年的钱，领导气得血压飙升到两百，可他已经阻止不了老洪了。而我们这样的员工，这时候还不知道老洪卷钱的事，只是在午饭时集体莫名地悲哀着。小魏阴沉着脸说：妈的，老洪怎么就能移民呢？我他妈都想移民多少年了，他怎么就比我早移民了呢？原来大家都暗地里想过，但是没人有胆去实现，更没人有胆从单位搞一笔钱。我后来猜测，这集体悲哀也不仅仅是因为老洪移民了，可能老洪做了很多大家一直有兴趣做却不敢做的事。这顿午饭吃得很无聊，午饭吃什么的焦虑完全被午饭吃什么都没意思的焦虑给替代了。

这一天晚上凌晨三点的时候，手机在暗夜中暴响起来，我接过，竟然是领导打来的。领导几乎疯癫地喊着：我×他妈，真是老天有眼啊，恶有恶报，我×他妈的，想卷老子的钱，老天有眼啊。我问领导怎么了。领导嘿嘿笑着说：刘，事到如今我也不瞒你了，我给每个员工都打电话说了，老洪移民，用的是我的钱，他贪污了我一百多万，可惜呀，天网恢恢，天网恢恢，我刚得到消息，老洪坐的那架飞机坠毁了，北京时间晚上十点钟，无一生还，哈哈，疏而不漏，就差一百里地，这小子就要到了。

我放下电话，再也睡不着了，因为就在临睡前，十二点一刻的时候，我才收到一个陌生号码发来的短信，短信上写着：已到新西兰，风景比照片上还好。再见吧，老洪。

换灵记

雅阁十五岁时醍醐灌顶，躺在稻田埂上，从乌云层层的空中落下了他有生以来的第一句诗，从此之后，不论吃饭、睡觉、走路，还是与别人聊天、插秧、收割，甚至是在吭哧吭哧拉大便的时候，都会有精彩绝伦的诗句从四面八方钻进他脑海里。毫无疑问且毫无道理，雅阁成了一个天才诗人。

十八岁的雅阁考上了大学中文系，但他不耐烦听所有老师的课，在雅阁看来，他们全部不懂文学不懂诗，所有作为都只是用汗牛充栋的文字和聒噪在侮辱神圣的诗歌。雅阁在他们的课堂上神飞天外，奋笔疾书，写了若干诗句。

十九岁时雅阁的诗被人挖掘出来，并很快获得某著名诗歌奖，半年后国内最好的出版社出版了他的诗集《稻田里的雅阁》，轰动了好一阵子。

二十岁的雅阁感到诗情更为充盈，似乎给他一支笔、一沓纸，他就能无限地写下去。雅阁已经超越了技巧和传统，他的写作完全是灵魂式的，你和雅阁面对面坐着，不能看他的黑眼仁，因为你一看,那儿就深不见底。

然而就在这一年,一件不同凡响的事情发生了,雅阁爱上了学校门口一个卖服装的姑娘。姑娘叫夏华,但雅阁觉得这个名字毫无诗意,配不上她淳朴的魅力和音乐般的声音,他只称呼她夏笙。夏笙成了雅阁的灵感代言人,只要一想到这个可人的姑娘,雅阁便觉得整个世界都水色充盈,仿佛泽国。于是他的诗风变得柔美而多情,每一句都能让少女怀春,少年动心。自然,这期间也有因为上课或其他事情造成夏笙不能如约出现在雅阁面前的时候,雅阁所感受到痛彻心扉的苦痛,一样在他的诗里,埋成字句里的针尖。

雅阁和夏笙的恋情,一时间成为这所学校的爆炸新闻,天纵诗情的才子雅阁和遥远南方农村的姑娘夏笙,真是天造地设的一对。人们在最初的意外和惊叹之余,均在各种场合点头承认:确实只有这样的爱情,才配得上诗人雅阁。难道你希望雅阁去找一个艺术系涂脂抹粉、花枝招展的女学生?难道你希望雅阁去找一个数学系戴着眼镜、面无表情的女学生?难道你希望雅阁去找一个比他大十几二十岁、饱满丰腴的成功女人?不,没人这么想,诗人雅阁必须走诗人雅阁的路。

在二十一岁的七月到来之前,雅阁每天过的都是诗一般的生活:清晨的吟诵;白日酣眠或坐在夏笙服装店的柜台前看各色人物;傍晚在教室角落里涂涂抹抹。雅阁走在校园里,迎面的学生们都会指指点点,说看哪,这就是诗人雅阁。对此,雅阁既不感到欣喜,也不感到厌烦,在他若干年承自上帝的深刻思索之中,在对诗歌内在的无限探索之中,雅阁已经具备了前世诸多伟大诗人所有的悲悯之心,他常会在心里默念"怜我世人"之类的话。雅阁相信,世界上的万物都各有各的归途,他的任务就是把诗写好,留给成千上万懵懵懂懂、蝇营狗苟的人们。

有一天夏笙情绪低落,梨花带雨,可以说是我见犹怜,更何况多愁善感的诗人雅阁呢?于是雅阁买了她最喜欢吃的鸭脖子和冰激凌,但夏笙并没有往日的雀跃,孤坐在柜台后。雅阁沉闷极了,他发现这样的时刻,竟没有一句诗能安慰到夏笙。最后,夏笙终于告诉他,房租又涨了,小服装店每日进项不多,恐怕即将倒闭。对于生存上的事情,雅阁只知道那些最本质的真理,面对困境无任何实质的办法,于是一种个体情感之外的郁闷、无助和痛苦涌上心头,这与从前雅阁所体味的大悲大痛不一样,它简单、琐碎、平常,却又无处不在,像极了内心深处被跳蚤咬了一个大包,痒却没法抓挠。雅阁回到他的常途,坐下来,抽出纸,写下一堆苦难的诗句,这些诗句可谓力透纸背。写完了,雅阁的内心得到舒展,觉得满意,便高声朗诵起来。他想,这些诗对他有用,对同是人类的夏笙也应该有用。夏笙看着他,皱着眉头,听着他饱含深情的朗读,她的表情变成了愤怒,起身扯过这些诗撕碎了:你写的这些有什么用呢?能当饭吃吗?能当钱花吗?

对此雅阁先是感到不解,继而很愤懑,他很奇怪一向出淤泥而不染的夏笙对诗歌如此粗暴,并且说出这等世俗的话。雅阁无言了一会儿,觉得现实和现实有了一定的错乱,而这错乱竟然再一次让他没有一句诗能够形容。

夏笙止住了哭泣,说:"雅阁,我朋友给我出了一个主意。"

雅阁抬起头，看着夏笙。

"我朋友说，你在学校里好有名气，全校学生都晓得你，知道你是诗人，你明白吗？"

雅阁眨了眨眼睛，他等夏笙说下去，因为到现在为止，他还完全不知道夏笙是什么意思。

"如果，你能在学校里帮我做下宣传，或者是，我卖一件衣服，就送给他一本你的诗集，会不会更好？"

雅阁不再眨眼睛，而是把眼睛睁得很大，他只是惊讶，而且很快这惊讶变成了惊恐："你是把我的诗集当作了一袋洗衣粉吗？"

"不，没有，不是那样的。"夏笙说，"难道你不爱我了吗？"

雅阁因紧张而扩展的身体突然松懈下来，各种骨节、韧带、肌肉、皮肤都松懈了，原来看起来略显高大的雅阁缩成了一个干干瘦瘦的小人儿，嘴里喃喃着："爱，自然，我自然爱你。"从来都一往无前的雅阁发现，原来那个圆圆的完整的世界扭曲分裂了，他身处一个巨大的悖论旋涡里：他已经习惯夏笙作为灵感，夏笙却要他背弃诗。必须要做出选择，天纵奇才的雅阁甚至在脑海里寻找了其他诗人的句子，但古往今来的一切诗歌，包括那些最伟大的诗句，仍然没有一个字能解释他当下的困境，没有一句话能安慰他的心情。这时候，依然是他的灵感夏笙解救了他。

"亲爱的雅阁，其实，是这样的，我们卖你的诗集，有人买了你的诗集，就送他一件衣服。"

雅阁立刻觉得豁然开朗，不是尘世令他堕落，而是他赋予那些吊带、牛仔、涤纶、亚麻以诗意，人们将穿着他的诗句行走在大街上,无数精雕细刻的词语噼里啪啦落在地上,也许它们会生根发芽开花结果呢?也许有个孩子捡起来,并且带到梦里呢?

雅阁的心,获得了充足的血液,他又膨胀成原来的体格,抱起夏笙,狠狠地亲吻她的嘴,她的颈,她的胳膊,她的坚挺的胸脯。

"我爱你,我的灵感。"

这个夏天雅阁勉强毕业了。其实他有好几科都不及格,文学院一位老诗人爱其才华,亲自拜访了教务处处长及分管教学的副校长,让雅阁拿到了硬壳毕业证和学位证。这令人欣喜,但遗憾的是即使赠送诗集,夏笙的服装生意也没有好起来。如诸位所知,网店早已经星火燎原了,常有学生到夏笙的店里来试穿,记住牌子、型号去淘宝买便宜货。至于从出版社库房拉来的五百册《稻田里的雅阁》,被当成了纸做的砖头,一摞一摞垒成了一个简易的试衣间。试衣间刚刚搭建成的那天,雅阁很兴奋,他想:从此以后他的诗集将会和前来买衣服的顾客们裸裎相见、彼此亲密无间了。他们会在套上一件T恤或者牛仔裤的同时,看到一排又一排密密麻麻的《稻田里的雅阁》;他们或许会吟诵出一两句雅阁的诗,啊,哪怕是想起一两句其他人的诗,也是一种有意义的事情。

最初的几个月,雅阁没能找到一份工作,只是在夏笙的小店里,帮忙折叠衣服,打扫卫生,或者端坐在那儿,用单纯而深邃的眸子看来来往往的人。夜晚来临,他们会锁上小店的门,一前一后走进胡同不远处的成都小吃店,每人吃一碗酸辣粉或担担面,然后再一前一后往胡同深处走,绕过无数院落,在夏笙十平方米的地下室隔间单人床上睡觉，偶尔做一次爱。

然而渐渐地，夏笙从这种运动中找到了享受，会在身体不是很累的时候主动要求雅阁来满足她。

"老孙，到我的身上来找找灵感嘛！"

夏笙不再喊他亲爱的雅阁，而是直接称呼他老孙，她默默地要用所有的细节把他规划成自己的丈夫一类的角色。雅阁装作没听见，在那儿捣鼓一个永远转不快的二手电扇。他是雅阁，不是老孙。老孙可以是任何人，但不是他。相持到最后，总是以雅阁的失败而告终，夏笙已经完全掌握了他的软肋。她脱光衣服，把自己袒露给他，然后捡起一本他的诗集来随便朗读几句，荷尔蒙的刺激，让雅阁感受到和写诗同样的快感，他需要释放，于是就又趴在了夏笙的肚皮上。当然，也有的时候，夏笙朗读了十几页，雅阁还是丝毫没有精神，这时候夏笙便很不耐烦，说："你还能干些啥？挣不来钱，也干不了事？"

"我会写诗。"雅阁会反驳道。

"你写，你写，你写。"夏笙连珠炮般回击他。雅阁不语，确实，在他心里是酝酿着一首伟大的长诗的，现在还不是动笔的时候，至于什么时候合适，要看上帝的安排，他也说不准。

雅阁于是爱起酒来，每餐都要喝一瓶最便宜的啤酒，喝完便会双眼放光，站在天桥上高声朗诵多年前的美妙诗句，或者对着过往的行人高喊："你们要知道，一个伟大的诗人，毕生都在等待一首伟大的诗。我已经看见了，我看见它若隐若现，在空中飘扬，很快我就会完成它，你们就等着震撼颤抖吧。"

人们最初是惊诧，继而嬉笑，最后习惯了雅阁成为天桥上的一道风景。

九月末的时候，小店租约到期，夏笙清点了所有衣服，低价销售出去，带着多年积攒的三万块和一个疯傻样的雅阁，离开北京往南方去了。她想回到家乡的小县城，用这笔钱开一个小店，那儿生存起来要容易些；她也想顺便带雅阁去见见父母，甚至就直接把婚结了。

夏笙的家，在一个偏僻的江南水村，四季都是绿色，清晨湿漉漉的。第一次到南方来的雅阁，看见什么都觉得新鲜，有人背着竹篓子卖河虾、卖菜，他会跑上去趴在篓子边上仔仔细细地看，边看边啧啧赞叹。水田附近的河里，有小孩骑在牛背上吆喝，他也站在岸上与之应和。雅阁听不懂他们叽里咕噜的方言，但他从那些安然的表情里看到了一种从未经历过的人生，或者是诗意。虽然雅阁也生长在多水的地区，那里也种水稻，也在夏日里洪水滔天，但他并不知这世界上的水与水是截然不同的。这时候，夏笙觉得雅阁像个好奇的婴孩，她则是那个带着孩子郊游的母亲。

他们到了夏笙家，见过她又瘦又小的衰老的父母。雅阁坐在小竹凳上，不眨眼地看夏笙的妈妈剥蚕豆，一颗一颗地数着。老太太问了他一句话，他听不明白，夏笙解释给他说，是问他做什么的。

诗人，雅阁说，我是写诗的。

老太太非常吃惊，嘟囔了几句话，冲夏笙喊叫起来。

夏笙哈哈笑了，说：是写诗的，不是赶尸的。

老太太复又恢复平静,一颗接一颗地剥蚕豆,过一会儿又问:写诗是做什么的?

雅阁没听清这些词语,但他猜到了老太太的意思,便用手比画写字的样子:写诗就是写字,写一些非常特别的字,让它们组成奇妙的句子,表达丰富的意思。

老太太把剥好的蚕豆倾倒在一个铝盆里,装满水,淡绿色的豆子在盆子里便如同一颗颗绿色的鹅卵石,安静地躺在那儿。

"这世界上竟然还有人写……诗……"老太太嘟囔说。

又一会儿,雅阁已经和水边几只鸭子玩了起来。鹅鹅鹅,曲项向天歌,白毛浮绿水,红掌拨清波。他念起古老而单纯的诗。

那不是鹅,夏笙说,那是鸭子。

我知道,雅阁说,可我觉得它们很认同当鹅,一些特别的鹅。

雅阁没有注意到,夏笙的父亲面孔一直板板的,两只豆子般大小的眼珠,深陷在眼窝里。他嘴里叼着褐色的烟袋,不停地吸着烟,那烟像是没有止境似的从他鼻孔里喷出来,烟丝在烟袋锅子里滋滋燃烧着。雅阁从中听到了呻吟一样的声音。

晚饭后雅阁困极了,躺在堂屋的竹席子上就睡着了。他裸着上身,身体瘦得能看见一根根肋骨,像饭店里煮熟又风干的羊排。老太太悄无声息地从里屋走出来,在屋角划着火柴,点燃了一把半干的艾蒿,很快那种艾蒿的香味就飘荡在屋子里,蚊虫都被这味道驱散。

"这孩子脑袋里有个怪物,把身体都吸干了,看瘦的。"

雅阁是被压低的争吵声弄醒的。他听见里屋夏笙急切切的声音，还有一个硬邦邦的声音，想来是夏笙父亲。他听得出两人在争吵，而后夏笙哭起来。很快，里面乒乒乓乓有东西从高处落下，夏笙红着眼睛拖着下午才拖回来的皮箱出来，拉住雅阁的胳膊。

雅阁就跟着她往外走。老太太叽里咕噜说着什么，但他们刚出门，雅阁的父亲便关上了门，还能听见门闩闩上的吧嗒声。

"我再也不会回来了！"夏笙冲着屋子喊。

雅阁完完整整地听懂了这句话，他觉得有什么地方不对，但说不出，只能跟着哭哭啼啼的夏笙在月亮下往外走，路过了池塘和水田，来到通往县城的较为宽阔的土路上，夏笙大声地哭了起来。

雅阁看着月亮、夜晚和哭泣的夏笙，忽然间觉得自己将要写的那首伟大的诗，就在咫尺之间了，仅仅隔着一层淡薄如纸样的夜色。

我要写点什么，他说。夏笙没有理他。

给我纸和笔，他说，我要写诗，快给我。

夏笙愤恨地把包扔给他，说你写吧你写吧，快写你的诗吧，我就去嫁给那个娃娃亲算了，一万块钱，卖得真值。

雅阁完全没有注意到夏笙话里的信息。他翻检包裹，找出纸笔来要写下什么。可是他发现，整首诗，上千上万句诗就在胸膛里装着，但就是没法写下一个字。雅阁难过至极，他也呜呜地哭了起来。

夏笙没有在县城开小店，她要离家远一些，到了省城，还是卖服装。夏笙的小店，开在省城郊区的一条街上，虽然是郊区，但这儿是交通要道，若干年来形成了一个小小的繁荣圈，有各种各样的商店。而且省城的触角，总是悄然就延伸了过来，离这儿不远的地方，已经有一批又一批的灰色的毛坯楼立了起来。从这儿再往外五六里，是省城最大的火葬场，而我们的天才诗人雅阁，就在那儿上班。

雅阁在火葬场里做最有技术也最没技术的工作：按钮。他的全部工作只是按一个红色按钮。有人死了，拉到火葬场，装在铁匣子送进火葬炉，然后有人通知开始，雅阁就按下红色的按钮，有人说可以了，他再按一下，一具具肉体就变成了灰烬。每当手指伸向那个红色按钮的时候，他都有一种奇怪的感觉，仿佛自己是在为天上和地下开电梯，一次次将人送到天上一样。

总有什么事奇奇怪怪不对劲，他想，总有什么。

是的，让雅阁最难过的是夏笙即将生下他们的第一个孩子，而他们还住在一个破旧的六平方米的平房里。每一天雅阁从家里出来，都要经过常年漫着污水和泥垢的一百米路途，那儿，有的是鸭子粪、塑料袋、水瓶子、破布，总是散发着腐朽的臭味。

我们的孩子就要在这里玩耍了，雅阁，我们可怜的孩子。夏笙哭喊着。

雅阁不免生出悲哀，想起自己童年时躺卧的浩渺的稻田，想起星空，而自己的儿子只能在这个地方的泥水里滚动。夏笙的肚子一天比一天大，脸上生出很多妊娠斑，头发染成了黄褐色，而且因为怀孕而变得肥胖，甚至是臃肿。她总是坐在小服装店柜台里的大大的竹椅子上，每站起来一次，都要费很大的力气，后来，便任凭顾客自己去挑拣衣服，自己去试穿，她只管收钱。夏天闷热极了，头顶的小电扇只是把这边的热气吹到那边而已。夏笙常常瞌睡，会做一点梦，梦到自己在京城学校旁边开小店的日子，梦见雅阁瞪着两只大眼睛看自己。而这些梦的结束，总是源于一声巨响，每一次都是，夏笙不知道它来自哪儿。

雅阁似乎忘记了他的诗，走在去往火葬场的路上，他脑海里一直填满夏笙肥硕的身体和气球一样的肚子，他总是担心她的肚子会突然间爆掉，血肉横飞。雅阁继续喝酒，而且学会了吸烟，牙齿已经积累了一层烟垢。搬到这里后，他们连买牙膏的钱也省下了。夏笙在攒钱，她知道养活一个孩子需要多大的花费，所以拼命压缩家中的各种开销。而雅阁的烟酒，却都是一种瘾，他经常从邻居和同事那儿借了钱去买来，久而久之，他所熟识的每个人都成了他的债主。雅阁走路不再看天上，他盯着脚下，这样是安全的，即使有认识的人走过来，如果不叫他，雅阁便假装没看见。然而债主总会叫住他，说："火葬场的雅阁，你欠我的钱，该还了，再不还，我就要去找你家婆娘了。"雅阁就会像被电击一样跳很高，说："不不不，求你千万别去找她，我一定还给你。"说还，他却永远也没有准日子。一旦这事情到了夏笙那儿，她的拳头便像一首巨大的组诗那样，一拳接一拳地擂在雅阁身上；她会默然一个小时不说一个字，之后一个小时无声地流泪，然后号哭一个小时，再然后就把雅阁坐在屁股底下。

有几次，雅阁被打了之后，一个人跑到火葬场去，想偷偷钻到那个大铁匣子里，把自己烧掉算了。可是他躺在那儿，没有人能帮他按红色的按钮，雅阁分身乏术。

一整天的嘶喊后,夏笙的胯下滚出两个血色的肉球,她诞下了各六斤重的两个孩子,双胞胎,都是男孩。之前,夏笙找人在平房的窗子下搭了个小厦子,能放一张床和窄窄的一条桌子,这就成了他们养育婴儿的地方。这一日,雅阁是在惊恐和欣喜中度过的,他惊恐于夏笙杀猪般的叫喊。诗人雅阁从来不晓得,女人生孩子时会这么恐怖,他以为人会像牛马一样,自然而然地就生下来了。他还惊恐于那两个血色的肉球,最开始,雅阁以为妻子生下了两个怪胎。等人把婴孩擦洗干净,露出小而模糊的鼻子眼睛时,他才笑起来。就是在这一刻,雅阁脑海里此前所有的人生场景飞快地过了一遍,他看到了那个伟大的和失败的家伙——猥琐、蜡黄、惊恐——感到羞耻极了。雅阁再走起路来,就觉得肩膀沉甸甸,每头都像是压着一个人。

雅阁找火葬场的领导,他说:我有孩子了,我不想按按钮了。

那你想做什么?你能做什么?雅阁?

我想去整理遗容呀,雅阁说。无论如何,他知道那是整个火葬场最赚钱的工种。

领导笑了,说不,雅阁,我不能让一个诗人去给死者整理遗容。

雅阁看着领导,领导也看着他,最后诗人雅阁的目光还是退缩了。

老子不干了,雅阁说,老子再也不按按钮了。

但是诗人雅阁,火葬场的按钮工雅阁,临走时生出了愤懑,他拿走了五个可以像套娃那样依次装起来的骨灰盒,最漂亮的那种。

火葬场外面，也有一些售卖花圈、寿衣、骨灰盒的小店，雅阁把五个骨灰盒卖了五百元，到商店里买了奶粉、鸡蛋、红枣，回家给夏笙煮了红枣粥。也许是生孩子时夏笙把所有的力气都用光了，或者那两个小小肉体带走了她身体里的所有戾气和怨气，夏笙脸色苍白但面容安详，半躺在刚刚换过新床单的床上，两只臂弯都有一个包裹着的婴孩熟睡着。

夏笙第一次安然地睡着了，诗人雅阁终于成为丈夫雅阁，很快又变成犯人雅阁。

他偷走五个骨灰盒的过程，被监控录像完整地记录下来。这一天傍晚，公安局的人铐走了雅阁，他被判了六个月有期徒刑，后来火葬场的领导说了情，改为三个月。不管怎样，我们的诗人雅阁要到监狱里去了。有意思的是，省城监狱和火葬场相隔并不遥远，雅阁在每天望风时常常能看见远处天空升腾起的淡灰色烟雾。

那是火葬场的烟，雅阁说，只要我一按按钮，装在铁匣子里的人就会被推进炼人炉里，几分钟就烧成灰了。狱友们津津有味地听雅阁说他的按钮，说那种上千度的高温所带来的奇特感受。在这儿，没有人晓得他曾经是个诗人，人们只知道他有一个老婆，一对双胞胎儿子，他为了给双胞胎买奶粉而偷骨灰盒，进了监狱。雅阁被看作是顾家的好男人，狱友们极为敬佩，所以也并不欺负他。然而夜深人静的时候，雅阁还是会有一种超越众人的孤独，牢房里那巴掌大的一小块天窗外，是深深远远的天，那儿再也没有美妙的诗句掉下来了。可是雅阁心里藏着的那首伟大的诗，却依然若隐若现，他抓不住，只好苦笑：现在，伟大的诗还有什么用呢？如果有人要，我宁愿拿我所有的诗才去交换一份好生活。

第九十天的夜，最后一夜，雅阁看着天窗，又自语起了这句话。

"你真的愿意？"突然有一个声音从牢房深处跳出来。

雅阁吓了一跳："我愿意啊，我想过好日子。"

"你别忘了，你心里那首伟大的诗，一旦你把它写出来，很可能会轰动世界，让你功成名就。"

"它是伟大的诗，没错，我想是的，但是现在我愿意拿它来交换。"

"这样，"那个声音说，"明天你走出监狱大门时，遇见的第一个人，就说：我们交换吧。你说了，你的全部诗才都会归他所有，而他所有的生存的智慧，将全部赋予你。"

雅阁笑了，这只是一个神秘的笑话嘛，难道人的灵魂是可以互换的？诗人雅阁失去了相信神秘力量的可能，他的眼里只看见躺在床上的妻子和儿子。

第二天的上午十点钟，雅阁带着小小的包裹走出了监狱大门，外面空空荡荡，没有人来接他，也没有昨晚声音所说的可以互换灵魂的人，雅阁有些失望。突然有一阵轰鸣声，一辆汽车从远处开过来了，汽车停在雅阁不远处，下来荷枪实弹的押解人员。然后车上走下一个穿着西装的人，他抬起头，雅阁不禁低声惊呼了一下，这个人，不就是他大学时的同学涪城吗？那个最聪明、最能干的人？他们走了个对脸，互相看着，他已经完全认不出雅阁了，但是即将错过的一刹那，雅阁说：我们互换吧。两个人随后觉得有什么从身体里消失，又有一种其他的东西钻进来，涪城惊讶地看着眼前这个衣衫褴褛的瘦子，冷笑了一下，走了。

已经过了冬日，过了春节了。雅阁回到家，门锁着，从窗子里窥进去，只见一切是整整齐齐干干净净的，木板制作的简易婴儿摇篮摆在小房间的床上，长条桌上面奶粉、奶瓶、暖水瓶挤得满满当当。没有我的三个月，他们娘仨过得还挺好，雅阁想着，略有些失望。有一阵湿润发凉的冷风从院子拐角处吹过来，雅阁闻到一股臊味，抬头时，脸被这种浓重的味道整个遮住。就在窗前，他急匆匆并未注意到一条细绳上晾满了花花绿绿的尿布，雅阁依稀辨认得出，其中有自己衣服撕碎缝补的影子。他知道，这味道是他的孩子的，便将尿布捂在脸上，拼命吸了几口气。

雅阁很饿，但是他打不开门上的锁，便将包裹放下，走出院子去夏笙的小店。几步路之后，雅阁惊奇地发现，原来那条泥泞的水路没有了，地上铺了密密实实的碎砖头，砖虽然是碎的，却平整，自带某种花纹。而那条小街，竟然比他进监狱前要显得宽阔，两边的各种杂货店商店也更为干净整洁起来。雅阁清楚，在三个月的时间里，这儿一定发生了某些变化。

远远地，雅阁看见夏笙坐在小店里，身材还是偏胖，但已经恢复了几分当年的容貌。夏笙的身旁，有两个粉红色的婴儿坐在筐一样的坐垫里。他们也看见了他，但并不认识。

走进来的雅阁让夏笙吃了一惊，她仿佛突然发现自己还有个丈夫。

你来了，很长一段沉默后，夏笙说。

雅阁点了点头，就蹲下去看自己的两个孩子。他心中有说不出的欢喜，本能地要用什么去形容眼前的天使般的婴儿，但这念头转瞬即逝了，他只是亲着他们，像极了一个得意的、成熟的父亲。

几个月来，这儿的确在被改变着：又有几栋楼开始建设，而最初盖起来那些楼房，人陆陆续续住了进去，这条街便渐渐成了人们的消费处。有人从建筑工地捡了许多碎砖，铺上了那条污水路，各家商店生意好起来，就换门换窗，装上夜晚也能闪亮的灯箱。夏笙的衣服卖得也比之前好，又有两个孩子在店里，就常有很多女子，因为喜欢两个孩子，欢天喜地地买了衣服回去。

这时有客人进店，夏笙要站起来，但雅阁已经迎了上去，说："美女，今天看什么衣服？"

夏笙愣在欲起未起的动作里，她无法相信这是当初的诗人雅阁。雅阁浑然不觉，像一个干了三五年的成熟导购那样，给人介绍起店里的服装来。客人试穿，满意，砍价，退让，成交，收钱……雅阁最后将一百二十元递给仍在发愣的夏笙。

你是不是在监狱里被人打坏了脑子？夏笙说。

雅阁不说话，开始整理衣服，有一些挂着的拿下来，有一些叠着的打开挂上去，他改动了所有价签，每件衣服的价钱都提高了三分之一左右。夏笙明白过来，雅阁刚刚卖出去的那件衣服，平时顶多卖一百元，而他卖了一百二十元。

一个月后，雅阁全面掌管了服装店；两个月后，他们盘下了隔壁的杂货铺，店面扩大了一倍；半年后，雅阁的服装店开到了靠近省城的四环。之后，他又给夏笙开了一家小的首饰店，而首饰店也很快扩大了营业。时间仅仅过去两年，雅阁住进了一百平方米的楼房，有了两家服装店、两家首饰店。不知道为什么，他做什么都赚钱，都有人光顾。不仅仅是生意，雅阁似乎获得了一种神秘的能力，他认识了各种各样的人，并在这种关系网里游来游去；他开始出入一些时尚场所，并很快成为红男绿女中的佼佼者。成功的雅阁坚守着自己的原则，从不在外过夜，对夏笙体贴入微，对已经快上幼儿园的双胞胎疼爱有加，不吸烟，不喝酒。他像一颗太阳那样，发着光和热，让万物生长，而自己连一个斑点都没有。

雅阁带着夏笙回了小村，和夏笙的父母和好，给他们盖屋买家电。

然而，在这一切的美好生活里，夏笙感到奇怪和不安。她不知道雅阁何以忽然间变得这样神通广大，觉得他的身体里，丢掉了某种什么东西，可究竟是什么呢？夏笙也说不出。

终于有一天，在孩子们微笑着入睡，夏笙吃完雅阁做的夜宵后，她仿佛不经意间地问道：雅阁，你怎么再也不写诗了？

诗？雅阁对这个词竟然感到些许陌生。

哦，不，没有什么诗这回事，雅阁说，只有好好活着，活得好好的。

夏笙朗诵起雅阁大学时写的诗句，这么多年了，她奇怪自己竟然还记得清清楚楚，一个字一个字地从嘴里跳出来，愚钝如夏笙，也发现和感受到了这些诗句的美，但雅阁毫无所觉，他既不为诗感动，更没觉得它们曾是自己的最爱。

很好，他说，诗很好，我们明天一起去幼儿园吧，见见老师，孩子们该是入园的年龄了。

雅阁心底对此清楚无比,他知道那诗是自己写的,也记得起当年的所有事情。而他更记得的是出狱前那个夜晚的神秘声音,是遇见的同学涪城。这一天之后,他悄悄关注了涪城:他不知道,涪城被捕一年后出狱了,开始写诗,现在已经是全国最著名的诗人了。雅阁从报纸上看到他的照片,长发,白净的脸,深幽的眸子。雅阁恍惚间如在梦里,他觉得涪城看起来眼熟之极。报纸上说,诗人涪城数年来都在创作一首长诗,他已经写了一千多行了,就在今年的夏季他将完成并出版。仅仅是一千行里最早发表的那部分,已经让全国甚至全世界的诗人为之惊叹,人们相信,近百年来最伟大的诗作即将诞生。杂志上的评论文章,在写到涪城的时候,偶尔会提到涪城曾经的同学,曾经的天才诗人雅阁。他们说,雅阁浪费了他的天才,而涪城的诗在许多地方与雅阁早年的诗一脉相承。

雅阁有一种焦虑,他期待涪城那首诗写出来,又害怕他写出来。他开始相信,那一天的一句话,真的互换了他们之间的"灵",把他的诗才全部给了涪城,而把涪城的全部生存智慧给了自己。

雅阁的生意和生活,永远是向上的,有时候美好得让他难以相信。这种虚幻感进到雅阁的内心里,慢慢地,竟重新滋生出一种痛苦来。雅阁飘在美好生活和未来的空中,失重,永远是失重,他的脚仿佛不存在了。

涪城的长诗《灵》终于出版了,它的确是当之无愧的伟大。雅阁收到一个包裹,打开后竟是涪城的诗《灵》,扉页上写着一句话:

我的，也是你的。

当时雅阁在一座玻璃大厦的二十三层，他旁若无人，大声读着书里的句子，一个字一个标点都不放过，他觉得那些带着意义和情感的字，像一批走过漫漫征途的部队，分成两排，从他的双眼里往身体内部走，步调整齐，节奏铿锵。

雅阁的眼前，天地旋转，他捧着《灵》重重地摔下了楼。在空中的瞬间，雅阁看见大厦最顶端的玻璃，仿佛小小的天窗，只是外面没有星也没月。雅阁撞在花岗岩大理石地面，听见自己的骨头咯吱咯吱响个不停，好像有谁在用奇特的语言读诗。

这，是雅阁在人世上所听到的最后的声音。

夜　宴

1

　　曾经有一段时间，生活向他呈现出非常美好的一面，甚至还让他看见了一个可以期待、令人激动的未来。在这个未来里，他有属于自己的家庭、爱人，有一份算不上多令人羡慕，但足够生活的收入；周末的时候，能带着家人去看一场最新上映的团购电影，五一或十一小长假，能租一辆车到郊外，或者到离北京不远的北戴河玩几天；对，还有三五个聊得来的朋友，他们偶尔去吃个羊蝎子火锅，喝精品二锅头，然后在夜色里醉醺醺地道别。

　　当然，那时候他还无法具体化这些场景，所谓的看电影、小长假、羊蝎子火锅，都只是他根据后来的生活归纳出来的。他在想，如果当年自己对未来有过期望的话，大概就是这个样子，只可能是这个样子。他从来都不是个有野心的人，即便你给他一盏阿拉丁神灯，他所能提出来的愿望也不会超出要点钱、要个房子这一类基本需求。

　　这段时间成了生命里唯一能支撑他幻想的日子，也成了他的魔咒：我曾有过机会，但最终我没能把握住。

　　那么，这到底是什么时候呢？

　　是十年前，他刚刚从公用电话上查到自己的第三次高考分数，确定自己能被北京的一所很著名的大学教育系录取了，这个教育系在全国也很著名。几周后，他收到了邮局寄来的录取通知书，这张不大的纸最终确认了这件事——他要彻底地从老家那里的生活中抽身而出了，像村里十年前的第一个大学生罗昊一样，从此去过另一种截然不同的生活。

　　也就是在这年秋天，他拿到通知书的几天后，罗昊带着老婆孩子回来探亲。他是开着一辆桑塔纳轿车回来的，车子刚进村，罗昊的父亲就在院子里点燃了一万响的鞭炮。几乎沿路的每户人家都打开了自己的大门，一家人站在大门口，看着罗昊的车缓缓驶过。他也在人群里，但他注意到的并不是车的轮子和冒烟的屁股，而是后排座位上那个美丽的女人和一个同样美丽的小女孩，那是罗昊的妻子和女儿。全村人都知道，罗昊读的是地质研究，做了几年科研，后来进入了政府系统，现在是某个地级市的副市长了，是他们十里八乡官当得最大的人。

　　汽车他见过，并不感到惊奇，但是罗昊的妻子和女儿才是最令他意外的。他从来没见过那么白、那么干净的人，就他当时的感觉来看，她们比电视上的模特们好看得多，因为车从他跟前路过的时候，离他还不到两米。透过褐色的车窗玻璃，他看见罗昊的妻子正拿着一根小东西在涂自己的嘴唇，那是一双火焰般的唇。读大学后他才从女同学那里了解到，那是润唇膏，防止嘴唇干燥的。

罗昊家里杀猪宰羊，村里乡里县里的干部们轮番来见他，每一个都带着一堆礼物。罗昊的父亲把礼物装在院子里的仓房里，锁上一把大铁锁，钥匙就叮叮当当挂在腰间。每天晚饭后，他都要揣着一盒烟到小广场上，给老人们发带过滤嘴的香烟，有时候他的那个洋娃娃般的小孙女跟着他，手里也拿着一根带着一块糖的小棍子。

有一天晚上，罗昊的父亲第一个把烟递给他，他有点意外，因为那儿不但站着自己的几个叔叔，还有几个年龄更大的老人。看到我家罗昊了吧？老头示意他赶紧接过去，说，当年我跑到城里去掏大粪，也一定要送他去读大学，现在怎么样？他接过了烟，没有吸，学着大人们的样子夹在了耳朵上，他想带回去给父亲抽，父亲从没抽过这么好的烟。燕云，我早就知道你行，你是咱们村罗昊之后的第二个大学生，你将来也有机会过我们罗昊过的日子。

别人也都附和，说，是呀是呀，胡家的祖坟上也冒了青烟了。看你爹的给你起的名字，胡燕云，完全不像是农民。罗昊父亲咳嗽了一声，吐了一口浓痰：他俩的名字都是一个人取的。众人就问是谁，罗昊父亲指了指村子的西头。众人恍然，那儿住着已经八十九高龄的老中医，当年的秀才。

一瞬间，他对自己的未来充满了美好的想象，如果说有什么是可以具象些的话，那就是他觉得自己也有机会娶一个罗昊妻子那样的女人，生一个漂亮的女儿，开辆小车回来看父母，接受乡亲们的夹道欢迎，让父亲挨个给村民们发高档香烟。或者这么说吧，他能想到的最好的命运就是重复罗昊走过的道路。

晚上，他把那根烟递给父亲的时候，说了一句话：爸，我将来要让你天天抽这个烟。父亲听了，嗷的一声哭了起来。他当时以为父亲是被自己的感动了，或者是因为这么多年的含辛茹苦终于看到了希望。后来等父亲死了，他再去回想那个时刻，父亲的号啕大哭是因为他知道自己等不到每天抽这么好的烟了。父亲死在他上大学的第一个学期期中考试。那天是英语考试，考听力的时候他的耳机坏了，什么也听不见，他举手喊老师，老师拿过来一试，没有问题，可他再接过去还是没有声音。如此折腾了几次之后，老师给他换了一副耳机，还是只能听到一种沙沙响的噪声，这时候听力题已经念完了，他只好随意蒙了几个答案。但是后来试卷发下来，他的听力题竟然是历次考试中得分最高的一次。

他给家里写信，说自己期中考试成绩有所上升，终于突破了班级的中线，他们班有七十个人，他一直是在第35名之后，这次考了第30名。他还说，自己接了三份家教，已经能把生活费赚出来了，不用家里给他寄钱了。他的学费是贷款的，生活费也可以自己解决，这让他很自豪。就算是上大学的时候的兼职，他一个月也比村里种地的堂兄弟们赚得多。

寒假回家，他走进家里的时候没有人，他喊父亲，又喊母亲，屋子空荡荡的，连个回音都没有。这时候西院的邻居走进来还一把斧子，看见他愣在了那儿。他问邻居知道自己父母去哪儿了吗，邻居支支吾吾了半天，也没说出来，放下斧子急匆匆走了。

不一会儿，母亲背着一篓子从田野中拾来的柴火回来，看见他，一下子就哭了出来。

我爸呢？他问。他省吃俭用，用自己做家教的钱给父亲买了一条好烟，罗昊父亲发的那种，一条烟花了他两百多，一个月的生活费。他从包里把烟掏出来，说这是给我爸的。母亲说，你爸抽不到了。他蓦然一惊，问怎么了？

你爸……没了。

母亲告诉他，父亲临死前叮嘱了，不告诉他自己的事，既不想让他因此耽误学业，也不想他跑回来浪费几百块车费。母亲说，其实你第一年复读的时候，父亲就查出了不好的病，但是没有跟他讲，讲了也没用，徒增烦恼，听说花几十万是能续几年命的，家里不可能有几十万，就算有，用来换几年命也不值。他们打听了，花了钱也不一定治好。他于是明白那天父亲痛哭的缘由。

天色晚了，但他坚持要去坟地看望父亲。母亲要陪他，他拒绝了，他不想让母亲看见自己悲伤的样子。

事实上，他有点多虑了，等他走了半个小时，走到父亲的坟地所在的山坡时，太阳已经落到了山下，大地被黑暗笼罩。好在这一天的月亮还算亮，挂在夜空里，努力用自己借来的光照着大地。

他跪倒在父亲的坟前，并没有想象的那么悲伤，甚至没有掉眼泪。他把那条烟全部拆开，一根接一根地点着，然后绕着父亲的坟头摆成圈，最后留下一根，自己蹲在那里吸。他想这样可以了，他唯一能做的就是陪父亲抽一支烟。这一次拜祭，让他的心越发坚定，我一定要成功,他想,要成为罗昊,不,要成为比罗昊还要牛逼的人。

他的烟瘾,就是从这一次开始染上的。

2

从此之后,时间仿佛加速了,他很快就到了毕业阶段。他拼了命,才留在了北京城,到了北京延庆的一所中学做了老师。虽然是学教育的,但他们同学中做老师的并不多,因为他们没有专业,不像学英语、历史、化学的,中学里都有一门课程对应着,学教育的去给学生讲什么呢?只能去行政岗,做教务或者后勤。

他其实是很不甘心的,因为他想过考研,罗昊要不是念了研究生,根本不可能分到国土局,也就不可能后来当市长。可是自己的成绩在四年里最好的一次就是第 30 名,英语也不好,考研基本没什么希望。还有就是,他本科贷款的一万块钱学费,从下半年开始必须给银行还钱了,一个月两百多。他已经预感到,自己似乎早就偏离了重复罗昊的那条路,或者说,他根本就没在人家那条路上出现过。但他还抱着希望,就像偶尔从电视里看到的赛车那样,在一个弯道加速超车,最终夺取冠军。机会并没有把全部的路封死。

每当在办公室处理文件或表格到深夜时,他都会回溯自己的人生,越来越确认在拿到录取通知书,等着上大学的那段时间是最美好的日子。他会陷在回忆里几分钟,然后揉揉眼睛,打一杯开水,点一支烟,继续整理文件和表格。

工资不算多，还完贷款，再除去给母亲的生活费和自己的生活费，每月还能攒下五百块钱。好在学校提供了单身宿舍，要不然这五百也得交了房租。但是烟钱似乎越来越费，一开始他一天都抽不了几支，现在每天至少要一包，而且他只抽当年给父亲买的那种烟。工作后他了解到，这并不是什么特别好的烟，连中档都算不上，但相对于他的收入来说，却不算便宜。他有一种幻觉，他吸的每一支烟都像是替父亲吸的，他在用自己的方式兑现答应过父亲的事。

另一个让他烦恼的，是同事小丛，那个办公室里和他同年入职的女孩。他有点喜欢这个女孩，因为她看起来跟记忆中的罗昊的妻子有点相仿。可能并不太像，只不过有一次他早晨上班的时候，小丛刚好坐父亲的车进校，就坐在后排，正巧用润唇膏在涂抹自己的嘴唇。这个动作一瞬间把他带回到了当年的记忆中，他认定这是一种预示，提醒他不该忘记当年所想象的未来生活。

他觉得小丛对自己也充满好感。那次之后，他曾问过她，用的是什么牌子的润唇膏，是否好用。小丛很积极，把自己的润唇膏拿出来，说给他涂一点试试。他有些不知所措，怯懦地说男人怎么能用这个。小丛笑话他，说现在男人都用，还做面膜呢，然后拧开唇膏，涂在他的嘴唇上。他感到一种很腻人的香甜味，瞬间想起，这只润唇膏不久前才在小丛的嘴唇上涂抹过，心跳就加速。他觉得自己似乎借着唇膏吻到了小丛，开始满脸通红。还有他们去食堂吃饭，小丛会把自己餐盘里的肉夹给他；她有任何困难，都第一时间找他帮忙。他并不确定小丛喜欢自己，但基本确定她不讨厌自己。他渐渐掌握了小丛的基本情况，她就是延庆人，在一所市属大学毕业后，借父亲的关系进了学校。他父亲是延庆一个什么局的副局长，没有太大的实权，但大小是个官，有自己的人脉；母亲也是公务员，不过开了长期病假，很少上班。从各方面来看，这都是一个很不错的家庭。

在判断了几个月之后，他决定试一试，向小丛表明自己希望两人更进一步，成为男女朋友。他的表白技巧很普通，但也不算太差。那天是小丛的生日，她请同事们出去吃火锅，之后他送她回家。在路上，路灯昏暗，晚风轻拂，所有的事物都轻声细语般温柔。我想每天都送你回家，在她家楼下，他跟小丛说。什么？她喝了点酒，有点没明白他的意思。我是说，我喜欢你，我想每天都送你回家。他也喝了点酒，终于直接说出来这句话。

小丛并不感到意外，她甚至笑了一下，说：这样啊。就上楼去了。

她只说了这三个字，这样啊，这到底是什么意思呢？是同意还是不同意？

第二天在办公室遇到，她还和以前一样，说说笑笑，仿佛他的表白根本没发生。他自己都有点怀疑了，怕是喝多了酒之后的醉梦或幻想，可是他翻看了那天的日记，白纸黑字记着这件事呢，还画着大大的三个问号。

小丛没有给他任何明确的答复，也没有表现出任何异常，他不知道该怎么办好。这种心绪影响到了工作的效率和质量，他提供给校长的一个有关高三年级的成绩统计表格，出了个大纰漏。校长把他劈头盖脸地骂了一通，而且就在他的办公室里，当着所有同事的面。他非常受伤，但并不恨校长，他是气自己，这只能是活该。他反而有点埋怨小丛，认为都是她的模棱两可把自己弄成这个样子的，但他的反击只是尽量回避她。不知道小丛是迟钝，还是怎么，一周后她才反应过来他无声的反抗，在午饭的时候特意坐到他旁边。你是在故意躲着我吗？她说。他不说话，只是低头对付自己餐盘里的地三鲜和西红柿炒蛋。啊，不会吧，你那天是认真的？小丛又说。他吃不下了，端起餐盘到垃圾桶那里，把饭菜全部倒掉，直接走出了食堂。

小丛追了出来，在他身后大声说：喂，燕云，我以为你是在开玩笑，我的朋友经常这样开玩笑。他心里冷笑一下，转过身说，是啊，是啊，我就是在开玩笑。他还是抛下她走掉了。

他在一个酒馆喝了半夜酒，花生米吃掉了三盘，思前想后，甚至都考虑辞职了。他前几天查过，自己的存折里有一万块钱存款，不多，但能保证自己几个月饿不死。他想干点别的，离开这个地方。但最后还是没勇气，醉醺醺回家的路上，他给小丛发了一个短信，说不好意思，我把玩笑当真了，你把真的当玩笑了。小丛回了一个字：哦。

第二天起晚了，头还疼，他没吃早餐就去办公室。一切都没他想得那么严重，他忽然间有点顿悟，不管什么事，你只要第二天还是按照前一天的节奏去过，它就能过去。他跟小丛的关系又开始正常化了，好像什么都没有发生过一样。只不过他开始在宿舍里看一些三级片，自慰，一次又一次，有时候他也会把电脑上赤裸着呻吟的女性想象成小丛，想象成他认识的所有女性，甚至是罗昊的老婆。

他对她的印象早就模糊了，唯一清晰的是那只拿着润唇膏的手和红润的嘴唇。

他在变态的快感中，感到下体一阵灼痛，只有这种痛才能把他从迷狂中唤回来。他把手机里保存的小丛和其他女性的照片打印出来，装订成册，每一次幻想的时候，就调出一张来。每次这么干的时候，他觉得自己有点像古代的皇帝宠幸后宫的妃子。

最开始，他还保有一种强烈的道德感，在第二天看见自己意淫过的女同事，会脸红心跳，觉得她们知道了自己的秘密。但是他很快就解决了这个问题。她们只是一些幻影，他想，我也是，我们活在幻想的空间里，没有一条法律规定我不能使用自己的幻想。他也会有点悲哀地想到，他唯一能左右的只有自己的幻想了。

这一切是被一个意外事件打破的。

秋天的时候，小丛有三天没来上班。他给她发了短信，没有回，打电话也没人接。他觉得小丛可能不告而别了。

他在复印室复印要发给老师们的学习材料，警察走进来把他带走了。在派出所里，他们问了他过去几天的行程，最后他终于弄明白了，小丛没去上班，是因为在三天前的晚上，她在回家的路上被人强奸了。警察从他的宿舍里搜到了那些淫秽的光碟，还有他制作的那个相册，确认他是最大的嫌疑人。他被带走后，学校里就传言他是个变态，强奸了自己的同事。但是警察很快把他放了，因为他们从小丛的内衣上提取的精子的DNA和他的对不上。

他回到办公室等着，但小丛再也没回来。半年后，他也被解雇了，理由是消极怠工引发了教学事故。一次很重要的考试，他把应该带到学校的卷子忘在了家里。他没有做任何解释，收拾了东西，离开了延庆，从郊区到了城里。

3

三年后。

胡燕云走在人大西门外面的路上，背着巨大的双肩包。背包里是一大摞考研资料，不过并不是他自己考研，而是去见一个学生。胡燕云现在是中关村各大考研培训机构的一个工作人员，他通过到各个高校刷小广告，在各个高校的论坛发广告帖，在学校食堂门口发传单，再加上用 QQ 群等宣传，已经成了公司的销售标兵。仅这半年，通过他报名考研班的就有 500 多个人。当然，他的提成也很可观。为了工作方便，他在双榆树的一个老旧小区里租了一间房，不到 8 平方米，每个月不含水电一千两百元。这是一个小两居，房主一家三口住大卧室，他住小卧室。签约的时候房主说，你最好不自己做饭，如果要做饭，煤气费每个月多交 20，而且只能等我们做完饭了再做。他连忙说，我就一个人，不做饭，主要是找个住的地方。

其实中介还介绍了比这条件好的一间房，但他最终还是选择了这个，因为他从门缝里瞥到了房主的女儿。小女孩还不到十岁，跟当年他见到的罗昊的女儿差不多大，就那么一瞬间，他就决定租下了。

第一天住进去的时候，两家人都静悄悄的，有人去厕所都蹑手蹑脚，好像生怕惊动了对方。他躺在占了屋子一大半地方的小床上，发现了这个房间的另一个好处，那扇小窗子外面就是一个槐树的树冠，时节正是春散夏来的时候，即将绽放的槐花已经发出了诱人的香味。偶尔，他还能在树影中瞥见一星半点的月亮。那个有关未来的幻想，再一次从心头浮了出来，他忍不住坐起身，点燃一支烟，把窗子推开一点，让微风吹进来，随手把烟灰弹在窗外。

轿车，妻子，女儿，响彻全村的鞭炮……让他着迷的似乎不再是这些了，而是当年的那种感觉，就是觉得一切都充满希望，都值得奋斗的感觉。有那么一瞬间，他想起了小丛，心里多少有点负罪感，觉得自己好像是那个强奸她的人的影子。

他开始充满一种异样的斗志，每天除了睡6个小时的觉，都是在工作。他推销出去的课程数量直线上升，半年后，就被破格提拔为项目经理，专门负责公司在天津高校的招生工作。他开始频频往返于天津和北京，每周都要去三四次。偶尔，他会感到头晕或恶心，他知道自己有些太拼了，但看着银行卡里的数额不断地增长，他不想停下来，目标从来没这么明确过，他要赚钱，赚足够的钱。至于赚钱之后干什么，他还没好好想过，只是单纯地喜欢看存款数额飞速增加。

他再也没看过黄片，也没自慰过。每一次他刚要开始，小丛的脸就会浮现，说：小胡，是不是你？那天晚上伤害我的人是不是你？他便兴味索然。只有烟抽得越发地勤，价位也越来越高，他因此得了咽炎，但还是继续抽。

虽然每天晚上都住在租房里，可他几乎很少见到房东一家人。

他回去得晚，上楼前先在成都小吃或沙县小吃吃一个饭，上楼的时候他们似乎都睡着了。他家客厅里的电视，很少打开过，对于这家人，他听到的最多就是他们出来倒水、上厕所的声音。极少的几次，他正面看到了这家的小姑娘，戴着一个牙套。原来小姑娘有些龅牙，特别是张嘴说话的时候，门牙和粉红的牙龈明晃晃地露出来。有点像马，他不太厚道地想。你好，他跟小朋友打招呼。小朋友有些吃惊，小声地说了句你好，就飞快地逃回了他们的房间里。

他想，自己不在家的时候，他们可能不这么安静，应该和别的家庭一样，看看电视，聊聊天，做做小游戏，其乐融融。有一次，他回来得早一些，刚掏出钥匙插进锁孔，屋子里的声音就立刻安静下来。这更证实了他的猜测。

他万万没想到，这家人竟然救了自己。

一个晚上，他出来上厕所时头一晕，倒在了过道上。他们打了120，把他送进了医院，医生给他打上吊瓶，第二天又做了各种检查后告诉他，好像内分泌有点问题，血糖高。他没当回事，第二天买了好多水果回来，感谢这家人。男主人把水果从门缝里接了过去，递出来一张单子，是120的钱和药费，他赶紧掏钱包。男主人摆手说，不急，和下个月的房租一起付吧。

从这次开始，他们的关系开始慢慢热络了些。有一天，他们还在厨房留了半碗炒饭，他知道这是给自己留的。他就着烟，把半碗饭吃掉了，然后回到厨房把碗洗了。第二天回来，他就放了半个西瓜在冰箱里。来来往往中，气氛开始变得随意起来，特别是小女孩，偶尔会跑到他屋里来问一个问题。她的数学作业，父母完全帮不上忙。

　　他又晕倒了一次，不过不严重。他不得不去医院里看一下了，房主建议他去看中医，他就坐地铁去了西苑医院。大夫给他开了中药，让他先吃一个月再说。他拎着一大袋子已经熬成液体的汤药，走在路上就忍不住喝了一袋。忍着反胃喝完了中药之后，他没找到能漱口的水，就一直带着满嘴的药渣味走回家。一开始，这味道是苦、涩，似乎有很多草根的味道，可是后来随着唾液的不断分泌稀释，好像也发生了什么神秘的反应，味道开始泛出一阵甜味，嗯，有点像他小时候吃的甜草根。甜草根也是一种中药，在村子后面长得漫山遍野，这种东西的根茎似乎是直直插入地里的，很难拔出来。田地旁边有一些山洪冲泻出来的沟壑，都是黄土，沟壑壁上裸露出许多甜草根来，他们只要揪出一头猛扯，就能扯下一米长的甜草根。这种东西据说是降火的，带着一种药的甜味，他跟小伙伴们经常会咀嚼一段。糖太稀少了，他们唯一能以甜的名义摄取的糖分都是从山野中来的，甜草根，秋后的玉米秸秆，一种酸巴溜，各种野果子。他们那儿的自然界似乎没有纯粹的甜，所有的甜里面，要么掺杂着苦，要么掺杂着涩，要么掺杂着酸。

　　这是一个大玩笑，他又拿出那张化验单来看空腹血糖12.9，超标了一倍还多。

　　毫无疑问，医院里的大夫跟他说，糖尿病，不用再做其他检查了。

　　可我才25岁。

　　是，年纪还小，按说不应该，你们家族有糖尿病遗传病史吗？

他只能摇摇头，事实上，他们家没有任何遗传病史，这么说不准确，不是没有任何遗传病史，而是就他所知除了高血压和感冒，他们家的人不知道自身病痛的任何名字。那些病都只是一种感受，一种生活命名，腰疼，头疼，腿疼，肚子疼，没劲，恶心，眼花等等。

他回想了一下，自己的日常饮食似乎也并没有摄入多少糖，虽然现在他有工资了，要吃糖完全可以随意买了。大夫告诉他，糖尿病病人在上午十点多的时候，会出现低血糖的症状。他想起来了，自己的两次晕倒，确实都是在上午十点左右。

他按时按量吃完了一个月的药，再去检测，血糖还是高，就又吃了一个月，还是高，但他的精气神似乎恢复了，也没有再晕倒。过了一段时间，业务又忙起来，他就把吃药的事情忘记了。那一段，北京的房价因为政策调控，停止了疯狂的增长，甚至有一部分有所下降。他刚好纳税五年了，有了买房资格，盘点了自己手里的钱，大概40万，又算了一下今年的年底分成，有5万，于是火速找中介在地铁13号线的天通苑站三公里处贷款了一个小一居。贷款50万，每个月还3000多。

过户那天，他没有想象的激动，因为昨天晚上他加入了一个房子所在小区的QQ群。群里都是业主，全是抱怨小区物业的，很多人都后悔买了这里的房子。他觉得自己有点冲动了，应该再看看其他地方再做决定。但事到如今，也没有反悔的余地。他就想，买了就买了，反正自己还是租住在双榆树那里，天通苑的房子是肯定要租出去的，交给中介，也不用太操心的。

让他操心的是另一件事，母亲在老家犯了一次心脏病，差点死掉。他没办法，只好把母亲接到北京了，这样租住的那间房子就不够住了。他得租一个大点的房子，还得能做饭。

那天晚上，他敲了房东的门，门开的时候，他看见三个人正在写字台上吃饭，一盘西兰花，一个排骨，三碗米饭。吃饭呢？不好意思，有点事。房东有些尴尬，问你吃了吗？他还没吃，但赶紧说吃过了。房东问他什么事，他说了母亲的事，自己可能得提前搬出去，有点违反合同，想商量一下违约金能不能少点。房东有些发愣，你要走了？他点点头，说我妈来了，这里住不开了。房东说，等会吧，我们商量一下，就关上了门。

他就回到自己房间里，靠着窗台抽烟，把烟灰弹到窗外。这时候是秋天了，再有半个月就十一了，但气温还是很高，好在开着的窗子能透出些风来。他已经做好的打算，如果房东愿意，他可以掏半个月的违约金，一周内搬出去，他们也能早点找到下一任租客。如果房东坚持一个月的押金一点都不退，他也只能认了。

半个小时后，房东在门口喊他：胡先生，你出来一下。

他推门出去，惊讶地发现一家三口都在客厅里。房东指了指沙发，让他坐，他有点犹豫地坐在小沙发上，他们三个则各自坐了一把小凳子。

我们商量了，押金都退给你，违约金也不要你缴了。房东看了一眼妻子和女儿说。

啊？这让他有点出乎意料。这样不太好吧，是我违约，我总该出一点钱的。

房东说，不用了，我们家里情况不好，要不然也不会这么小的房子还租出一间，你是五年来最好的一个租客，从来没给我们添麻烦，所以我们不要你的违约金了。

这样，但是……我还是要……

胡先生，真的不用了。女主人说。他很少听到她说话。

那好吧，谢谢你们，实在抱歉，如果条件允许，我肯定会继续住下去的。

房东找出两张纸来，简单写了一个终止租房的协议，签了字，每人拿了一张，这事就算结了。

他准备第二天搬家，这是他在这里的最后一晚了。

4

母亲到的那天晚上，他本想带她出去吃饭，可母亲说坐了一夜车，累了，就在家里吃。他觉得也好，就去超市买鲈鱼和青菜，蒸一条鲈鱼，炒一个青菜，再做一个西红柿鸡蛋汤，两个人就够了。母亲一辈子吃清淡，荤菜只喜欢鱼，他知道的。鱼得买活的，鲈鱼好吃，可是比草鱼鲤鱼白鲢贵许多，但这是到北京的第一餐饭，总要吃一点好的。

搬来的第二天，他已经调查清楚，这附近的几个超市里，只有街对面的那家有活鱼卖。他让母亲先休息会，自己拎着一个袋子去超市。

他经过水族箱的时候，平时卖鱼的工作人员正在从里面捞鱼，捞出一条，猛地掼在地上摔死，然后再捞一条摔死。一条鱼突然从里面飞了出来，啪的一声掉在地上。一个工作人员看了看，并没有停下手来去捉它，而是继续对付水族箱里的鱼，捞出来，摔死。那条鱼就一直在地上摆着尾巴，好像要逃脱被摔死的命运，每一次摆尾，身体都有移动，但下一次摆尾又移动回来。他忽然笑了一下，想起了大学时哲学老师讲的西西弗斯，就那个整天把大石头推上山，然后石头自己滚落，他再推，周而复始，永无止境的那个人。那时候，他觉得哲学挺无聊的，可这一刻他忽然明白了点，哲学还是有用的，至少对一条鱼来说是这样。

他想让工作人员留一条活的给他，工作人员却说，所有的活鱼都不卖了，要买买死鱼。

为什么？

工作人员一耸肩，我哪儿知道，我只知道经理下了死命令，活鱼必须弄死，然后冷冻起来，一条都不让卖了。

最后，他只能买了一条更贵的海鲈鱼回去，死的。

他已经很久没有做过饭了，之前在双榆树那里住，从没跟房东抢过厨房。他把清理好的鱼带回去，母亲说她来做饭，他说自己做。母亲说，妈妈没事，做个饭还是可以的，他只好从狭小的厨房里出来。

后来他刷朋友圈，看到新闻说那一天，几乎北京所有的超市都没有活鱼卖了，有人说是因为活鱼运输途中为了保鲜，使用了某种有毒的化学物质；也有人说是因为食品检测部门要展开一次水产品检查，超市们都对自己进的鱼没信心，所以全部下架。

吃饭的时候，他偶然说起超市里的事，母亲说咱们那儿吃的都是死鱼，怕什么。他说今天这条是海鲈鱼。母亲顿了一下，叹气，说我知道，我刚才看见标签了，一条鱼五十几块钱，好贵。你就放心吃吧妈，吃条鱼我们还是吃得起的。母亲又问他房租多少钱，贷款月供多少钱，问一次，叹一次气。

母亲收拾碗的时候，他拿出500块钱，说：妈，生活费给你，你来了，我就每天回来吃饭了。

母亲说不用的，我这里还有一点钱。

他塞到母亲手里，说：你的钱能有多少，攒着吧，还有下周我带你去医院再查一下心脏。

母亲连忙摆手：不要去，我在镇子上已经查过了，是先天性的心脏病，治不了的，做手术好贵，而且不见得好。

他没再坚持。

母亲说，妈只是惦记着一件事⋯⋯

他知道是什么，他的婚事，这年头所有的家长都在担心儿女的婚事，没对象的着急，有了的没结婚着急，结婚了没孩子着急，有了孩子不和睦还是着急。

他永远都不可能想到，这竟然是自己和母亲的最后一次谈话。第二天，他敲母亲房间的门，没有回应，他想可能母亲还在睡，就自己出去买了油条和豆浆，吃完了，母亲还没声音。他推开门进去，看见她在床上蜷缩成一团，已经没有了呼吸。后来医生的检查说，母亲在晚上心梗发作，不到二十分钟就走了。她在这痛苦的二十分钟里，竟然没有喊过一声，她以为可以和其他所有腰腿疼一样，只要忍过一阵就没事了。

他有点不知所措。还是医院的人指导着他,找了专门做丧葬服务的人,把母亲的后事办了。告别仪式上,丧葬公司的人说,就你一个人?他点点头,一个人把母亲送走了。

随后,他跟公司请了几天假,把母亲的骨灰带回老家去,跟父亲合葬了。

5

都快晚上九点钟了,他才走进了饭店,看见约的人已经到了,穿一件粉红的毛衣,头发有点像假发,在13号桌坐着。桌上已经摆满了菜,他坐下,拿起服务员贴在桌边的点菜清单看了一眼,289,有点小贵。

粉毛衣有点抱歉地说:不好意思,等你来,我先把菜点了,我不点菜服务员就会跑来念叨。

没事没事,挺好挺好,他说。

路上有点堵吧?

嗯,是我对不起,我来晚了。

嗨,在北京晚到太正常了,咱们边吃边聊吧,提前约定一下,谁也不用让谁,也不用瞎客气,权当是两个人的自助,行吧?

这样好,我完全同意,反正吃饭不是主要目的。

你来时候没戴口罩?

没戴,不习惯,闷得慌。

得戴着呀，今天污染指数都爆表了，戴上总比不戴强。

算了，要想活下去，只能靠自我净化了，别的什么都没用。

哈哈，你挺有想法。

到现在为止，他都对这个见面很满意，对方看起来很真诚，也很放松。这很好，他想，而且谁也不用照顾谁，各吃各的。

粉毛衣夹了一筷子糖醋排骨，放在嘴里嚼着说：我们家那位，三脚踹不出一个屁来，你要再踹一脚，就踹死了。对我倒还行，情人节圣诞节结婚纪念日，都不忘买个小东西讨我高兴，东西不贵，但他能惦记着，让你觉得是一种安慰。

嗯，他迎合着，挺好的。

粉毛衣继续吃糖醋排骨。他有点惊讶地发现，粉毛衣似乎非常喜欢酸甜口的菜，除了糖醋排骨，还有菠萝咕老肉，宫保鸡丁，糯米藕，酒酿丸子，唯一其他口味的菜是花生米。

粉毛衣突然停住口，说：是不是我点的菜你不喜欢？你可以再点几个喜欢吃的，钱不是问题，对了，再要点啤酒吧，你们男人一般吃晚饭不是总要喝点的吗？

这些菜他确实不能吃，因为他那个怎么也降不下去的血糖，他必须控制甜食。他跟服务员要了菜单，只点了一条清蒸鲈鱼，啤酒，犹豫了半天，还是没要。他觉得没必要喝酒，吃饭也是次要的，他来这，就是想跟她好好谈谈。

鲈鱼上来的时候，她正跟他说自己小时候的事。在我们老家，她说，每一次有人结婚的时候，都要在夜里摆一桌宴席，我那时候最喜欢这种宴席了。我们小孩子，可以不用那么早睡觉，还能吃到各种好吃的，哦，我也喜欢看着大人们围坐在桌子上，男人们划拳喝酒，女人们就说三说四。后来我离开老家，再也没有吃过那样的宴席。

你老家是哪儿的，他问。

南方嘛，就是南方嘛。

他想她可能不太愿意告诉自己太多具体的信息，刚才说的有关她老公的那些话，也可能不太准确。无所谓了，我们本来也不是为了调查对方而来的。

接下来，他跟她说了自己当年看见罗昊的妻女的那件事，说得特别详细，还有小丛的事。最开始，她还笑话他，说他太幼稚了。等听到小丛被强奸的时候，她不笑了，愤怒地拍着桌子：阉割，这样的坏人就应该阉割，而且不要用医生，就找我老家劁猪的兽医。

她忽然意识到自己的愤怒有些过了，便指着鲈鱼说，翻过来吧，另一面还没吃呢。

他们两双筷子合力把鲈鱼翻了过来。

各自又讲了不少事，结账的时候，竟然刚好 250 块钱，两人听了都笑了，觉得没有比这更好的收尾了。各自付了一半，他们就出门了。

回到家之后，他躺在床上，把手机里的约饭 App 卸载了。

他跟粉毛衣完全不认识，是通过这个软件才约上的。有一天，一个群里有人推荐这个软件，说注册后可以随即约到一个饭友，然后系统会随意选一家饭店定位子，两个陌生人在一起吃一餐饭，互相说话，AA 制，等结束后，系统会自动注销两人的 ID，也就是除非他们自己要互相留联系方式，否则他们再也不会联系了。

他其实早就下载了软件注册了，前两次系统都给他约好了人和地点，但是他临阵退缩了。每个身份证号只能约三次，第三次他不想浪费机会，赶着来赴约。

现在，他住在了自己在天通苑的房子里，房子不大，还是显得空荡荡的。他没买电视，也没买冰箱，甚至厨房里也只有一只锅和一副碗筷，偶尔在深夜煮一个泡面而已。他不做考研培训了，现在是一家民办教育在天通苑地区的课程经理，单位很近，从家里走过去只要五分钟。但是在天通苑那些成千上万栋面貌相似的楼宇之间，他常常迷路，绕了一圈又一圈，就是找不到自己家那个小区的门。有几次，他按着手机地图上的导航，都没回得了家。

后来，他花了一个月的四个周末时间，用脚步把天通苑的所有小区都走了一遍，自己画了一个简易的地图，从此再也没有迷路过。

跟粉毛衣约饭回来后，他很快睡着了，还做了一个奇怪的梦。他梦见自己像那条超市里逃跑的鱼。当然跑不掉，但是要逃，在水泥地上拼命摇着尾巴，那声音听上去，好像一个悲伤自责的人在使劲儿抽自己的耳光，啪，啪，啪……

秋收记

秦婶一扭头,看见两条狗。奔头和豆豆都是小不点,在荞麦地东头纠纠缠缠,上蹿下跳。昏暗中仍能看出毛色纯白而亮的,是奔头;豆豆满身灰土,毛也不顺,疙疙瘩瘩。过一会儿,两只狗停下伸着舌头喘气,再过一会儿,奔头撒开腿,绕着辕子车就是几圈,小腿飞快,风驰电掣,豆豆一副看惯风云的样子蹲在那儿,耷拉着耳朵。奔头就是欢实,秦婶对着谁说,整日整日疯跑,瞅它那小短腿,跑得可快呢;豆豆就老实了,一天也不汪一声,只知道跟着奔头屁股后头,少年老成哩。

有阵风从北面的山上下来,像只大手,先是顺着山坡把榛子树、山杏树、高高低低的蒿子和草摸了一遍,喘口气的工夫便漫到山下的庄稼地。刷刷刷,过了大片玉米,刷刷刷,又过了成条的谷子、大豆,在空处打了个旋,扬起细细的土,一眨眼的工夫就到了秦婶跟前。去去去,秦婶扬了扬手里的老镰刀,对着风喊,远远地去,别把我荞麦都吹掉喽,三亩多地呢,你啥活不干,想一口气都给我吹没了?今年开春,一个多月不下雨,种这块地,好犁铧就锈坏了俩，累得老毛驴趴窝三天没吃一口草，你说吹掉就给吹掉了？夏天为薅草，我顶着大太阳跪着七八天，腰都快弯断哩，你一口气就给吹没了，缺德不缺德？算准了下个月初一开镰，没承想傍秋一场大雨浇得透透，接着太阳就跟个大辣椒一样，火辣辣一连照了几天，好一地荞麦，半个月就灌浆了，挺拔了，硬粒子了，熟了。算准了下个月开镰的，哪想熟得这么早哩？手一划拉，荞麦粒子就哗啦哗啦往下掉，心疼，声儿比汗珠子掉地上还响。风哎，快去别处吹吧，你往那没人的地，往玉米地里去，玉米高哩壮哩不怕吹哩，往山药地去，山药在土里埋着不怕吹哩。

秦婶念叨着，这风便不好意思吹了，扭个腰身往旁处去了。

真真好大一个月亮。天上除了它，啥也瞅不见，黑蓝黑蓝。月亮真亮，山哪，村哪，都能瞅得清清亮亮、明明白白。清亮是清亮，但只是一个大概，谁家房子也分不出来。唉，老王家的狗又叫唤了，天天这点儿叫唤，要是西头孙二嘎子还活着，一准给他杀了吃肉了。孙二嘎子，不是个好东西，馋起来人肉都敢拉一条子吃。

秦婶猫下腰，左手倒着去抓荞麦秆，右手镰刀舞过去，咔嚓咔嚓，刀刃贴着地皮把荞麦撂倒了。荞麦长得真实在，密密麻麻，黑皮白籽的荞麦像花一样，排成了一铺炕，打眼一望，密实得连根针都插不进去。就是怕风哩，风一起来，荞麦就落，要是刮一宿风，明天一地就剩荞麦秆了，半颗籽都留不下。得留下呀，今年荞麦长得好，磨面时磨得细细腻腻，给老二他们捞荞面饸饹吃。唉，你说这老二，咋一个多月也不来封信呢？他们那个楼，也不知道买上了没。还是上一封信，老二说："妈，我们要买楼哩，选了二十三层。"

二十三层，瞧瞧，那得多高？肯定比西边青阳山高多啦。秦婶就抬头看看西边的青阳山，月光里，它就是一片片不一样的黑，看得见锯齿样的山顶，山的躯体却没有轮廓，像隐在夜里的一团雾。可就是光看着，也能觉得它高呢，峻呢。那年——说话都是二十多年前的事了，那时候我才二十三岁哩，刚嫁过来，跟着村里的一群老娘儿们上青阳山采草药。六月天，上到山顶去，往下看，哎哟，村也小，别的山也小，啥啥都小哩。上了青阳山，往背阴面一瞅，好几处还能见着雪呢，五方六月大暑天，白花花的雪就在山窝窝里卧着。哪儿是二十多年，已经是三十一年前的事情了。二十三层，得比这青阳山高老多吧？

秦婶觉出了累，上半身一猫下，头就沉沉地往地上垂，腰也疼，腿也疼。老啦，不服老不行，那时候上青阳山，背着几十斤的草药袋子，中间都不歇口，一气爬到顶上。如今是老了，才割了一亩地，腰就像拴了个磨盘，沉呢。一想到老，秦婶眼睛便发酸，有几滴浑的泪从眼角淌出来，就撂下镰，一屁股坐在成堆的荞麦秆上，荞麦秆吱吱嘎嘎轻声叫着，说"疼哩疼哩"，声音冰凉冰凉的。秦婶又觉出了渴，舔了舔嘴唇，干，裂了口子，可水壶在地头，走过去喝水，又得花一番力气，不合算呢。一坐下不打紧，再站起来却艰难，这时候，跟故意似的，好大一阵风卷着土过来，还站着的荞麦就摇头晃脑，水一样的波波浪浪往前翻，荞麦籽噼里啪啦掉在地上。秦婶急了，喊，你这作孽的风哟，你吹个啥劲呢？你把我荞麦都吹土里，你是能吃呀，还是能喝呀？你要是能吃能喝，你都拿走，你都吃了喝了我也不心疼哩。你这疯子，吃不了也喝不了，你吹它干啥？秦婶挣扎着站起来，摇摇晃晃往地头去。

地头两条狗看秦婶过来，都撒欢着迎过去，近身了就蹭她的腿。两个小东西，还挺亲近人，秦婶吆喝一声，心里稍微安慰了些。到地头，喝几口水，又从包里翻出个皱皱巴巴的塑料袋，里面包着去痛片，秦婶吃了一粒，回头看看那一大片还在摇晃的荞麦，叹了口气，又吃了一粒，小心地包好放起来，说，这就是仙丹，没了它人就是块木头呢。奔头热情地扑到她怀里，小脑袋拱着，秦婶心疼地拍拍它，说奔头别闹啦，我还有好几亩地荞麦没割哩。你说你要能说话该多好，我割荞麦，你溜溜达达跟我说着话，就不觉得累了。不能说，你就听着吧。

秦婶说，奔头啊，你来咱家几年了？你还记得不，你刚来的时候，也就一拃长，眼睛还睁不开哩，跟个小耗子似的，你看你现在，长多胖？你说我给你吃的好不？好不你说？

奔头汪汪两声，好像说好着呢好着呢。

秦婶就说，嗯，算你有良心，知道我疼你哩。说着说着，眼泪又掉下来，秦婶知道四野无人，知道天也睡了地也睡了，嘴就咧着了，哭也哭得顺畅。

老秦呀，你倒是说句话哩？我一个人闷得慌。

老秦没了四年了，就埋在刚才风过来的一道梁上。四年前，老秦赶着一群儿马子从内蒙古人那儿回来，夜里遇见了鬼打墙，急着往家走，走着走着掉深沟里摔烂了。老秦本不该绝的，人说遇见鬼打墙，点根烟抽一会儿，雾就散了，就能看见道了。可老秦的烟，早被秦婶给收了。老秦气管炎，不抽烟的时候整天咳咳咳地咳嗽，黄痰一口接一口吐，好像他的肺是个痰盂。气管炎的老秦还好抽个烟，夜里咳得秦婶睡不好觉，十多年来，秦婶习惯哩，可有一天老秦咳得接不上气，就到县医院去拍了个片子，秦婶拿着片子一瞅，像个黑黑的马蜂窝，就找个地把片子给烧了，之后便把烟给老秦收了，一口也不让抽。大夫说，没有回头路，早晚得是肺癌。哪想老秦就遇到了鬼打墙呢？要是还抽烟，说不定就死不了呢。老秦哪，我对不起你呀，我不该收你的烟。没了烟抽，老秦咳嗽不见好，人却一天天黑黄瘦，吃肉都没心思吧唧嘴。唉，你说说，老二呀，二虎子，你都读完研究生了，都工作了，咋还养活不了自个儿呢？城里房子真就那么贵？咋还给你爹妈要钱呢？你要不是一张嘴就要二十万，你爹也不能去内蒙古那儿倒腾儿马子，不倒腾儿马子，也就摔不死，硬硬朗朗一世人哩。

　　哭够了，秦婶用袖子抹了把眼睛，瞅见奔头在怀里卧着，也是眼泪汪汪的，就说，奔头啊，就你心眼好，比人心眼都好。人人都跟你一样，我这荞麦早收回去了。坏就坏在二虎他大娘那儿，你说她六十多岁的人了，咋还越活越糊涂，越活越小心眼呢？说好了两家合伙种地，春天种的时候还好好的，相互帮衬着，一到收秋，就把我撂下啦？你听听她说的是啥话："他婶子，家家有本难念的经呀，你看我们家包了三十多亩地，干不过来了，我和你大哥两个，整天都是起五更爬黑夜地干，还落别人不老少哩。你呀，先自己收秋，等我们忙完了，一准帮你哩。咱们是亲戚不是嘛。"话说得多好，好几天前他们地里就光溜溜哩，一棵苗也没有哩，可他们两口子没帮自己，一道去镇里姑爷家，住楼房吃煤气灶去了。要怪就怪自己，起初就不应该答应她，现在才寻思过味来，他大娘春天要跟我搭伙，是看准了我夏天薅草快呢，一个顶俩。他大娘，你做人不厚道。

秦婶突然打了个冷战，抬头瞅瞅，原来是头顶那个大月亮冷眼看她，一点表情也没有，就是瞪着明晃晃的独眼看秦婶。秦婶心里就慌了，说你看啥，你看啥，没见过女人家哭？没听过女人家嚼舌头？别人碎嘴子，说我说得那样狠你都不管，你看我干啥呀？

月亮不说话，还是看，秦婶就有些羞怒，愤愤站起身来，说你爱看你就看吧，我可得干活去了。又拿起磨石，磨镰刀，哧哧哧哧，镰刀刃就变薄了。秦婶挥了挥，要把空气里的什么砍了似的，点点头，说奔头呀，豆豆呀，你们好好玩，我干活哩，不干活没粮食吃哩。

看着秦婶又猫下腰，一把一把地割荞麦，天上哪个伸手从远处拉过一块云彩来，将自己盖住了。秦婶一口气割到地头，腰都没直，翻过来又是一趟子，她身后，一铺一铺的荞麦躺在那儿，荞麦秆喘着气，相互间聊着悄悄话。

这女人还是利落哩，一根说，几十年干活都这么利落。

就是，另一根说，真是一把好镰刀，割我的时候都没觉得疼，嗖一下子就离地了。

旁边的叽叽喳喳插话，说秦婶不容易呢，咱们夏天应该好好长，多打点粮食帮衬帮衬她。

说，今年这年头咱们长成这样不赖了，你看隔壁那块地，打回去得有三成是秕子，咱们顶多一成哩。

说，你们听见她刚刚哭了没？

说，听见了，咋没听见呢，哭得可苦了。

荞麦们就都默然了，好像感到了秦婶的哭，自己也悲了伤了。它们被割倒，要不行了，用不到明天这时候，秸秆就干了，这世界就没有这些荞麦了。

突然间，割荞麦的女人唱起来。她唱的是：

> 天黑下了，牛拴上了，羊圈门也关上了
> 炒菜要烧木柴，烙饼要烧秸秆
> 和面用温水呀，打铁用重锤
> 吃饭得用嘴呀，走道得使腿
> ……

秦婶唱得忘乎所以，声也大，唱着唱着心就宽了。她不知道，这时日，荞麦也听，草也听，月亮也听，黑夜也听，都听得默默的。月亮和黑夜一起往下走，荞麦慢慢困起来。

时候到了下半夜，天地间安静哩，连虫也不叫，风也累，不往荞麦地里吹了。地上一趟子一趟子躺着荞麦，像大炕上一床一床被褥。秦婶的地只剩一小块了。这一小块地本不是秦家的责任田，几年前还是一块荒地，满是石头。老秦没了，秦婶日子愁苦，在家里看啥都想起老秦，就哭，就难受，后来便领着两条狗到山上来，从土里往外刨石头。小块扔沟里，大块堆起来，三天一毛驴车拉回去垒了猪圈。整整一个冬天，秦婶生生把这块地翻得平平整整，第二年开犁就种了大豆。哪承想这小块地平整归平整，却贫，没营养，大豆长不起来，干干枯枯，不到一尺高。秋收了，秦婶只能跪着割，从这头到那头，膝盖就肿了，后来垫了块羊羔皮，才把这块秋给收了。一种几年，每年都多往这小块地上粪肥，就喂熟了，种啥都长得壮实，就今年的荞麦，都比旁的高出二指去。

天近亮的时候，微微有些凉，东边的山坡上镀着一层光，像是谁家的女子脸上涂的一层粉。不知哪儿来的云彩，闲闲地在逛着。秋虫睡饱了，叫起来，吱吱吱吱，也像风一样从远处一波一波地漫过庄稼。荞麦、谷子、大豆的枝枝叶叶，都凝了一层细小的水珠，薄薄的，像是被夜洗过澡似的，虫声一过，露水就颤几下。

秦婶正在往东边的山梁上走，梁顶上，卧着一头灰毛驴，草驴，肚子大，两头高中间低，腰已经弯成了弧形。秦婶自顾自地埋怨，夜里黑下把驴撒在这儿，连瞅都没瞅一眼，老伙计呀，可不是我忘了你，是忒忙哩，忙得掉了钻儿了。这头毛驴跟着秦婶十几年了，春天拉犁，秋天拉庄稼，性情温顺，隔两年还生一个小驴驹子。想到这，秦婶心里就酸，老伙计，对不起你呀，你生了六七个驴驹子，一个也没给你留下，都卖了。第一个驴驹子，卖给了东村的王木匠，那年不是老二上高中没学费吗？就把它给卖了，三百块钱给老二交学费了，老二应该感谢你哩，没有你，他上不了高中，也考不上大学哩。山顶的驴看见秦婶，哏噶地叫了一声。

你心疼啥哩，秦婶说，一说你驴驹子就叫，儿孙自有儿孙福呢，你着什么忙哩？去年我到东村去，瞅见啦，王木匠对它好着呢，每天喂的都是新鲜草，冬天还有玉米粒子吃，身量高，比你高出一个头，没亏着，儿孙自有儿孙福，它过得好着哩。

过二年，这头驴又生了，不是驴驹子，是骡子，唉，这话就得顺到老刘家那个兽医那儿，配种的时候咋给配成马哩？驴和马，可不就得生骡子？骡子也好呢，刘兽医年年给配种，骡子生了就给了他家了，算是配种钱。

驴站起来，又叫，还叫，随着它响亮的哏噶声，就有一个火球跳到了山顶上。大地就亮了，草啊庄稼啊就都人模人样地直起腰，跟着风晃，一棵一棵都精精神神的了。

知道啦，别叫唤啦，知道说骡子你不乐意，可这不都过去多少年月了吗？刘兽医说了，那个儿马子对你凶着哩，完了事还踢你一蹄子，你受了委屈哩。啥？你不是为自个儿担心？我知道了，你是担心骡子，唉，你说也是，骡子也没公母，畜生里的二尾子，它绝后了。想这个干啥，一世有一世的命，还别说，你这些驴驹子骡驹子里，顶数它命最好哩，不娶妻不生子，光杆子一世省心呢，旁的都不及它。我都羡慕哩。

秦婶挪到梁上，觉得太阳有些晃眼，往东边看，竟只是一片光亮，什么也看不清，怔了那么一会儿，牵了驴下坡。这驴昨夜饱饱吃了草，在秦婶身后跟着，尾巴一撅，吧嗒吧嗒拉起驴粪，一连几十粒，撒在她们身后。下了坡，秦婶并没有马上套车，收拾收拾物件，唤醒两条狗，说咱们去看看老秦不？不远呢，就一道梁，去看看他吧？两条狗都哼哼，有些不乐意的样子，说累呢饿呢，想回去了呢。秦婶脸就冷了些，说畜生，没良心，老秦活着时对你们多好？一块肉都给你们分半块，去看看他都不乐意，没良心。两条狗听了便不叫了，低了头，羞愧样，撒腿往北面走了。秦婶拍着驴脖子，说我累呢，夜里一宿割了三亩地，腿都肿成梁坨哩。毛驴低头看看，真肿了，小腿和大腿一般粗，便说那我驮你吧。秦婶笑了，说还是你精鬼，便踩着车辕子上了驴背，毛驴晃晃荡荡追两条狗去了。

身后阳光一地，庄稼石头草木瞅见她们走了，都放开了。

说，一家人缺一个就散了呢。

说，她俩儿子，都半年没一封信了呢，心里空落了，找老秦说话去了。

说，信啥信，她大儿子是蹲监狱呢，哪能随便写信哩，就算能写也写不了，小学都没毕业。

说，要怪也只能怪秦婶自己哩，大虎学习可好了，就不让他念书哩，让他去砖厂干活挣钱哩，不去砖厂还蹲不了监狱。

说，是哩，可这事也怪老秦哩，砖厂那孩子要是不嚼老秦舌头，大虎也不能把他推到砖窑里，烧残废呢。

说，老二忒不孝顺，大虎也就罢了，他老二念了大学，当了城里人，咋就心狠呢。

说，老二呀，打小我就看他不是个好东西，那年秦婶领他们哥俩来薅草，老大安安静静地待着，老二就抓一串蚂蚱，用火烤，我看见哩，蚂蚱烧得吱吱冒烟，老二就咯咯笑。

说，去年老二提副教授了？

说，对哩，教大学生了，穿西装打领带哩。

说，他能教出好学生？

说，毁啦，孩子让他教都毁啦，啥啥都毁了。

太阳瞪着眼看天下的生灵,庄稼杂草都有些羞,嘟嘟囔囔,在人后数落人不厚道哩,都没了声响,狠命往地下扎根,往上面长秆。秋哩,没多少日头哩,眼见一早一晚天凉了,吹阵风就冷得打哆嗦,可一到中午,太阳还狠命晒,身上就有水汽看不见地消散了,便觉得枯萎,往死里去了,庄稼草木想。

在远处的更远处,山里的大山里,有一阵轰隆隆的声音传过来,连地听了也颤三颤。那儿,是一座铁矿,每天很早便开动钻机,往地下钻。上午六点,中午十二点,会有三声炮响,是铁矿的人在炸山崖上的石头。自从那年矿井队来了,村里便和以往不一样,十家有六家的男人不再去外地打工,都到铁矿挖矿石去了,来钱快,离家近,还能兼顾农活。就是不安全,才不到一年,已经砸死三个人了,死了也不白死,矿上赔钱,第一个三万,第二个四万,第三个就五万了。都说人命越来越值钱哩,一个五万哩。村里原来只有一个供销社,有了矿以后,很快就又开了两个小卖部,村里往外去的路,也修得七七八八,比往年好许多。镇里的班车,终于从兴隆地那儿延伸了十五里地,到了村里,一早一晚去赶集,不用再翻山越岭去别处等车了。

听见钻井机的声响,秦婶心里有种难受,她看见过,矿井架子几层房子高,全是钢的,钻头一入土便飞沙走石,很快将山头钻一个大洞,又黑又深看不见底。秦婶觉得这玩意儿早晚要把地凿穿了,早晚的事。拉铁矿石和矿粉的汽车,整日从山里往外走,送到一百多里外的选矿厂。矿粉撒一路,有风时便被吹到附近的田里,那地上施多少土肥化肥,也都长不出好庄稼了。秦婶想过了,等大虎放回来，就让他矿上去干活，几年就能挣个媳妇钱。

　　走了不到半个小时，就看见一道坡上孤零零一个坟头了，坟头旁长着两棵山杏树，疤疤癞癞，一点架势也没有。杏树是老秦埋了之后，秦婶从沟里挖出来栽下去的，年年春天都拉两桶水浇下去，可就是不爱长。去年一棵树结了七八个杏，被过往干活的摘了吃，咬一口就吐舌头，说苦死了，苦死了。秦婶后来听说了，便哭，说老秦呀，你啥命，活着苦，死了死了还埋在一块苦地，连结出来的杏子都是苦，将来我死了，和你埋一块儿，我也成黄连哩。秦婶今春浇水，还给树撒了一簸箕土肥，却看见树根扎得浅，说老秦呀，你咋还犟呢？我老之前，白天黑夜就这两棵杏树给你做伴哩，你让他们扎下根呀，不扎深了根，刮风天就吹走了，你不让它俩扎根，这是嫌弃我呢？还是想着旁人呢？旁人早把你忘溜光哩，你个傻子。

　　这个秋天清晨，秦婶骑着驴爬上坡，近到老秦的坟头。坟上一根草也没有，早被秦婶薅光了，有了草，牛呀羊呀驴呀马呀都来啃，就把坟给踏了。可不是，后院二叔的坟，就叫马给踏了个窟窿，二叔便给儿子秦天托梦，说儿啊，下雨呢，我房子漏水呢。秦天不信，可他爹一连七天托梦，害怕了，就过来问老秦。说哥呀，你二叔托梦给我，说他房子漏雨哩。老秦闷了头，一会儿说：怕不是坟上有事。就过去看，果然，坟头让牲口踏了个洞，马蹄子印还能看出来，下雨漏水哩。老秦就数落秦天，说天啊，你爹坟土本来就薄，风吹日晒，土层更薄哩，你咋不时常给填把土呢？秦天不说话，噔噔噔磕了三个头，撩起铁锹给坟头填土，一直填了几尺高。老秦说，中了，土太多怕把大梁压坍了。就回去了。

老秦的坟土也薄，可秦婶一两个月来一回，填把土，薅薅草，跟老秦说会儿话，年深日久，就厚了。这一日，秦婶坐在那儿，毛驴自顾在旁边嚼着草，两只狗安静地趴在一块细土上，眯着眼睛看山梁上太阳越来越大，越来越亮。

老秦呀，秦婶敲着腿，我又来了，你烦没？啥，烦了？烦也得听着，我是你媳妇，给你扛债呢，我不给你说给谁说哩？是这样，夜里黑下我在地里收荞麦，忙了一宿，累呢，到这儿来和你絮叨絮叨。今年荞麦长得好着呢，没收的时候，站山坡上一瞅，老大一片白，跟下了雪似的。唉，有了荞麦，磨了荞麦面，能给你捞荞面饸饹吃了，打一个酸菜的卤，酸菜切成丝，你不最爱吃吗？老二好几个月没来信了，不知道咋回事，是生我气了吧？好前一段时候，他写信，说在城里和媳妇买楼房哩，说还差两万块钱，可我手头没有两万块钱，盘算着把驴卖了。可卖了驴，我咋收秋呢？里里外外春种秋收都指着这头老毛驴呢，上山干点活，也指着它赶脚力。我就央东院小鹤帮我给他二哥写封信，说妈暂时没钱，等收了秋，卖了粮食，再给他寄钱。孩子也不容易呢，我听来往的人说道了，城里的楼一万多块钱一平哩，吓人倒怪，一万块钱才买屁股大点的地方，我种一年地，风调雨顺，打下的粮食还不顶个屁啊。

老二变哩，念书时候，每趟回来都不愿意走，黏我，整日和我说：妈，等我毕业找好工作，一定把你接城里待几个月。他前几年工作了，都是副教授了，可再也没提这茬。我不是非要到城里去，我是难受这孩子把我忘哩，难受他不跟他妈说心里话哩。城里有啥好？满大街小汽车，一不小心就得撞上，有啥好？

你说啥？老大呀，老大好着呢，我去看过他了，收秋前就去了，给他带了两罐子腌咸菜，说牢里的伙食不好哩，尽是水煮白菜，一点盐椒都没有，我把咱家那只老母鸡也杀了，给老大炖了吃，老大不要，说拿进去自己也吃不了几块，都被抢了。抢就抢呗，住在那高墙大院里的，哪个不是苦命的孩儿？吃吧，是人吃了都不糟践。我告诉他了，好好改造，争取早点出来。愁得慌，等老大出来，都快四十岁的人了，还能成个家？谁能嫁他？说不着只能娶个寡妇，娶个半拉人了。

你瞅瞅，一说没头哩，我今儿来不是和你说这个，是想告诉你，咱家欠村头大队书记家的高利贷，越滚越多哩，我要撑不下去了。这事俩孩子都不知道，也不敢告诉他俩。都是你作的孽，你咋不吭声？

秦婶说得悲悲切切，到这儿，太阳是整个的了，满世界光亮，她又一次哭了出来。在一个夜晚的铺垫和彩排之后，秦婶的眼泪没了尽头，口气也不是刚才的平缓，是急的，重的。

好好的日子不过，你学人家去找相好哩？那女的能是好人？是好人，她能撺掇别人和你耍钱？自打你第一天和她勾搭上，我就知道，我都知道，为了两个孩儿忍着不说哩，当啥事也没有，每天该做饭做饭，该种地种地哩。可你不该去耍钱呀，你自己知道你输了多少钱不？你都不知道，你死干净了，老秦呀，我现在都弄不清楚你是真碰上鬼打墙了，还是自己想不开了。你死了，瞅不见给你发送那天我遭的啥罪呢，不说忙，也不说累，说我这张脸呢。棺材抬到村当间，你那相好的领着四五个人来了，掐着一摞子欠条，都是你欠的，一张张白纸黑字，明明白白签着你的名呢。她穿个粉红袄，不管我披麻戴孝，不管你在棺材里躺着没气了，就那么一扭一扭走到我跟前，说嫂子呀，这是我秦哥欠我们的钱，一共三万五千六百块哩，人死债不销，今天你得把钱给我，要么我秦哥入不了土哩。

大虎在牢里呢，二虎在城里呢，我没儿没女给我说理呀。大虎他叔叔伯伯，村里的老少爷们儿就要打这个女的，跟来的几个汉子就掏出刀子了，说古今是这个道理，欠债还钱天经地义。他们就都不说话了，谁看见刀子不怕呀？你相好的又说，嫂子，我和我秦哥好一回，一日夫妻百日恩呢，利钱我们不要了，零头也不要了，就当是给我秦哥的发丧费了，但你得把本钱还给我。

我脸算是掉地上了，掉地上还不算，让人一脚一脚踩呢。老秦，你那时候躺在棺材里一声不吭呢，你说你多狠心！

我说还，一分钱也不少你的，我男人欠的钱我都还给你。我就回家，把存折拿了给她，把家里的钱都拿了给她。我牵了老毛驴出来，说，你把我驴牵走，把我们家鸡抱走，你要看我们家房子值钱，你就把房子拉走。你相好不傻哩，拿了存折和钱，说我要钱不要牲口，你那几间土坯房也不值瓶酒钱，往后我半个月来一次，讨债哩。完了，又跑到你棺材跟前，扑通跪那儿了，说：秦哥，你别怪我心黑哩，我也是为了活命，你耍钱没人逼你，你跟我好也没人逼你，你死哩，可我还得活呀，我还要往好了活呀。秦哥，你说我咋一开始没嫁给你呢，要是我二十岁就嫁给你，你也不用这样，我也不用这样哩。

老秦，她这是猫哭耗子，她这是给我上眼药呢，说一句就是往我脑袋上扣一个屎盆子,再说一句又扣个屎盆子。她说了十几句,我脑袋上就都是屎尿哩,一辈子擦不干净哩。我那时候咋就没昏过去呢?咋还能站在旁边眼睁睁看着,跟没事人似的呢?我是为了你老秦,这是我的命。我一辈子记得你那话,你还记得不?你肯定不记得,咱俩结婚时你说的。咱俩以后就是一根绳上的蚂蚱哩,你跟我说,蹦不了我,也跑不了你。可你跑干净了,你对不起我,可你再对不起我,我也是你媳妇,我没法不是你媳妇,我是你媳妇,就得帮你料理后事呢,帮你担你的孽呢。

她真是半个月来一次,涂脂抹粉,把我手头钱都拿了。后来大队书记找我,说秦家嫂子,那个女的老来,来了管你要钱不算,还总撺掇着年轻后生要钱哩,还勾引好多老爷们儿哩,再这么下去村子要乱呀。我说书记我没法子,我要有钱早就一下还她了。书记就借钱给我,让我一次把你相好的钱还清了,我当时感恩戴德呢,觉得书记有良心,是帮我哩。哪想到书记借给我的钱,两分利呀,我要还的钱比之前还多。他是书记说几分利就几分,他是书记我不能不还钱。可老秦呀,我就算不过来这个账,欠书记家的钱,我咋还不完,咋越还越多哩?

默了一阵,秦婶接着说,我要找个人帮我还,你同意不?这人你也认识,是咱们村的,咱家往后数第三家,胡瘸子。你活着的时候顶看不上他,说他是老傻子,老光棍。我跟你说,其实瘸子一点不傻哩,看啥都明镜似的。这两年,瘸子都帮我,用他那条瘸腿帮我挑水,帮我打场。可怜他连件衣服也缝不好,我也帮他缝缝补补哩。瘸子说了,想跟我搭伙过,他这些年攒了钱,说都给我去还账。

我要他的钱，就得跟瘸子过日子，你同意不？你同意就言语一声。

秦婶念叨着，早就不再哭了，口气恢复之前的平和。突然，两条狗，竖着耳朵对着老秦坟头汪汪叫起来。秦婶吃了一惊，说老秦呀，是你不？是你你就动一下？

坟头里便有声轻响，秦婶骇然了，说老秦真是你呀，你别吓唬我。我说哪儿不对哩，我说的都是实事呢，你有啥不乐意？坟里又有几声响，两条狗不停地对着那儿狂吠，秦婶站起身，抬头看见偌大一个太阳，整个四野空无一人。秦婶喝了豆豆和奔头一声，说走哩走哩，闹鬼哩，快步去牵了驴，往山下去，一边走一边腿哆嗦。走了几十步，坟那儿的动静突然大起来，秦婶忍不住回头看，只见两只兔子从坟头用石块垒砌的小门钻出来，飞也似的蹿没影了。秦婶再也支撑不住，一屁股坐到地上，额头一层汗，大口地喘着气。

秦婶回到荞麦地，赶走了几只过来偷食的田鼠，忽然想起什么，伸手去怀里找，却没有，又急急地在兜里翻，也没有。秦婶便问两只狗：看见我那镯子没？绿镯子呀，割荞麦前收起来放怀里哩，咋没了呢？你俩看见我镯子没？两条狗不出声，瞪眼看着秦婶。秦婶就有些生气了，说要你们有啥用呢？我镯子没了你们都不帮我看着点，你们就知道吃呀跑呀，咋一点人事不管呢？

秦婶说了一通，丢下两条狗，挨着自己割倒的荞麦堆，一堆一堆仔仔细细地翻找，翻过一个又一个，使劲抖荞麦，连荞麦粒子噼里啪啦地往地上落也不顾了。

终于在第三趟子的一堆荞麦里，秦婶找到了那只镯子，这镯子成色并不好，即使是在明亮的阳光里，也算不上绿色，只能是带着些绿意似的暗，表面因为多年的佩戴和擦拭光滑无比。秦婶捡了镯子，要戴在手上，可怎么也戴不进去。她干了一宿活，手浮肿很多，镯子根本戴不进去。秦婶却非要将它戴在手上，使劲往腕子里套，突然啪的一声，镯子断成了两截。秦婶愣了，拿着两段镯子呆在那儿，脸上一点血色也没有，嘴里喃喃道：断哩，断哩。细细看镯子的断口处，颜色要比其他地方深许多，这镯子内里是早就有了裂纹的，早晚要断。

秦婶把驴套上车的时候，看见山路上的马车和人像羊粪蛋一样排布着，都吃了早饭，喂了猪狗，紧紧忙忙来地里收秋了。有赶车人吆喝牲口的声音，和一些妇女们叽叽嘎嘎的笑声，在田里秋日的庄稼上跳跃，秦婶听见，便觉得有许多个年月过去了，从内心生出一种苍老。她坐在车上，抱着毛色已经被泥土染灰了的奔头，赶着老毛驴驶过地头的沟沟坎坎，往不远的便道上去。驾……秦婶用树条子轻轻抽打着驴屁股。车后面，豆豆快速地迈着四条短腿，紧跟着。

剩下的那一小块荞麦，要等下午才能收了，秦婶觉得自己很累很累，一路上想着，回去先把猪喂了，热口剩饭来吃，然后要好好地睡一觉。平日里，吃罢饭她是要赶到田里继续收秋的，但今天秦婶打算踏踏实实睡一个上午。她知道，旁边地里的村人看见昨天还密密长着的几亩荞麦，今天都躺倒了，会吓一大跳。

睡一觉吧，就好好睡一觉吧，旁人都在地里忙着秋收的时候，让我安安稳稳地睡一觉吧。

轰的一声，铁矿那儿又放炮了，近些天工程紧，一天两炮改为一天五炮，不定时定点，随时响。铁矿凿开了山泉，无冬历夏都有水从泉眼里流出来，他们就用这水洗机器、洗矿石。一下雨时，山水就会带着许多细小的矿石飞奔而下，沿着沟沟渠渠流到村前的河里，那河不再是之前的河了。

从地里到村口的路，变得无限漫长起来，曲曲折折，坑坑洼洼。头顶的太阳，百无聊赖地照着这个世界，但是毕竟深秋了，能看见秋的脚后跟，说话间就翻山越岭去别处了。又有风从北面山坡上下来，一路小跑，追上了秦婶的毛驴车，把她花白的头发吹乱，带着一股铁矿石味，打了个旋，又往前去了。

仓 皇

赴 死

三十岁的老钱一直期待着和自己的姓氏相般配：有钱。

但事实与此相隔很远，三十岁是他人生中不尴不尬的年纪，既不能再茁壮成长，又没条件秋后收割，最重要的是老钱在买完一笼包子和一杯豆浆之后，真正身无分文，彻底走向了自己姓氏的反面。

豆浆馊了，老钱喝了一口，吐出嚼到一半的包子，怒气冲冲地找早点摊主说理。摊主对这种情况早已司空见惯，面无表情地说要么换一个，要么找你一块钱。

豆浆明明一块五，凭什么只找一块？

塑料杯子又没坏，豆浆一块，杯子五毛，除掉杯子钱只能找一块。

一块就一块。老钱说。

现在，老钱不能再说自己身无分文了。他手里攥着一枚冰凉的硬币，一面是个凸起的"1"字，一面是朵怒放的菊花。有点茫然的老钱下意识地学着影视剧里的情节，把硬币抛向空中，然后接住。菊花哪面朝上。但老钱继而发现，老天爷并没有给自己准备两条路来选，哪一面都一样。看着硬币上那朵银白色的菊花，老钱突然有了一个想法。他一路小跑，到了街心公园，那里有一个鲜花盛开的花坛，夏末秋初菊花开的时节。这会儿，除了一些晨练的老头老太太，公园里没什么人。他间苗一样揪了一捧乱七八糟的各色菊花，又急匆匆跑到了大街上，清了清嗓子，叫卖起来。

这阵，太阳刚刚好从云层里跳出来，万道金光洒在老钱身上，也把他手里的花照得更灿烂了。对面携手过来一对情侣，老钱迎上去，他们却互相咒骂着分开了；对面又走过来一队晨练完的老人，路过老钱身边，其中的一个站住，说：小伙子，节哀顺变啊。

老钱愣在那儿几秒，没说什么，转身往中字路走去。中字路和山字路交叉的西北角，是南城医院。老钱在南城医院门口站了半个小时，终于一个二十多岁的小伙子上前："你这花是卖的？"老钱点点头。"多少钱？"小伙子说。"五块，"老钱说，"最少四块，你看这花开得多好。""我就是去看个死人，犯不上花那么多钱。"小伙子转身要走。老钱急忙说："你给多少？"小伙子掏出一块钱，还是硬币。老钱把花都给了他。

我现在有两块钱了，他想，两块钱能干什么呢？两块钱怎么才能变成更多的钱呢？钱是没有性别的，如果这两块钱一公一母，就可以结婚，生出更多的钱来。可是两块钱连一把刀都买不了。

街边彩票投注站的老板娘推开了门，头发如秋野乱草，衬衣肥大且没戴胸罩，缝隙里大半个奶子一起一伏地跳跃着。老板娘打着哈欠，把一通黄褐色的夜尿泼到了路面上，差一点溅到老钱的鞋子。老钱刚要骂一句，抬头看到了"彩票"两个字。两块钱能买一张彩票，对，就买一张彩票，要么中大奖，要么就到南城医院最高的那层楼上跳下来。这事就变得简单了。

"卖吗？"老钱上去问。

刚开门，机器还没打开。老板娘说着，用门口的水龙头冲刷着尿桶，一股浓重的臊味开始在空气中弥散开，让人有点作呕。

老钱就在门口等，看她收拾床铺，打开机器，洗脸刷牙……老钱的目光很大胆，专看她身上活跃温热的部分。以前老钱不这样的，害羞，胆小，但到现在山穷水尽的地步，反而什么也不怕了。老板娘更不在乎他看自己，跑到里间去换衣服，连门帘都没撂下来。买一张彩票，或许我就能中大奖，他心里默默念叨着。此时的清晨于他，是格外不同的，他将自己的命运完完全全交给了他不了解的神秘力量，并希望它能垂青自己；而事实上，老钱内心里深深地知道，被垂青的概率和自己跳楼后活着的概率一样，微乎其微。但微乎其微不等于没有，对不对？某种程度上，这也算是对命运的一种……抗争，对不对？

路上人渐多，各种店铺逐一开门迎客，发廊小姐还没化好妆，却把音响打开了，港台歌手的声音瞬时间笼罩了半条街。老钱看见，每个人都像上好了发条的钟，准时准点地在生活中行进着，从他们的脸上看不见喜怒哀乐。或者说，即便有喜怒哀乐也都是不关性命的，不影响他们活下去，他们也就不去在乎了。

不知道为何，这一天的老钱敏感而多思，他暗暗想起自己读初中时语文老师的一番话。那个姓韩的老头，粉笔敲着讲桌哑着嗓子说："钱小溪呀，有点诗人气质。"事实上，老韩头经常这么和不同的小朋友说，他原来却是个城里小有名气的诗人，特殊时期实在受不了，老韩偷着跑到丰镇——也就是老钱家所在的镇上躲了起来。他埋名不隐姓，过了几年和一个寡妇结婚，生了个女儿。"文革"结束后，他当了中学老师，教语文，但再也不写诗了，只是每一年，都会对着几个孩子说："很有些诗人气质了！"看见报纸、杂志上分行的文字，就嘴唇哆嗦，激动万分。也有人问："韩老师，你说的那些诗，到底有啥好？又不是水浒三国，关羽走麦城，李逵打李鬼，有啥好瞅的么？"老韩就会扯扯衣领，端正严肃地说："你不懂，诗么……"然后没了下文，究竟怎么样也说不出来了，慢慢人们知道他精神上有了点毛病，也就不问了。

有的孩子捕到老韩的弱点，写作文的时候就爱三五个字分一行，三百字的作文其实只写了三十个字。老韩见了这样的卷子眼睛放光，竟然也给及格分，惹得许多家长来告状，说语文老师糊弄。其实老韩的讲课水平是不差的，上面来人检查，常常是老韩做公开课，听得学生一头雾水，领导们也都被他这边一句那边一句的引用给镇住，末了，有灵透的小孩带头鼓掌，一个班级的人都跟着鼓，气氛就热烈，俨然是一次成功的公开课、胜利的公开课。检查的领导们看学生如此，也不好露怯，都说："果然是写过诗的人，讲得好啊。"于是老韩也就多少有了点地位，家长们的理由不足以告倒他，他继续讲他的课，敲打着顽皮孩子的脑壳。

老钱想起老韩当年的话,脑壳正中冰凉之极,恍然醍醐灌顶,却被一声高喝打断:"彩票,两块钱……"肥胖的老板娘终于打开了机器,咔咔咔地打出了本日第一张彩票,小小的一张纸,不足一握。

"这年头,啥人都想中大奖,我卖了十来年彩票了,还没出过一次大奖呢。"

老钱不在意她说了什么,拿下彩票急忙要刮开,边刮边问:"一等奖号码是多少?"

"毛病,"老板娘骂他,"中奖号码还没公布,今天晚上才公布,看电视,市台7频道。"

老钱愤怒了:"怎么能晚上才公布呢?这不是坑人吗?"他把仅有的两块钱投进去了,就是想马上看看自己的命运能不能一下子改变。这拖到晚上算怎么回事?晚上医院大门关了,根本上不了顶层,再说自己也没地方去看电视啊。

老板娘见多了穷凶极恶、暴跳如雷的彩徒,依旧甩着一身肥肉准备每日开门前的日常事务。老钱捏着那张彩票,昨天夜里的事情忽然进到脑海:女人离他而去,轻轻挥一挥衣袖,带走了他所有的钱财——三万两千七百八十六块。这个叫春桃的女人,身材苗条,面若桃花,性欲旺盛,一年前因为一次偶遇和老钱走到了一起。老钱曾想过和她结婚,春桃也想过嫁给他,但突然有一天老钱不行了,不管春桃用什么方式挑逗,老钱都不行,情感的危机竟然就是从性的危机开始的。就在这时候,春桃遇到了当年追求过她的小学同学孙大胖子,并以最快的速度投入到孙大胖子的肉体中。

从情感上说,是春桃对不起老钱,但春桃行走江湖七八年,早

已锻炼得炉火纯青了,她仅仅使出了七种武器中的三种,就彻底把她离开老钱这件事变成了老钱对不起她的一种无奈之举,春桃说:

"老钱,我不想走,真不想走,我和你有感情,没感情也不会跟你睡这么多天觉。我也想着嫁给你,给你生娃,和你和和美美地过日子……可是老天也想不到你……你这么样么?你晓得,我是一定要生几个娃娃的,老钱你现在不成,甭说生娃娃,啥都不行。我还要活命,老钱你说了要给我一辈子幸福,让我一辈子都高高兴兴的,可我又不是猪猡,吃饱喝足就高兴。我是人,二十多岁的女人,正当壮年呢,答应我的话都不算数,我这心,跟拿剪子铰一样疼,我爱你,可我不能靠着这个过下半辈子啊!"

话说到这,春桃就哭起来,不是那种号啕大哭,而是悄无声息地掉眼泪。这让老钱觉得,春桃的哭真没装,她的无奈是实实在在的无奈。春桃的泪水不知不觉就把大襟给浸湿了,一把把老钱的脑袋拉到怀里。这块老钱无数次匍匐喘息的地方,他不止一次埋头此处,觉得是馨香温暖,但这一次在湿大襟里却是凄凉的冷意。

"我要最后一次给你了,我想最后一次看看你行不行,你行,我就踏踏实实和你过日子,其实,我顶不喜欢孙大胖子了。"

老钱终于还是不行,而且这一回,他甚至觉得自己心里连欲望都没有,更不用说身体上。他觉得自己被人给化学阉割了,从此成了个彻头彻尾的废人。

"我对不起你,春桃。"

老钱终于吼了出来,然后就翻箱倒柜找东西,他给春桃买的真假首饰,褥子底下的钱,裤兜里的钱,所有的钱都给春桃了。

春桃还是哭泣。

"我对不起你,我爸不是什么高干,我骗了你,我就是一个打工的。"

春桃愣了一下,说:"我知道,我都知道,我不是图你的钱。"说着,把老钱的钱都划拉到一个包里,"老钱,我走了,我奔活路去了,哪一天你要是再行了,我还愿意伺候你,可那时候我就是孙大胖子的婆娘了,我愿意背着他伺候你,我对你有感情,情深深雨蒙蒙……"

"我最恨胖子了,从小到大,欺负我的都是胖子。"老钱说。

春桃走后,老钱把她丢下不穿的衣服卖给院里收破烂的陈嫂,换了二十三块钱。拿着这点钱,他中午下了顿馆子,吃了三张馅饼加一瓶小烧锅,回去睡满整个下午和夜晚,凌晨四点晃晃荡荡出了门。

老钱想死,活得没意思,虽然他也不清楚什么叫意思或到底怎么个意思,但就是觉得自己一点也不知道干吗活着。

我爹活着,是为了把我、我弟和老妹养活大,结婚生子。

我娘活着,是为了给老爹做饭。

我妹活着,是为了将来成为大明星。

我弟活着,是为了让自行车的轮子转起来,他是个修车的。

我呢?我为啥呢?我咋从来都没想过为啥活着呢?前一阵,好像是为了春桃,为了每天黑下搂着春桃软软的身子睡觉。现在春桃没了,我还活着干吗?

想来想去,老钱在这迷宫里没找到出口,倒是以前从没想起来的一个字让他兴奋——死。这玩意，大概和所有周围的人都不一样，和春桃不一样，和孙大胖子不一样，甚至和死去的爷爷奶奶也不一样。于是，这生活里有一辆车等了他很多年，要拉着老钱去往一个他终于有些期望的地方了，他在大街上寻找这辆死亡之车。

死法太多了，老钱一一盘算着各种死法的利弊：从小城里仅有的几座立交桥上跳下去，被车撞死。不行，老钱不是一个爱麻烦别人的人，自己死了干净，司机可倒霉了。我老钱不能干这缺德事。割腕抹脖子也成，就是怕疼，再者说，家里连把快一点的菜刀都没有，还没富余钱，去小卖店偷人家的又没开刃，也掉价。上吊不敢，勒得脖子疼，还听人说吊死的人耷拉一尺多长的舌头。舌头哪有那么长？耷拉半尺也不好看啊。老钱还想过找人打一架，好比说去年揍过他的小痞子何大猛，拎着砖头和他打，他要是片刀挥过来，就迎上去，不躲，让刀片直愣愣、咔嚓嚓地砍进脑瓜瓢子。怎么的，何大猛，傻眼了吧？你不是猛么？你不成天跟人耍横装厉害么？说啥你在监狱里待过，脚踢南城劫匪，拳打北城流氓。你不是吹牛自己杀过人么？这回让你白刀子过来，红刀子出去，让你把我砍成两半，我×你妈的看你还牛逼不牛逼，你这辈子就蹲在监狱里待着吧你。又一想，太狠了点，似乎犯不着把人弄监狱里去。老钱最后想到了南城医院刚刚投入使用的医疗大楼，十八层，比南城第二高楼整整高八层，这得多少钱？医院有的是钱，就瞅每天早晨门口排的队就知道，他们有的是钱。嗯呐，就到十八层去，眼睛一闭，跳，摔成馅饼算馅饼，摔成麻花算麻花，死在医院里好，这是个好地方，也不算给别人添麻烦。

老钱有了这个主意,刚刚好那边一轮红日跃出来,天就亮了,他感到了一种以前没有过的欢欣,有件别人没想明白的事情他想明白了,不但想明白了,还能干成。对着太阳,老钱肚子咕噜咕噜叫起来,从昨天晚上到现在,他连口水都没喝,突然间又渴又饿。口袋里只有五块钱,就到一个小饭店门口买了一笼包子一杯豆浆。

现在怎么办呢?

是一会儿就去医院跳楼,还是等着明天看看彩票?还是跳楼吧,我这种人咋可能中大奖呢?老钱就往医院那边走,顺势一松手要把彩票扔掉,可又不甘心,抓住了:还是看看吧,也许老天爷不绝我。再说了,医院里没准能找到电视看。

早晨的几个包子早已化作一串响亮的臭屁,老钱肚子里连屎都没留下,熬到太阳落山时,他已经过了最饿的阶段,只是脚步虚浮,如轻度醉酒一般。三十岁的老钱对小城的黄昏有了点依恋,有一层色彩悄然涂在了马路、楼房和人们身上,虽万物嘈杂而老钱一心赴死。他想起童年和伙伴们坐在老家废弃的古城墙上头看落日的情景,那时候,落日将夜晚带来,将小钱和多数孩子的生活分成两半。夜如梦如幻,夜晚要做家庭作业,夜晚要面对辛劳一天脾气暴躁的父亲,夜晚冒着浓烟和烤羊肉串的味道,但在它彻底降临之前的傍晚,是属于孩子的。他们这时不在学校,不在家,在路上。

回忆让老钱略带感伤,他极力想在心里浮现某首应景的歌,但没有。于是老钱感到生命的苍白,他的感受,嘴巴说不出来,四肢动不出来,别人的歌也唱不出来。

天老爷，老钱想，心口咋这么闷？咋这么难受？

老钱死死地攥手，一条青筋渐渐从皮肤下凸现出来，甚至能看见里面血潺潺而流，那张彩票已经被揉搓得皱皱巴巴了。黑夜已经到了眼前，老钱瞬时忘掉刚才的一切感慨，发现自己好像仅仅为了看看这张彩票的结果而忍耐着活下去。

"我很好奇。"

向死之心不改，老钱就在夕阳中以一种平和心态走进了南城医院。这时候，医院没有那么多人，院子里来来往往的多是穿着病号服的病人，再就是拎着水壶、饭盒的病人家属，一切有条不紊地行进着，像一个成熟小区的傍晚。老钱瞅着没人，闪进了职工通道，平时这是不让外人进入的，因为这个通道的楼梯可以直通顶层。

医院顶层原来是开放的，但后来一个癌症病人没钱治病，医院赶他出院，病人跑上来示威，结果身子太弱，被一阵风吹下去摔死了，电视台还派记者跟拍了这一事件。后来楼顶就被封了，防止别人再跑上去寻死，但在这个几十万人口的小城里，大概有好几百人都想着到医院大楼顶层跳下去。跑到一个五层楼去跳楼自杀，已经无形中被看作是特别没面子的事情。一个人要死，必定是活得太憋屈了，要是死也死得没面子，那是万万不能够的。老钱扶着膝盖往楼顶爬，一边还在心里遗憾：妈的，我怎么就不是那第一个从这跳的呢？我要是第一个，电视台也得报道我。他对那个癌症病人潜伏着隐约的妒忌，好似他抢了自己的风头。

然而老钱终于失败了，就在最高一层的通道口，那儿被黝黑的铁门锁住。他上去摸了摸，铁门上尽是铁锈，刺手，到处都是电焊焊接点，像一颗颗缩小的蜂窝，一看就知道是在垃圾场拣一堆铁管子临时焊的。但那把锁却锃亮，足有小孩巴掌大小，锁孔连划痕都没有，应该是锁了之后再没开过。老钱郁闷极了，功亏一篑，他私下瞅着想找点东西把锁眼堵死：不让我进，我就让你门再也开不开，可这儿没有碎石子，没有水泥，满地是深浅不一的尿迹，臊气冲天，还有就是几十个废弃的避孕套，其中一个甚至能看见里面一小摊白色的液体。

老钱哐哐哐晃了几下铁门，直到胳膊发酸，才气鼓鼓地沿着楼梯下来。

彩　票

这天夜里，老钱从未有过地精神，一点儿都不困。

最近一段时间，老钱发现自己成了一种回忆式的动物，只要没事做，停在任何地方，他都很快会陷入回忆之中。往事像一卷无边无际的卷轴，随时从他眼前向过去展开，可不管他如何瞪大眼睛去瞅，都看不清细节，感觉却又无比真实，有点像醒过来之后回想梦里的内容。

老钱想起，自己并非孤身一人，他不是孙悟空，有爹有妈，还有一个弟弟一个妹妹。他们生活在离此城三百五十公里的一个小镇上，老爹开花圈店，母亲做裁缝，弟弟修理自行车，妹妹钱大梅读高中二年级，已经学会了穿超短的牛仔裤。妹妹穿超短牛仔裤，起初并不是为了时尚臭美，是一个客人裤子刮坏不要了，她妈把裤腿截掉给妹妹穿，没想截短了，成了超短牛仔裤。这没什么，妹妹有一双细长匀称的腿，好看，正适合穿这类裤子。妹妹叫阿梅，和他们一家人长得都不像，十七岁个子已经一米六五了，而老钱他爹最挺拔的时候也才一米五八，老钱勉强一米六，弟弟钱大喜更矮，一米五五，为此二十八了还没谈上对象。这是一米五六的老妈每天要念叨几十遍的事："乖乖啊，你说阿梅一个女娃娃，咋长那么高呢？一家人的身高是有定数了，阿梅，你把你哥的身高都长去了呀。"阿梅鼻子哼了一声："怪我？"

　　三年前，老钱离开了这个他一直想离开的家。

　　离家的原因很简单，他不想子承父业，跟着老爹扎花圈。老钱心灵手巧，十几岁的时候扎出来的物件，就比老爹的看着还精巧，他还帮助家里创新了很多扎制技术。老爹高兴地说，祖坟冒青烟了，这门手艺要在老钱手里发扬光大，这小子天生就是个扎花圈的。可老钱不愿意干，虽然老爹不止一次教育他，别看这活很多人瞧不上，但是一门手艺，而且一般人不会学也不会干，而且是人都免不了一死，这是永不缺少顾客的生意。这是实话，如今的年头，爹妈活着的时候不一定愿意花钱孝顺，一旦咽气了，儿女都疯了似的给烧东西。这些东西要真能烧到另一个世界去，那边的人无疑生活在天堂：有小轿车，喜欢哪个牌子就贴哪个牌子；电视机，超大屏幕；电冰箱，大容量……该有的都有了，还有的烧小蜜，烧麻将，烧老年健身器材。老钱他爹活儿就多，没白没黑地干，有时候也不能按时交货，就把在镇子上干了好几年清洁工的老钱提溜回来，帮他扎花圈。老钱干了三个月，还是一直想跑。老钱想跑不只是不想给死人扎花圈,还是因为他有一个多少年的梦。自从高中毕业,老钱就想跑出去混,横刀立马,不干出一番事业来誓不还乡。但那时候,弟弟妹妹都小,老爹的生意也不像现在这么火,家里死活不同意他出去。老钱不是个刚强人,就留下了,今天干点这活,明天干点那活,贴补家用。

人留下了,心一直不安分,总想着跑出丰镇,去大城市混。老钱蓄谋已久,至少提前几个月就策划这件事了,他从工友、火车站工作人员和高中同学那里听到最多的词语就是南城,人们说,那是一个比镇子大好多的地方,马路宽阔,汽车如蚂蚁,高楼耸立,美女如密云,就连街边小吃店的包子,也要比镇子上的白上几分;更不消说南城处处有机会,时时能发财之类的话。老钱听了,不免神魂颠倒,心中有一句话始终忍着:既然南城那么好,你们咋还不去呢?老钱没有问出来,是因为他觉得,即便南城没有这些人说得这么好,打一个五折,也足以值得自己去一趟了。他以小镇为蓝本,利用人们补充的叙述,在头脑中构造了一个南城,老钱觉得自己有一些歪才,就是能凭空想象出特别而具体的东西,而且能够用某些材料把它表现出来。在昏暗的地下录像厅看录像的时候,他多次设想自己是一个导演,要导演一部讲述老百姓自己的故事的片子,主角就是老钱。电影中的老钱,身穿涤纶帆布紧身牛仔,戴黑色手套,穿大头皮鞋,叼着烟行走在小镇的路上。镜头延展,街边的各色人等入画,卖肉的老牛,抱孩子的花嫂,一堆堆抹着鼻涕喊着"一二一"齐步走的小学生,还有他暗恋过和暗恋过他的每一个女同学,比如麦芽……然后,画面定格在老爹的花圈作品上,那些用鲜艳的彩纸折叠剪裁出来的假花，在镜头晃过的时候突然间蓬勃绽放，并且散发出人间少有的气息。阳光从每一个角度洒下来，电影中的老钱吐了几个烟圈，对着镜头款款深情地说道：我要去远方，挣钱。

每当这时候，老钱便觉得自己超越了日常生活，彻底离开了小镇和家人。但很快他就会从幻想中醒来，面对着一屋子假人假马假花，那些电影里的人，仿佛都是这些纸人纸马变的，一把火，消失得无影无踪。

无论如何，南城被植入老钱的脑海，就像若干年后，老钱在电影《盗梦空间》里看到的盗梦人所做的那样。2000年的初夏，老钱穿着褐色的衬衣，背着包裹，终于坐上了去往南城的长途客车。之前的三个月，老钱一直和家里谎称没有发工资，并随时把可能的零钱攒起来，离家的时候，他已经有了一千四百元，还有老妈给全家人准备的十张烙饼和一大瓶子凉开水。老钱想过写一封信，用砖头压在桌子上，但后来觉得这情节实在太过文艺，似乎自己出走就是为了想象家人展开这封信时的尴尬表情一样。遂作罢，心想既然要离家出走，还是悄无声息的更好。

清晨，在彩票店门口，费了好大劲，老钱终于从裤袋里翻出了皱巴巴的彩票，这不是足彩或福利彩票那种全国性的赌博游戏，只是南城自己组织的一种，印刷质量差，油墨几乎涂抹掉。老钱对照着老板娘刚刚贴出来的中奖号码，半天才辨认出有四个数字相同。

他惊喜地喊：我中奖啦。

老板娘拿过彩票一看：你这彩票都成啥样了，根本看不清。

老钱急了：清楚得很，0342，明明白白。

老板娘：看不清，要是你这样的都来，我这还不黄了。

老钱冲上去，一把揪住老板娘的胳膊，但她的胳膊太过肥了，没有攥住。老板娘跳了个高：你还敢耍流氓？

老钱：不是耍流氓，我中奖了，三等奖。

老板娘：好，就算你中了，三等奖，不就是一张彩票吗？瞎激动什么呀。

老钱：什么就算是我中了啊，我就是中了。

老钱又得到一张彩票，他怕老板娘糊弄他，连问几个买彩票的人，三等奖确实是"再来一张"。

拿着这张彩票，老钱无所适从，他本来想今天要么中大奖，要么可以心无旁骛地去跳楼了，怎么会是这样一个结果呢？老钱肚子饿，头晕，想不明白是怎么回事。

更让他没想到的是，连续七天"再来一张"，不但老钱没想到，老板娘也没想到，她卖了六七年彩票，还从未见过一个人连中七天"再来一张"的。

"你连中七天的几率，跟中一百万的几率也差不多。这就是命么，有的人一中一百万，你连中七个'再来一次'，这就是命么。"

老钱不相信，却又不得不信。前三天，他一直浑浑噩噩，也没怎么吃东西，第四天实在扛不住，偷了人家两个馒头灌凉水吃了，第四天路过一个小饭馆，见有人急匆匆打着电话出来，赶忙进去，坐在这人的位子上。服务员跑过来收盘子，老钱说：还没吃完呢，我朋友出去打电话了？

服务员说账都结了。

老钱生气了：账结了你还怕啥，没吃完就得让我们吃，我朋友打电话，一会儿就回来。老钱风卷残云把桌子上的剩菜剩饭都划拉进肚子，打着嗝往外走，服务员跑过来：你朋友咋还没来？

有事绊住了，老钱说。

白吃食，服务员骂老钱，老钱已经走出了门口。

接下来几天，老钱就这么混饭吃，晚上躺在小屋的破席子上，啪嗒啪嗒掉了几颗泪："呜呜呜，我咋混成个要饭的了，死了算了。"倒不再失眠，难过着就睡着了。

第七次拿到"再来一张"的彩票之后，老钱愤怒了一会儿后豁然开朗，他明白了：这是老天爷不想让我死，留我呢。就和老板娘商量：给我十块钱，我也不要再来一张了，要不然我天天来，你也烦。

老板娘确实烦，讨价还价了半天，给了老钱五个钢镚。

老钱坐在天桥上想，我现在有五块钱了，我能干些啥呢？一周前，我只有两块钱，现在我活下来了，还有了五块钱，资产增长了一倍还多。怎么才能把五块变成五十块、五百块、五千块呢？老天爷不让我死，我就得好好活着，它一定帮我想好了出路，老天爷，你倒是说句话，给点提示行么？

天上轰隆隆一阵雷声，可头顶没有云彩，雷和雨都在城外的郊区。

包　子

　　老钱再去买包子的时候，有了主意，五块变五十块，就从包子上着手，包子有肉不在褶上。老钱前些天看见，每到中午饭点，南城高中外面就一堆小摊，卖炸糕的，卖鸡蛋饼的，卖豆包黏苞米的。老钱想，自己去小饭店买点包子，到这来卖给学生，能赚个差价。

　　老钱到常去的包子铺，一阵讨价还价，五块钱愣是买了两笼二十个，自己馋得差点流哈喇子，还是没舍得吃，揣怀里赶紧往半里地外的南城高中跑。远远地，他已经听见下课铃响了。门口的小贩都活跃起来，各种吆喝此起彼伏，老钱大口喘着气，看见数百个学生小跑着出了校门，他举着包子迎上去，只是嘴里的话始终喊不出来。眼瞅着学生们奔向其他摊位，老钱急得脸红脖子粗，心一横，喊："包子，热乎的！"声音竟大得出奇，盖过了校门口的喧闹。有两个个子高的学生跑过来："咋卖的?"五毛钱一个，四块钱十个。两孩子买了十个，给老钱五块，老钱身上没钱找，又拿两个包子，学生也不纠缠，捏着就跑了。又过了一会儿，另外八个也卖出去了，老钱一共得八块钱，除去成本，还剩三块。

　　老钱心下高兴，想，这儿卖什么的都有，怎么没人卖包子呢？管不了，他瞅学生还三三两两地出来，赶紧又跑到包子铺买了两笼，卖一半吃一半。

　　接下来十多天，老钱每天往返在包子铺和校门口之间，资本已经积累到几十块。但这天中午再去，发现包子铺的老板立了三轮车在学校门口，七八层大笼屉，冒着热气，周围一圈学生举着钱。老钱愤怒了，生意被人抢了。可这话和谁说去呢？没处说，只能捏着自己的几十块钱往回走，路过彩票店，老板娘一看见他就把脸子扭过去了，不照面，老钱在门口无聊地愣了会儿，继续往前走。

回到地下室，发现屋里东西有人动过，显然是来了人，门没坏，锁眼干净。想来想去，只能是春桃来了，就她有钥匙。老钱收拾了下，发现没少什么，春桃大概是回来拿她丢下的那些衣服鞋子的，都叫老钱给卖了，她哪里找得到。

老钱肚子饿，暖壶里倒了半碗凉水喝掉，把几十块钱摊在桌上一张一张数，三十四块六。自从卖包子，老钱就养成了习惯，每晚都把手里的钱数一遍，心里知道不多，还是数，而且是一遍又一遍地数。这过程让老钱觉得享受，数钱的时候，老钱感到财富通向一个无穷大的数字，即便那个数字是三十四块六，可从第一毛到第三百四十六毛甚至从第一分到第三千四百六十分之间是漫长而高潮迭起的。从前，老钱最富裕的时候手里攒着几万块，那是他苦干好几年的积蓄，但没感到现在这么兴奋，这么满足。这时老钱再也想不起来死了，他甚至觉得，当初之所以会考虑自杀，就是没尝过赚钱的快感，不是那种赚大钱，而是赚小钱的快感。老钱意识到自己的生活正脱离常规，步入一条奇异的车道，这个方向拐得有点快。

我得适应，我得跟得上，老钱想。

眼下的问题是，他饿了，必须吃东西，三十四块六很快就剩下三十块。怎么让三十块，变成更多呢？老钱一时没有主意，但他已然明白：去扛沙包、和水泥不行，要赚钱，就得做买卖。两块钱既然能变成三十块，就能变成更多。

老钱的买卖越做越大，买卖的对象却越来越小，他开始到小学去卖棒棒糖、糖葫芦，并且学会了糊弄小娃娃，三块收五块，还学着自己买了冰糖兑白糖熬成汁，用模子模成各种形状当作棒棒糖卖。老钱的棒棒糖质地不好，粘牙，但比商店里的便宜，且形状多，因此为各小学孩子们所喜爱。

家长们很快惊奇地发现，自己的孩子这段时间总爱拉肚子，不甚严重，就是大便犹如稀饭，米黄色的，吃粗粮也如此；衣服也比以前难洗，总是各处黏糊糊，散发着腐朽的甜味；作业本上的纸常被莫名撕掉，不知是擦了什么去了。有一天，某个家长送完孩子后没离开，一直在学校对面的小饭馆里坐着，隔着毛玻璃缝观察，就发现了老钱。他看见一个戴着袖套的家伙挎着大包，蹲在学校门口，下课铃一打，就有一群孩子跑出来，围着他，这里面就有他自己家的娃。家长愤愤然出去，揪住自己小孩，夺了他的棒棒糖，转头对老钱喊：你卖的是啥？都把娃娃吃得拉稀跑肚的，你这是害人。老钱先慌了几秒神，但经过这段时间的练摊，多少也是见过各类场面的，很快板住慌乱：讹人么？这么多卖东西的，凭啥说吃我的糖吃坏了。

这些人我都眼熟，认识，就你一个不认识，不是你是谁？

旁边的小贩听了，立时各自开口，说就是，也不知道这人哪来的，好长时间了。

他卖的棒棒糖一看就是假冒伪劣，哪有同样的糖，包了好几种糖纸的？

他啥都卖，搞不好是人贩子，偷小孩的。

老钱想，不能撑了，就说：你们人多欺负人，我一个做小买卖的，城管警察都不管，你们欺负人。抽冷子撒腿就跑。老钱跑，不是老钱怕了尻了，是老钱心虚。老钱的棒棒糖熬的时候加了白矾，糖纸也多是他从垃圾箱里捡来，用抹布擦了包糖，必然不干净。卖了好些天，也没听说哪个吃坏，他便没在意，今天有家长寻来，肯定是孩子吃坏肚子了。

一路奔回出租屋，见木板门上贴个条，房东催房租。弄他先人，去年房租都一个月一交，今年不知哪个缺德的出坏主意，仨月一交，还得交一个月押金。一个月150，押金100，老钱一下就得拿出550块。五百多块钱，现在的老钱有，但这些钱赚来不易，老钱实在不想一下抵掉。再说，交了房租，他小买卖的本钱也就没了。

这个夜晚，老钱自己包了五十个饺子，纯牛肉馅的，吃得肚子溜圆。还就着饺子喝了一瓶白干，吃了一罐子油辣椒和三头笨蒜。把房东纸条撕了后，老钱本想睡一觉，睡起来万事不愁，醒来一切再从头。却没有睡意，墙上挂着的那座二手石英钟突然当当当敲起来没完，它已经有好几个月不走了，这还是春桃搬进来那天老钱买的。当时老钱想，买一挂钟，准点起床干活，准点睡觉，准点和春桃搞事情，才像认认真真过日子。

老钱扔了个枕头过去，那钟歪了，却还在响不停。老钱忍无可忍，摘下来摔在地上。当当声终于没了，老钱看着挂钟，忽然想起，今天竟是自己生日。在家时，也并不过什么生日，但出来这几年老钱总会记住自己的生日。每到这天他就吃顿饺子，老钱不爱吃面，就喜欢吃饺子。

夜里睡时，酒发了热，一床破被絮也被老钱蹬开，半夜就被冻醒，接连打了几个响亮的喷嚏，浑身一哆嗦，就觉得鼻孔堵塞，知道要感冒了。老钱起来要倒碗热水来喝，水壶里却只有些温吞的残水，还带着土渣，尽是腥味。老钱盖了被子，嘴里叼了根棒棒糖，想起了家。不知爹妈这些日子咋样了，话说他已经一年多没回去了，最近一次见家人，还是八个月前带着春桃去看上高中的钱大梅。钱大梅见了春桃，就口热心热地叫嫂子，春桃听了喜欢，给她二十块钱，老钱后来又偷着塞了一百。钱大梅说，自己学习不好，想去大城市，那里有好多选秀节目。老钱就训斥："好好学习，考大学才是正事，不能和我学。"钱大梅默然一会儿，说："爹捎话来，说让你有时间回去一趟，妈想你了。"

"知道了。"老钱说。

他想老娘，可心里和父亲斗着气一直没散干净，更不愿回去看满屋子花圈纸钱，一副惨惨的境况。父亲的手艺更见精湛，扎出来的纸人纸马栩栩如生，几欲活动，老钱看了心下更难过，觉得这个家没有家的气氛，好像是个殡仪馆。老钱不愿一辈子再活在这些纸扎的玩意当中，房子车子，他要真的，不要这些假东西。

地下室无日无夜，老钱凭感觉，知道天亮了，浑身发软无力，挣扎着想该去买几颗药来吃，否则严重了，就要花更多的钱。他起身穿衣服，便觉得那衣服在剐蹭他的肉皮，麻粒粒的，全不贴身，晓得烧得不轻。出门买了感冒清颗粒，借小药店一碗水吞了，肚皮并没觉得饿,也不吃早饭,回来开始收拾东西。房租是不打算交了,撑一天算一天,实在撑不下去,拎着东西走人。这房东老王婆子也不亏,老钱在这住的这段时日,隔三岔五就要帮王婆子干点活,连口饭都不管,净说:"钱家兄弟,你年轻有力气,帮帮手。"老钱耐不过,就帮帮手,一次又一次。之前老钱并不在意,现在她总催着房租,老钱便觉得这些忙不该白帮。

眼下还是要寻活路,挣钱。胆子太小了,老钱埋怨自己,在小学门口就不该躲,横手撂倒仨俩的,见点血头,就没人赶自己了。收拾停当,只一个大包一个小包,被褥还铺着,啥时候走啥时候捆,这一通忙老钱出了身汗,感到轻省许多,肚子便叫饿,一边饿着,一边还有屎头直奔屁门。老钱上到地面,看见公厕那儿排着队,心里恨恨,到老王婆子院子里,看门上挂着锁,晓得她去了东门菜市场,还不到回来的时节,到墙角那一丛牵牛花架子脱裤子蹲下。要起身时却发现自己没手纸,抓挠了半天,也没找到合适的物件,就在架子旁的一个破柜子里翻拣,都是些锄头、镰刀之类的种花工具。老钱正要脱袜子,冷不丁瞅见箱子底下露着缝,用手一扣,底板就下来了,还有一层。暗格里是个塑料袋子,老钱打开,见一个红布包,再打开,眼睛瞪大了:一沓子红花花的钱,都是崭新的票子,足有一百多张。老钱顾不上屁股的屎,匆忙站起来四处望,并不见人,就把钱揣在怀里,红布包了些土坷垃,原地放回去。

转身往回走的当口,老钱听见外面一阵碎碎的脚步声,知道王婆子买菜回来了,急忙躲到门后。这是两扇对开的大木门,外面包着层铁皮,一扇门常年大开着,老钱心里害怕至极,倒并非害怕被王婆子瞅见，只是自己第一次做了贼，本能心虚。他心怀愧疚，觉得刚才不该拿了钱，现在这叠钞票在怀里，如同烧热的烙铁，烫得胸口火辣辣。老钱想，等王婆子不注意，再把钱给原样放回去，可不能真做了贼。

王婆子年纪虽大，腿脚却是轻快的，一阵啪嗒啪嗒走进来，手里拎着红白相间的一条猪肉，另只手里是鱼和青菜。看着那肉，老钱心里便生出恨：这个老太婆，日子倒过得比谁都好。又想起平日听四处的人讲，王婆子天生守财奴，对子女都抠得厉害，常常和邻居街坊为鸡毛蒜皮吵起来。

拿都拿了，还放回去？老钱犹豫了，辛苦几个月，才不过赚了几百块，这手到擒来的一万多，舍了实在不忍。老钱后悔刚才考虑不周，决定要想个法子，把现场彻底毁掉，这钱才能拿得安全。他悄悄出门去，才走了不过百步，就见隔壁刘天赶着四头猪往院子里去，一个主意便从心里生出来。老钱跟着刘天进院子，说：刘哥，这是要喂猪啊。

刘天瞟他一眼，说：嗯。

刘天每年喂七八口猪，自己并不宰杀，都整个卖给集市上的孙屠户。孙屠户的肉铺摆在南城最大的农贸市场里。刘天不爱和人搭话，见不熟悉的外地人老钱过来攀谈，心里腻味。老钱却不依不饶，说：刘哥，你养猪，一年能赚几个钱？刘天不答话，起身进屋里，过一会儿拎出一大桶猪食倒在槽子里，几个猪头便凑过去吭哧吭哧地吃起来。刘天又进屋，老钱瞅瞅他看不见，猫腰把猪食槽子给推翻了，又冲最大的一头后裆猛一脚，大猪吱吱叫起来，撞到其他猪，就有些乱作一团的意思。老钱喊：刘哥，刘哥，你家猪疯了，把猪食都糟蹋了。刘天急匆匆冒出来，看见满地猪食，拿起棍子就赶：这帮没良心的玩意，多好的粮食，我都舍不得吃给你们吃，你们还挑肥拣瘦的。你们这些挨千刀的。老钱，你快走吧，你满身生人气，把我家猪都熏毛愣了。老钱说：刘哥，话不敢这么说。刘天独自把猪赶进圈里，自言自语：饿你们一顿，看你们还挑拣不。也不看老钱半眼，气冲冲回去了。

老钱出来，到街上吃了两笼包子，趁老板娘不注意，把她门口的半水筲泔水拎走了，回到地下室，把剩菜剩饭面粉统统倒进去搅和，然后苦等夜来。

夜如约来了，老钱拎了泔水桶出去，倒在王婆子院子里自己上午拉屎的地方，又轻轻开了刘天家的猪圈门，大门留个缝。

二日天还未亮，就听见王婆子哭声传来：哪个狗养的，把我的救命钱给毁了。老钱赶紧上去，就看见院子里已经围了些早起的人，刘天家的几头猪还在那儿拱地，旧箱子已经毁碎了，老钱着意去看红布，那块包钱的红布已经被猪撕扯碎成几块，散在地上。刘天匆匆过来，一看是自己的猪，抄起棍子就打。王婆子拉住他："你赔我钱，你赔我钱。"

刘天闷声说："我赔你啥钱，我顶多赔你个破箱子。"

王婆婆："我箱子里藏了一万两千块钱，红布包着，都叫你家猪给吃了，你不赔谁赔，你看看，这红布还在这呢。那可是救命钱啊……"

刘天："你讹人，你说一万二就一万二？谁瞅见了？谁家把钱藏在院子里?"

刘天推开王婆子,赶着猪出去。王婆子尖叫一声,昏了过去,老钱再不敢看,奔回屋子里,拎了包裹便跑。他不晓得自己跑了多久,只是感觉到再跑下去,肺泡一定会炸的。老钱停了下来,发现自己竟然跑出了十几里地,他一抬头,正好看见街对面一片平房正在挂牌子:南城市农贸市场。老钱心里又有了主意,他找到活路了,但是得先回趟家。

出　走

三年来,好运来水产批发公司的总经理老钱,一直没治好失眠的毛病。老钱的失眠与一般的失眠不同,他不是睡不着,每天晚上九点,老钱都准时地脱个精光,躺在大床上。睡着了,然而这种睡永远是浅层次的,他知道,自己已经不再醒着,可又清楚地感觉到自己头脑中的活动。

老钱的脑海里,犹如一个永不熄灯的电影院,连续不断地放映着各种电影:春桃和孙大胖子起伏在床上,孙大胖子肥腻的身体完全罩住了娇小的春桃。老钱看见,在不甚遥远的过去,春桃蹬着一辆装满水果的三轮,从杨忠字转过到西字路这边,旁边的建筑工地上,老钱正躺在蛇皮袋子搭建的凉棚下睡觉,脸上扣着一个安全帽,安全帽的缝隙里透出了春桃三轮车轱辘。

春桃尖声地喊起来:香蕉苹果梨……西红柿西瓜来着……阳光照射在车厢里的水果上,水灵灵的,老钱腾的一下坐起来。他看见了这一幕，和他若干年后在睡眠中看见的一样。他追上去，挑三拣四地买了几个梨几个西红柿，将手伸进裤子的暗兜里，摸出已经揉搓得发软的一百元。

呀，大票呀，春桃喊起来，没瞧出你还是个老板，找不开。

老钱便说，不怕，往后你每天给我送水果来。

你就不怕我卷了钱跑了？春桃说。

不怕，老钱说。

他不知自己怎么会不怕，或者是，老钱冲动地要冒一次险，把这一百元做投资，将每一种水果都作为诱饵，来钓春桃这条滑腻腻的鱼儿。接着就是他和春桃在出租屋里热气腾腾地涮火锅，喝小烧。日子真好呀，春桃说，脸上红润润的，嘴唇更红润。

之后，镜头转换，老钱看见王婆子躺在院中的箱子里，面如死灰，盖着一床破烂的棉絮，突然间流出眼泪，口里嘟囔着：还我的钱来，还我的钱来，我的钱哪儿去了？老钱心里难受极了，但他无法从梦中醒过来，就这样把自己的人生片段杂乱无章地重现一遍。这种似真似幻的影像把老钱的记忆搅得一片混沌，他越来越难分清哪些是真哪些是假。白天，老钱是好运来的大老板，日进千元，年收入上十万，但没有人能知道并了解老钱的痛苦，人前他风光，人后他悲伤。

三年前，他拿着王婆子的钱，先回了趟家，和家人吃了几顿饭，几次要把那笔钱掏出来显摆一下，最终都放弃了。他心里一直虚着，只得在他爹钱高守第七次骂他时背起包就走了，出门前给了他妈五百块，又掏出两百块，让他妈寄给妹妹钱大梅，叮嘱她好好学习。

还有三百块钱，他本来想给弟弟钱大喜，可一看弟弟畏畏缩缩的样儿，就想算了，这钱给了他，过不了一个星期，都得让爹糊弄去买酒喝了。

老钱去汽车站坐车，没座，站着。整个车厢里，就最后一排看起来稍微空些，四个座，但左右两个窗子边各两百斤左右的胖子，中间一个抱小孩的妇女。此人头发烫着波浪卷，描眉画眼，衣着时鲜，怀里的娃娃拱来拱去，她便将衣服撩开，露出半个温黄的奶子，娃娃伸嘴叼住奶头嘬起来，旁边座位上本来脸色木然的人们都活跃起来，纷纷扭头向妇女说："娃娃几岁了？看这吃得欢实。"

回答说一岁半。又有人去捏小孩的脚丫子，说："瞅这白，跟粉淀子似的。"回答说，都说白。又有人说，是白，随你。女人脸一红，捎手撩了撩衣服，把那个带着晕黄色但饱胀坚挺的奶子遮去大部分，无奈娃娃吃得不爽，又给扯开。周围人便再杂七杂八地说话，眼神隔一时半会儿飘向那对奶子，整个车厢里弥漫着一种奇异的欢欣，仿佛人们不约而同地参加着一个集体仪式。

天呀，那妇女突然尖叫起来。众人一惊，各自缩了缩脖子，都以为是自己目光太直棱，惊了妇人，于是咳嗽的咳嗽，点烟的点烟。那妇人站起来，冲到老钱跟前："钱大庆啊，你是钱大庆啊。"

老钱蒙了，急忙退了几步。

"我是麦芽啊。"妇人一胳膊夹着孩子，一只手便拉住了老钱的衣领，"你初中同学麦芽，坐你前面，梳俩大辫子，你老揪我辫子玩儿。"

老钱忽然间想起来，自己确实有一个叫麦芽的女同学，可仅存的印象里，麦芽皮肤暗黄，骨瘦如柴。而眼前的妇人体态丰满，脸色也白，除了眉眼上有几分类似，和麦芽完全是两个人。再仔细一看，麦芽那大大的下巴，是无论如何也瞒不掉的。老钱对异性的第一次懵懂，就是麦芽给他的。那时候的麦芽瘦小，夏天的时候穿她姐姐的衬衫，衬衫太大了，扣子和扣子之间经常露出缝隙，又不时兴戴乳罩，麦芽小小的乳房就会从缝隙里跳出来。老钱坐麦芽后面，他个子高，站起来一低头，也能从衣领处看见麦芽的胸脯。

　　老钱凭着这个大下巴，认出了自己的初中同学麦芽。他可以光明正大地盯着麦芽看，虽然眼神不敢聚焦她又大又圆的乳房，但这么笼统地看着，那乳房就显得越发地鼓胀起来。很多回忆从老钱的脑袋里浮现，麦芽，自己的前座，从前是一头焦黄的头发，头发上很多白白的虱子。有一次，老钱看见一个虱子在麦芽的脖颈上爬，他想给她捏下来，可是没捏到，麦芽却被他的突然举动惊吓得尖叫起来，说："钱大庆你耍流氓。"老钱被老师罚扫了一个星期厕所。

　　刚想到这儿，眼前的麦芽啧啧了两声，说听同学们讲，老钱你发达了。老钱说哪有哪有，就是混口饭吃。麦芽说，发达了可别忘了老同学呀，水深火热呢。老钱呵呵一笑，从口袋里掏出一百块钱，塞到小孩的怀里，也同时是塞到麦芽的怀里："给孩子买吃的。"麦芽挣扎着，半推半就说这哪儿成，推搡间老钱的手就碰到了麦芽的乳房。孩子嘴里的奶头掉出来，不干了，开始哇哇大哭。老钱赶紧说，别争了，给孩子的。麦芽就说谢谢钱叔叔，你这是去哪儿？

　　我去……老钱忽然间想起自己这钱的来路，便把差点说出来的南城，改为了江城。世界上可能有一个江城，也可能没有，江城是老钱胡诌的，反正麦芽也不晓得。老钱说，江城在南方，一条大江从城中穿过，那是一个美丽的地方，自己就在那儿生活。

麦芽露出无限的向往，她仰着头看老钱，巨大的下巴像一块石头冲着老钱。

车到站了，麦芽跟老钱说，回来记得找她，同学们每年都聚会，前后桌就缺老钱。

老钱答应着，说后会有期，江湖再见。

麦芽说，真是闯荡人了，说话都这么有文化。

麦芽抱着孩子走了，老钱心里空落落的。这时候，他突然感觉出一点年华老去的意思，虽然才刚刚三十岁。没想到，自己当年喜欢的麦芽孩子都这么大了，自己呢，还是一事无成。

不知为什么，老钱觉得自己还会见到麦芽的，他觉得他俩的情分不应该就这样。他不得不想起春桃，麦芽和春桃比起来很不相同，如果说春桃是一碗冒着油的红烧肉，麦芽就是一碗炒青菜，不吃肉人难受，不吃青菜没啥，但是，如果时间久了，你躺在床上想起的却常常是炒青菜，耳朵里都响着牙齿咀嚼青菜时的咯吱咯吱声。

老钱就想，红烧肉也罢，炒青菜也罢，现在的关键是赚钱，活下去，活出样儿来才有机会挑肥拣瘦。

老钱再一次站在南城农贸市场的门前时，他身上的钱不多不少，还剩下一万块，就是用这一万块钱，老钱开了一个卖水产的摊位。这是一座北方城市，不靠海，但是从这开车500公里的另一座城市靠海，盛产海产品。老钱的摊位发展得很快，也就三年时间，他已经是这里数得着的水产摊了,彻底站住了脚。

有意思的是,虽然是卖水产的,但老钱从来不敢吃海鲜,过敏,一吃就全身起疹子,全身,包括肛门都起。迄今为止,老钱只吃过一次,疹子痒得他差点疯了,又不敢抓挠,只能拿冰块贴在身上止痒。那以后,老钱看见海鲜就浑身不自在,每天出摊的时候,他买了一个墨镜戴着,不少顾客把他当成了盲人。

开摊两年后,他已经不怎么亲自进货卖货了,一切都有雇来的小工在弄。在感情生活方面,老钱一直有努力,但没什么实质性进展。一个人收拾完海鲜回到家里,喝点酒,躺在床上的时候,他就想起春桃和麦芽。想麦芽,脑海里总是模模糊糊,不像春桃那么具体。毕竟,春桃是跟他一起睡过那么多个夜晚的人。

老钱忘不了春桃,虽然春桃早在三年前就跟着孙大胖子走了。他知道春桃在哪里,因为孙大胖子的产业越来越多,他还给春桃开了一个服装店,离农贸市场不远。有几次,老钱在路上遇到春桃,开着一辆小汽车,在路边买包子。春桃还是那么漂亮,不对,是更漂亮,自从跟了孙大胖子之后,她不劳动了,而且有了更多时间去保养。老钱没敢上去打招呼,他想不好该说什么。他原来设想的,赚到钱,一定再去找春桃,可是他怎么赚,钱也没有孙大胖子多啊。这家伙已经开始进入房地产领域了,他买的那块地皮竖起了大牌子,一个叫作桃花源的高档社区开始挖地基。桃花源,哼,一看就是为了讨好春桃而起的名字。

买包子的时候,春桃暴露了自己的过去,她还是喜欢韭菜鸡蛋馅的,先是让卖包子的给她三个,后来又变成一个,说:"吃多了味儿大。"尽管她吃过那么多海参鲍鱼,可是一闻到鸡蛋韭菜馅的包子,还是会流口水,忍不住停下车来买一个尝尝。

春桃的车冒着烟开走了,老钱也走到卖包子那儿,买了两个韭菜鸡蛋的包子,一杯豆浆,吃了下去。他还记得,自己当年差点因为一杯豆浆而跳楼,不可同日而语啊。老钱现在有钱了,虽然还不算特别多,但在这个小城里绝对属于中等生活了,可是老钱一直异常低调。三年来,他甚至没有告诉父母自己就在南城,每一次给父亲寄钱,都是出差到不同的地方寄,广州,云南,长沙,武汉。他家人完全不知道他在哪里。

钱大梅没有成为明星,终于考上了大学,虽然只是省内的一个专科院校,学的是护士专业,但大学毕竟是大学,父亲在家里大摆筵席庆祝。为了这个,老钱专门回了一趟家。那天晚上,院子里摆了六张桌子,几十个人"一二三四"地划着拳头喝酒。妹妹拎着一只酒瓶、一个杯子,挨桌给人敬酒,她觉得自己多少有了点明星的感觉。

这天来的人不少,而且每个人都给了份子钱,五十、一百不等。其实老钱家在这边人缘没那么好,因为父亲的职业,大部分人家都不太跟他们来往。但是钱大梅的升学酒,他们接到了帖子却不敢不来,谁想得罪一个扎花圈的呢?得罪了他,指不定就有什么祸事,他们怕老爹把他们扎成纸人,让人烧到阴间去。

那天老钱也喝多了,醉眼蒙眬里看着院子里昏黄的灯,灯光里一群醉鬼,旁边就是一排一排已经扎好的花圈和纸人纸马。有那么一瞬间,老钱觉得自己已经到了阴曹地府,打了个冷战,可是又一想,也没什么可怕的,阴曹地府的人也得吃饭,也得喝酒,喝多了也醉，醉狠了也吐。想到这儿，老钱哇的一口，把胃里的东西都吐了出来，就也不知道了。

第二天，老钱跟妹妹一起到了南城，他把她送到卫校，谎称自己要继续南下，去江城，这个他最初用来忽悠麦芽的城市。妹妹并未怀疑，只告诉他自己一个人在外面要小心。

老钱从卫校出来，打了一辆车，直接去进货了。

出租车在路上等一个红灯，老钱往外一看，愣了一下，是他原来租住的小区。王婆子绝望的眼神又从心底浮现出来，他以为自己已经彻底摆脱她了，没想到这辆车又一次把他带回到这里。一年前，就在他的生意彻底发展起来，存折里有了十万块钱的时候，他准备偷偷去把王婆子的钱还上。一番乔装打扮，他去了当年租住的小院，发现那里早已经换了主人，一打听，王婆子已经死了半年，而同院子养猪的刘天因为斗殴致人伤残，被关进了监狱，判了三年半。

老钱假装要租房子，走进了当年那间地下室，物不是而人非，地下室已经重新粉刷，门、床、柜子都换成了新的，看起来干净舒适，虽然那种潮湿的感觉永远也不可能散去。

从地下室出来，已经是黄昏了。夕阳下，老钱看见一队学生喊着"一二一"甩着胳膊齐步走，靠在马路的右边，领头一个扎俩辫子的小姑娘尖声尖气地喊："对齐，对齐，小心点，王小虎，你别闹了，再闹我明天告老师。"王小虎秃噜下鼻子："我没闹，大脑袋闹你咋不说呢？你就看我不顺眼，你还好意思告我，你和大脑袋搞对象，我都瞅见了。"小姑娘急红了脸："王小虎你不要脸。"一辆小轿车嗖嗖从孩子们身边驰过去，屁股后面浓烟久久不散，孩子都咳嗽起来,然后渐渐远了。

出租车继续向前行驶,那个小区很快被甩在身后,这样的时候,老钱想起了麦芽,而且麦芽似乎像一个气球,不停地变大,把自己心里春桃的空间挤得越来越小,后来就没有了。

裸　模

老钱的事业虽然现在很壮大,但算不上一帆风顺,他遭遇过一次危机,几乎逼得他再次跳楼。关键时刻,他想起了当年没死成的事,觉得天无绝人之路,不能这么死。那时候老钱的水产生意刚刚走上正轨,除了进货、租摊位、办执照等用掉的本钱,马上开始赢利了,却出了一件大事。有一个跟他合作了半年的学校食堂,从他这里进了一百斤海带,炖猪肉,结果五六百个孩子食物中毒,虽然不太严重,事情最后也被学校压了下来,但老钱把所有的积蓄都赔了进去。

他准备撤摊,彻底歇业。在医院里看着缴费的人打医药费单子,机器咔嚓咔嚓老半天不停,老钱的心里跟浇了一勺子热油似的,难受得要死。他知道,机器每咔嚓一声,就是几百上千块钱花出去了。

等老钱把所有的积蓄都赔给学校,身上比当年还穷,连买包子豆浆的钱都没有了。他想着,把摊位退了,直接回老家跟老爹一起扎花圈去,不在外面闯了,外面机会多,可是坑也多。他找市场管理处,让他们把租摊位的半年押金退给他,好坐车回家。可管理处死活不给他退,要么走人,要么就租,没有第三条路,老钱就因为这个没有离开南城。这段时间,他吃住都在自己的摊位上,饿了就用电磁炉煮卖不掉的那些河里的鱼虾,海鲜不敢吃,只能用来跟其他摊位的人换点牛肉羊肉什么的。晚上,睡在摊位里的箱子上,整个人一身的水产品味。

有天半夜,老钱自己都受不了自己的味道了,就跑到市场旁边的广场喷泉里洗澡。喷泉已经不喷了,可池子里还有半池子水,老钱脱了个精光,跳进去一顿搓。就在这时候,平时下半夜从来没人的广场上来了一群人,是不远处美术学院的学生。

这些学生从酒吧里回来,喝得醉醺醺的,看见老钱正用一条毛巾给自己搓后背,愣在那儿了。美,有一个喊,这身体比例太好了,入画。其他人也纷纷惊叹,大叫黄金比例,中国的大卫。老钱吓坏了,赶紧去穿衣服,可还是被学生围住了。老钱以为他们要打他,连忙道歉说自己不是故意的,但这群学生说:"跟我们走。"老钱想跑,但没找到机会,只好穿了衣服跟着走。他们一起翻墙头进了美术学院。

老钱一头雾水地到了这几个学生的宿舍里,一个染了一头黄毛的青年拿着一把尺子,指着老钱说:脱。

老钱蒙了,他想难道我碰上劫色的了?他虽然没太多文化,但从电视上和网上也知道有人喜欢男人,可没想到是一个宿舍的都喜欢男的。老钱抱紧了肩膀,不脱,说:"你们……到底想干啥?我可不是这样的人,我就在喷泉洗个澡,大不了找警察。"

黄毛说,找警察干吗,快,脱衣服。就这会儿,老钱看见其他几个人竟然都支起了画板,拿起了画笔。

"你们……要画画？"老钱问。

"对啊，你以为我们干吗？脱，快点，明天要交作业，我们模特都没找到，找模特的钱都拿去喝酒了。"

老钱最终还是脱掉了衣服，按照学生们的要求摆着姿势，他们画了一夜，老钱站得双腿发麻，浑身发酸。太阳升起来的时候，这帮学生画完了，给了老钱五十块钱，让他下周再过来。

你是我们见过的最适合画素描的身体，黄毛说，我们以后的所有素描作业都靠你了，不，所有的人体作业都靠你了。

老钱摇头，我可不是干这个的，我不来了。

一次两百，黄毛说，一周一到两次。

两百？老钱震惊了，他以为只有女人脱光了衣服能赚钱，没想到男人脱光了衣服也能赚钱，什么也不用做，只在这站着摆个姿势，就能拿两百块钱。一瞬间，老钱对自己和老爹的人生产生了怀疑，两百块钱，得卖几百条鱼，得老爹扎十匹马才能赚到。

老钱拿着五十块钱走出美术学院，到附近的麦当劳大吃了一顿。就是这顿麦当劳，让老钱绝处逢生了，他又想起自己当年差点从楼上跳下来的事，那时候比现在窘迫啊，兜里就够买一张彩票的钱。现在呢，只要他愿意脱了衣服让那帮学生去画，绝对饿不死，既然饿不死，干吗不使劲活着呢？对，吃饱啦，有劲了，就得使劲活着，而且得好好活着。

从那天起，老钱每周去美术学院两次，给学生们当裸模，现在来画老钱的学生越来越多，没有一个不对着他的身体赞叹：美。特别是女同学，看老钱的眼光有点复杂，不单纯是个画家，但也不见得就色情，反正是一种说不出的感觉。

老钱第一次知道自己也是美，而且是大美，用黄毛的话说：钱老师，您这身体，要是搁在古希腊，得供奉着，这就是上帝造人的杰作。老钱不懂古希腊，但听说过上帝，不，准确地说是听说过上帝的儿子耶稣，那是一个西方人的神。每周两次，一次能拿一百元，当然不能靠这个把水产摊重新开起来的，老钱又东拼西凑，总算凑了几千块钱，可以再次开张了。

有一天，学生们画完了，老钱穿上衣服，跟黄毛说：学生，以后我就不来了。

黄毛愣了，说：为什么？你是嫌钱少，我们可以再加点。

老钱说不是，我也不能一辈子干这个呀，我有自己的买卖，在水产市场卖水产，前一段出了点事，差点没缓过气来，幸好你们救了我。最近吧，我准备重新开张，东山再起。

那也不耽误你来这儿啊。黄毛抹了抹头发，把一撮支棱起来的黄色毛发压了下去。

老钱摇摇头，那不行了，我得看摊，哪能整天往这儿跑。

黄毛有点伤感，招呼同学们说：同学们，老钱以后来不了了，我们今天请他吃饭，送行好不好？学生都说好，感谢老钱，感谢老钱的身体，感谢上帝。

他们就把老钱带到了学校的食堂里，食堂的二楼是一个火锅店，每人一个小锅，热气腾腾地涮羊肉。他们围着一张桌子坐着，老钱看着旁边这些十几二十岁的年轻人，心里突然生出挺多感动来。老钱从来没想过自己是美的，大美，而且还参与到了他们的艺术创作中。黄毛喝醉了，搂着老钱的脖子说："钱老师，我要是个女的，就为了你这身体，我也得嫁给你，让你天天不穿衣服，就这么在卧室里走来走去。"老钱也有点醉，笑着说："瞎说啥。"另一个打了耳钉的说，钱老师，你可别信他的，这家伙要是为了了解人体的肌肉结构，能把你解剖了。黄毛骂他傻逼。"耳钉"说，你忘了啊，上学期为了画兔子，你就买了一只兔子解剖了，搞得寝室里到处是血。还有教室里，老师讲课时用的红色颜料，让你给换成了兔子血，天一热臭了，到处是味儿。

黄毛哈哈大笑起来，笑到半路，嘴张着，吐出一堆秽物来。老钱就想，年轻真好，自己要是能回到十八九的时候，说什么也要好好学习，读个大学。

老钱找到曾经合作过的供货商，赊了第一批货，水产摊又重新开起来，这一回他小心翼翼，绝不在质量上马虎。半年后，生意就基本恢复到以前的状态了。而且美术学院的学生也经常跑来买海鲜，他们还给老钱画了一张巨大的海报，挂在水产柜台后面，只要是进水产市场的人，一眼就能看见。画上的老钱变成了一只八爪鱼，每一只爪子上抓着一种海鲜，老钱的上半身是裸体，看起来健美壮硕。他们还在网上给他发了各种帖子，号召大伙去买他的水产品，老钱成了美术学院的网红，不断有低年级学生跑过来，就想看看这具传说中的完美身体。

存折里的数字，又渐渐多了起来，唯一让老钱遗憾的是，他依然是孤身一人。就在这时候，他曾经给自己的感情下的断言，竟然真的实现了,一个离了婚、带着一个小男孩的女人出现在隔壁摊位上,卖各种鸡肉鸭肉。老钱就是喜欢她在清理鸡鸭的过程中,不经意地一抬胳膊,撩自己头发的动作,看起来……美,用学生们的话说就是美。更重要的还不是这个,而是这个女人就是麦芽。

麦芽第一天来市场的时候,看见老钱,两个人都很吃惊,没想到还能在这地方遇见。看得出,麦芽挺高兴再次见到老钱的,但是她和上一次完全不一样了,表现得谨慎而小心。第一天下了市,老钱招呼麦芽:"麦芽,久别重逢,他乡遇故知,我请你吃饭吧。"麦芽一边清理柜台,一边招呼四岁的男孩小灯别乱跑,然后头也不抬地说:"不用麻烦了,我们回去吃。"

老钱走上去,说再怎么说咱们也是同学,而且能在这么大的南城遇上,那可不是一般的缘分,别弄了,走,我请你吃火锅去。老钱说着,就上前去拉麦芽的胳膊,老钱才碰到麦芽的袖子,麦芽手里的抹布就抽在了老钱的脸上。老钱的嘴里鼻子里,都是鸡鸭味,忍不住骂了一句:"你疯了啊。"麦芽也愣了,接着就大哭起来,小灯看见妈妈哭了,拎起一只冻僵了的鸡腿去打老钱。

麦芽说,对不起老钱,对不起,我不是故意的。

老钱赶紧到水龙头下冲脸,冲了半天,脸上还是有那种洗不掉的鸡鸭内脏的味道。一条粉色的毛巾递了过来,老钱接过去,把脸上的水擦干净,看见麦芽小心地站在自己面前,手里拉着小灯,小灯的手里还拎着那只冻鸡腿。

对不起,麦芽说。

老钱说,别说没用的了,这回你必须得跟我吃晚饭了。

麦芽很为难,还想拒绝。老钱说,麦芽,你连我都不相信了?我告诉你,在整个南城里,咱俩就是一根线上的蚂蚱,除了我,你还认识谁?

麦芽终于点了点头。

吃火锅的时候,老钱点了一桌子菜,但不管老钱怎么劝,麦芽都吃得很少。

老钱有点不高兴,说麦芽,你来都来了,干吗不吃东西?

小灯抢着说,妈妈胃不好,不敢吃太多。

老钱恍然了一下,说这样啊,那怪不得。

吃饭的过程,如同召开了一个小型而沉闷的记者招待会,老钱事无巨细地问麦芽,怎么就离婚了,怎么就来南城了,怎么就跑来农贸市场了,怎么就租了自己隔壁的摊位了。麦芽三言两语地回答他,说的还没有小灯说的多,而且这时候老钱听出来了,麦芽说话有些大舌头,完全不是几年前公交车上偶遇时的声音了。

凭着麦芽和小灯的叙述,老钱渐渐梳理了麦芽的故事:那次老钱碰见麦芽后,她回去不久,丈夫在工地出了事故,婆家把赔偿的十多万都截留了,还想把小灯留下,把她赶走。麦芽当然不干,告到了法院,法院把钱和孩子都判给了麦芽。婆家的人气不过,老找她麻烦,她就一狠心搬到了南城,租了个摊位做小生意。

老钱琢磨着,麦芽没有告诉自己她的全部故事,他想时间有的是,慢慢肯定会打听清楚的。看着眼前的麦芽,老钱的心里生出许多柔情来。他说:"麦芽,你别怕,在这儿有我呢。"

麦芽不搭他的腔,跟小灯说:"别吃了,你今天吃太多了,小心积食。"

老钱就说:"吃,吃饱饱的,才能长大个儿。"

小灯就又伸筷子到锅里捞肉。麦芽不再说话。

饭后老钱送麦芽他们回去,坐在出租车里,老钱像是自言自语,又像是在跟麦芽念叨:"还是自己有个车好,我寻摸着买个二手车开开。"

麦苗还是不搭话,倒是出租车司机来了热情,一路上都在给老钱介绍哪儿的二手车好。下车的时候,老钱留了出租车司机的电话。等把麦芽送到她租住的地下室,老钱才发现,自己跟麦芽住得并不太远,顶多就两站公交车。不过自己现在租了个两居室的一间,不住地下室了。这也不奇怪,在南城,西边是最大的租房地区,百分之八十的外地人都租住在这边。

老钱和麦芽就这么成了南城农贸市场的同事,他卖水产,她卖鸡鸭肉。他进货的时候,会把上好的螃蟹鱼虾留一网兜给她,她也把新鲜的鸡鸭杂留给他。巧合的是,刚好她就喜欢吃海鲜,他就喜欢吃各种动物内脏。

麦芽想给小灯找个幼儿园,老钱拍着胸脯说自己能办。小灯听说能去幼儿园,让妈妈给买了新书包,整天背着在农贸市场跑,嘴里喊着:我要上学了,我要上学了。老钱到处托人问,但最后还是因为没有户口,没弄成。麦芽倒没怎么失望,说这事本来就不好办。小灯很不开心,说钱叔叔是个骗子,还哭了一鼻子。老钱心里过意不去,要带小灯去游乐场玩,却被麦芽阻止了,她知道去一趟游乐场,少说也得一百多块钱。

为了补偿小灯，老钱把捆螃蟹海鲜的草棍，三两下就编出一只鸟、一只虾来，栩栩如生。小灯看了立刻来了精神，央求着老钱编一匹马、一辆汽车、一个小人、一只螃蟹，说什么老钱就能编什么。小灯把这些草棍编的东西，在柜台边的箱子上摆了一排。

艺术家

夏天的时候，黄毛领着几个老外到南城农贸市场去体验生活。

黄毛依靠着画老钱的身体，在一次美术比赛里获了个特等奖，直接保送了研究生，然后跟着导师做助教，也做一些其他工作。这年的暑假，意大利的几个先锋艺术家来学校交流，黄毛负责接待他们。南城的大小景点都转过了，艺术家们，特别是那个漂亮得不像话的美女艺术家表示非常失望，她叫史芬娜。史芬娜说，不管是在美术学校看到的美术作品，还是在南城看到的各种景点，都让她十分后悔这趟中国之行。她来之前，项目负责人跟她说：去东方吧，去中国吧，在那里你能见到最神奇的东方艺术。史芬娜猛烈地摇着头，在这一刻，黄毛的民族自尊心突然空前强烈，另一个原因是他感觉自己爱上了这个意大利女人，但这个女人对他和他的作品，甚至他的国家都无好感。

在他们准备离开的前两天，黄毛决定孤注一掷，瞒着导师，把他们领到了南城农贸市场。黄毛的意思是，就算你们对我们的艺术和历史感到失望，但我们这里的人就是这么生活的，给你们看看我们的日常生活。实在不行，就给他们看看老钱的身体，那可是纯粹的东方美。

这一天,他召集了所有艺术家,并不告诉他们去哪儿。史芬娜说自己不想去,她觉得这儿不可能有任何惊喜了。但黄毛用蹩脚的英语强调,这一次你们一定会看到完全不同的东西,他几乎是生拉硬拽才把史芬娜拉上车的。

等老外们走进农贸市场,立刻被眼前的景象惊呆了,这简直是他们从未见过的一个独立王国,一个充满活力的乌托邦。成百个摊贩在自己的摊位前,叫卖着蔬菜、牛羊肉、水产品、作料等等,有的地方甚至在宰杀活羊活猪活鸡。到处都有四五岁的孩子跑来跑去,尖叫着,他们的身影从宰杀牲畜和砍肉的刀影里来回穿梭,地上各种杂乱的菜叶子,湿淋淋的,但没有任何一个人摔倒受伤。那些叫卖声里,充满着一种原始的生命力和现场感。史芬娜立刻兴奋起来,尖叫着:密斯特黄,密斯特黄,太好了,这个地方太好了。她甚至抱着黄毛的头,吻了他一下,他脸上立刻印上了红色的唇印。

黄毛把他们带到老钱的摊位前,指着老钱说:他,世界上最美好的肉体,你们在我们学校看到的那些得奖的身体素描,有一半都是画的这个身体。艺术家们极其兴奋,史芬娜让黄毛问一下老钱,晚上,能不能到学校的画室,让他们欣赏一下。黄毛都没问老钱,就立刻答应了。

接着,他们就被在那里忙碌地杀鸡的麦芽吸引住了。几十只鸡绑着腿在地上扑棱着翅子,嘎嘎地叫着。麦芽熟练地抓起一只过来,刀子飞快地在鸡脖子上一抹,一股鲜血立刻滋进一个红色的桶里,血快流尽的时候,麦芽把鸡脚的绳子割断,把苟延残喘的鸡扔在一边,然后抓过另一只。有一只鸡生命力极其顽强,摇晃着冲向了这群老外,在他们惊叹的尖叫声中,那只鸡立在了史芬娜面前,死掉了,却并没有倒下。

他们忍不住带着震惊鼓起掌来,麦芽却无暇顾及他们。

这时候,几乎所有老外都同时惊叹了一声:My God。上帝啊,他们说。

怎么了?黄毛问。那些人没有回答他,他们的目光都看向了一处,是麦芽的柜台后面的一个箱子上,那上面摆满了各式各样用草棍编织的东西。

这才是艺术,这才是伟大的艺术。史芬娜几乎是冲过去的,她的两只手拿起了一只龙虾和一栋楼阁,眼睛里放着光芒。其他人也冲了过去,每个人拿起一个,大声地互相交流着。

老钱不知道他们说的是什么,问黄毛:这些人干吗的,怎么都疯疯癫癫的?

黄毛明白了,他激动地说:老钱,你要火了,你要大火了,你他妈是个天才。

老钱说,火什么火,市场最怕着火了。

史芬娜拿着两个艺术品走过来:谁,它们的作者是谁?

黄毛指了指老钱:他。

史芬娜激动地冲过去,抱着老钱就是一通意大利语,老钱慌乱地想阻挡,可还是被史芬娜在脸上吻了一口。

这疯婆子怎么回事?老钱惊恐地说,她是不是要吃人?黄毛哈哈大笑,说老钱,她这是喜欢你,觉得你扎的这些东西太牛逼了,先锋，后现代，懂吗？

老钱摇头，偷眼去看麦芽，发现麦芽并没有看自己，而是还在专心地给鸡煺毛，心下稍微安定了些。先疯后疯，那不都是疯么。

不是那个疯，是锋利的锋。黄毛继续解释。

老钱都没来得及跟麦芽说句话，就被他们拉着走了。

一群人先到了美术学院的画室，黄毛让老钱脱了衣服。老钱猛地摇头，说我早不干这个了，不能脱。黄毛说，必须脱，这回可不是为了我们脱，也不是为你自己脱，你是为中国脱，知道吗？这群老外千里迢迢跑到中国来，就是为了寻找艺术品的，找了快一个月了，都没找到，没想到在你这里找到了老钱。你的身体是最美的东方身体，你扎的那些东西是最牛逼的手工艺术品，老钱，你是人民的英雄。

老钱还是摇头，不，不能脱。

黄毛有些急了，问怎么回事。

老钱终于扭扭捏捏地说，他不想脱了，自从麦芽来了之后，他发誓不再干裸模了。

黄毛明白了老钱的担心，他说麦芽不会知道这件事的，还威胁老钱，如果不脱，就把他之前当裸模的事情告诉麦芽。

老钱最后妥协了，他走进了画室里的更衣间。

更衣间里有一面镜子，老钱一件一件地脱掉衣服，看着镜子中的身体，感到莫名的疑惑：这就是美的身体？这具身体他看了那么多年，从来没觉得特别，就算是在公共澡堂子里，他也没发现自己的身体和别的裸露的男人的身体有多大的区别。如果说有，也只是他并没有肚腩，还因为常年搬运各种海产品，练出了一点点肌肉，仅此而已。

老钱有点畏惧地推开门，走进了画室。画室里，老外们和黄毛几乎是严阵以待，裸体的老钱走出来，画室里寂静无声，但老钱感觉到那些人的目光一寸一寸地掠过自己的肌肤，从头发到脚趾头，一个毛孔都不放过。

老钱想着太安静了，他几乎听见了自己的心跳声，忍不住咳嗽了一下，然后坐在了专门给模特用的凳子上。

他听到掌声响起来了，虽然还不到十个人，可那掌声却犹如雷鸣，铺天盖地地涌来。史芬娜大声地跟黄毛说了句话。黄毛说，老钱你就这个姿势别动。紧接着，黄毛给他们每个人一副画板、一支铅笔，这些人就这么站着画了起来。

老钱的四肢都发僵了，但他一动也不敢动，他听见铅笔在画板上嗤嗤的声音，在这一刻，他突然感觉到了自己的身体，那种实实在在的感觉。这个身体在他的脑海里，像一幅素描画一样，一笔一笔地勾勒出来。似乎，他通过他们的画笔，把自己最本真的形象抽离了出来。

老钱有点明白了，他们画画，跟自己用草棍扎各种动物一样。自己在扎那些动物的时候，并没有考虑过任何事情，只是想扎一只螃蟹，手就自然地扎出来一只螃蟹。

等他们终于画完了，老钱已经不能自己动了，全身麻木，黄毛把他扶进了更衣间。老钱说自己想缓一缓，黄毛说了句牛逼，你是中国人的骄傲，就走了出去。黄毛刚出去，门又开了，那个叫史芬娜的美丽的女人闯了进来。尽管刚才老钱已经裸露了一个多小时身体，可是这一会儿，他突然感到了羞怯，想去拿了衣服遮挡挡部，但是手臂并不听使唤。史芬娜走近他，伸出她雪白而细长的手，轻轻地抚摸着老钱的身体。史芬娜的手带着一点温意，但并不热，像是一个治疗疾病的温暖的烙铁，把老钱麻木的身体一寸一寸地熨烫开了，他的血液，跟着她的手缓缓流动起来。老钱感觉到自己可以动了，他有点冲动，一把搂住了史芬娜，把自己的嘴狠狠地印在了她烈焰般的唇上。可是她的舌头更急切，直接伸进了他的嘴里。他们疯狂地吻了起来，老钱感觉到一种前所未有的热力从史芬娜的嘴里涌进来，但他们只是吻着，并没有继续做什么。

她离开了他的唇，在他耳边轻声说："我要把你带到意大利去，我要让他们看看，东方的上帝的杰作。"她说的是意大利语，老钱并不知道她说的是什么。

老钱觉得自己也应该说点什么，他一张嘴，却只是喉头滚动了一下，并没有语音跳出来。

史芬娜忽一下就飘到了门外，老钱赶紧穿上衣服，有点不敢相信刚才的一切。我亲了一个美丽的意大利女人？老钱感觉现在麻木的不是腿脚，是自己的脑袋。

他出来的时候，看到黄毛坐在门口的一把椅子上，嘴里叼着烟。史芬娜他们已经不见踪影。黄毛看见老钱，叹口气：老钱，如果不是你，我今天就不能活着出这扇门了。

老钱说：咋了？

黄毛把烟扔在地上，用脚使劲踩灭：老钱，我认了，我知道自己画一辈子画，也成不了大师，我也知道史芬娜不可能喜欢我。但我黄毛知道什么样的东西是好东西，我不能毁了好东西，我得用生命呵护它，养着它。

老钱说，黄毛，你到底在说什么？

黄毛说：老钱，你会成为一个艺术大师的，而我，则是那个把你推上大师位置的幕后英雄，能当个幕后英雄，我也知足了。

老钱笑了：狗屁艺术大师，我就想着把我的螃蟹卖好了，赚点钱，跟麦芽成亲呢。

黄毛掏出一摞花花绿绿的票子：两万美金，你扎的那些动物。

老钱愣住：他们买了？

黄毛点点头：两万美金，差不多是二十万人民币，懂吗？比你一年赚的还多。

老钱忽然觉得有点眩晕，他趔趄了一下，黄毛扶住了他。

黄毛抽出了其中的一半，另一半递给老钱：从今天起，我就是你的经纪人，你的所有艺术品，必须通过我来经营，所有的钱，一人一半。

老钱接过自己的一万美金：一万美金……

黄毛说：明天把身份证、户口本都给我，要办护照。

老钱说：办护照干吗？

黄毛：出国，去意大利。

老钱这一次，才彻底惊着了，但老钱说不去，就算想去也去不了，因为他的户口本还在老家里。

那你回去取。

不可能，我这生意刚好转了，我才不回去。我也不想出国，意大利二大力的，哪儿也不如这里好。老钱说着，把钱揣在了兜里。

黄毛说，那你给我扎一批东西，我先去意大利打个前站，要是能卖上大价钱，我再回来找你。

行吧，老钱说，扎那玩意又不花功夫。到现在为止，虽然老钱兜里揣着一万美金，可老觉得这事就是那群老外脑子有病，那点破玩意，哪儿值这么多钱，有一没有二的事。不过有了这笔钱，可是帮了老钱大忙了。

咬

从美术学校出来，老钱还晕晕的，他想先回家，可后来想到出来得匆忙，市场的摊位还没有清理呢，就往农贸市场走。才到市场门口，就看见麦芽拉着小灯在那儿等自己。

我去收拾下摊子，老钱说。

不用了，麦芽说，我都给你收拾了。

谢谢，老钱说。看着麦芽，他脑海里浮现出史芬娜的火热的唇，心里感到一种愧疚和不安。

我们……去吃饭吧，麦芽说，今天我请你，我家旁边开了一家做家乡菜的餐馆。

老钱没说话，伸手去拉小灯的另一只手，三个人就像一家人一样，往西边走去。

这时候路灯都亮起来了，把三个人的影子拉长，然后缩短，再拉长，再缩短。

你好久没回家了吧？麦芽问他。

嗯，一年多了，老钱说，麦芽，其实……我没告诉我爸妈在南城，他们还以为我在南方的江城呢。

麦芽并没有问他为什么。

老钱继续说，我妹就在卫校上学，我去看过她几次，都谎称是出差。

小灯说，妈，我要吃棒棒糖。

麦芽从兜里拿出一根棒棒糖，递给小灯，小灯从老钱的手里抽出右手，开始吮吸棒棒糖。

他们……那些老外，真是疯疯癫癫的，老钱说，还为了故作轻松笑了两声，但发现并没有让气氛轻松。老外说我给小灯扎的那些东西是艺术品。

小灯听见了，嘴里含着棒棒糖，含混地说，我要我的那些玩具。

叔叔再给你扎，扎更好看的，你想要什么，我就扎什么。

我就要我原来那些，小灯说。

老钱有些为难地说，小灯，那些被老外买去了，麦芽你知道我卖了多少钱吗？

还能多少钱，一些草棍，麦芽说。

老钱本想告诉麦芽，忽然觉得还是不说的好，免得麦芽多心。

好几百呢，老钱说，够带小灯去玩好几次游乐场了，小灯，那些不要了，叔叔带你去游乐场好不好。

小灯一听去游乐场，立刻忘了自己的虾兵蟹将，连忙让老钱保证，不许反悔。

新开的餐馆，人不多，他们三个坐在了一个包间里。看菜谱的时候，老钱发现这家其实也不能算家乡菜，只不过有几个菜还行，其他的也都是大路货。最后菜还是麦芽点的，她还点了一瓶白酒，让服务员拿来两个杯子，倒满了。

老钱想，麦芽这是要说事。

两人就吃饭，喝酒。没想到麦芽的酒量这么好，老钱都有些晕乎乎的时候，麦芽还是那副淡淡的样子。

小灯吃饱了，就犯困，叫嚷着要回去。

麦芽说，小灯困了。

老钱说，麦芽，你是不是有事？

麦芽说，是有事，可小灯困了，不说了。

老钱说，那咱们去我那儿，让小灯睡觉，我那里隔壁房间刚退房，还没人租。

麦芽想了一下说，也好。

他们结了账，老钱背着小灯，麦芽用手机的手电筒照着路，三个人回到了老钱租住的屋子里。

进了屋，老钱把小灯放在自己床上，给他盖上被子，让他睡。他跟麦芽两个人坐在了隔壁的床板上。

你喝水吗？老钱问。

不喝，麦芽说，老钱……

老钱等着麦芽继续说。

麦芽却站起来，把衣服脱了，然后抱住了老钱，老钱嗅到了一股甜腻的味道。老钱一把将麦芽掀翻，放在光秃秃的床板上，然后解开了她的裤子和自己的裤子。麦芽咬着嘴唇，拼命让自己不发出声响。

他们做完了，才感到身上有些冷，老钱到柜子里扯出一床被褥，把褥子铺在床上，跟麦芽躺了上去。这时候，老钱才用手摸起了麦芽的身体。他感到有点遗憾，刚才应该先吻她的，像跟史芬娜接吻那样的吻，现在他只能吻吻麦芽的额头，如果再去亲她的嘴，好像不太对劲。正这么想着，老钱就在麦芽的肚皮上摸到了一道伤疤，哦，剖宫产的，接着是大腿内侧，隐隐的疤痕，屁股上，铜钱般大小的伤疤，脊背也有疤痕。老钱心里一惊，猛地掀开被子，灯光下麦芽的身体终于全部展现在他面前了。

他看见了她满身伤疤，也看见了她无声地流着眼泪。老钱使劲地抱住麦芽，用嘴去找她的嘴，找到了便疯狂地亲了起来。他们的接吻，比老钱和史芬娜的还要热烈，甚至彼此有几次都咬坏了对方的舌头和嘴唇，他们的交融沉迷在唾液里，又交融着各自甜咸的血液。

麦芽告诉他，其实自己结了两次婚，她上次跟老钱说的是第一次，来到南城后，又结过一次。这一次她嫁的是一个奇怪的男人，自从结婚之后，从来没碰过自己，后来有一回，他喝醉了回来，疯子一样地脱光了麦芽的衣服。麦芽想，他终于想要自己了，但是她没想到，他只是把自己绑了起来，打她，用烟头烫她的屁股。他这样做了好几次，每一次结束之后就会痛哭流涕。麦芽问他为什么。

他只是道歉，什么都不说。麦芽实在无法忍受了，提出了离婚，他爽快地同意了，在拿到离婚证之后，他才告诉麦芽自己其实喜欢男人，但是不敢出柜，更不敢告诉父母。为了遮掩耳目，他才跟麦芽结婚的，而他的那些变态的行为，都是因为过度的压抑造成的。

老钱咬着牙说，我要杀了他。

麦芽摇摇头，说他也很可怜，他失去了自己喜欢的人，然后回去找我报复。

老钱心疼地摸着那些伤疤："麦芽，我再也不会让你受伤害了。"

麦芽说，他还是有良心的，老钱，我其实前几天才真正跟他离婚，他帮我把户口办到了南城，小灯能在这上学了。

老钱紧紧地搂住麦芽，麦芽转过身，张开嘴，对着老钱的肩膀咬了下去。

老钱忍着疼，让她咬。

麦芽松开了嘴，满嘴的血。

我们结婚吧，老钱说。

不着急，麦芽说了三个字，就把老钱的上衣也脱光了。那具被老外当作是最美的东方肉体，完整地赤裸裸地展现在麦芽面前，可麦芽完全不会欣赏这种美。

他们又一次没有经过任何的前戏，就直奔主题了，好像两个人都在拼命向对方证明什么，老钱感到自己充满了力量，像建筑工地的打桩机，抖动着，叫喊着。麦芽却觉得自己像一片湿漉漉的沼泽，什么东西都能慢慢陷进来。

大汗淋漓之后，躺在那张木板床上，老钱把麦芽的头搬到自己的胳膊上,让她枕着自己,他手臂的皮肤能感到她一根根头发的麻沙感。

"人生还真是挺奇妙的,"老钱把手伸进麦芽的头发里说,"上小学的时候,你坐在我前桌,我就想不知道长大了有没有机会跟你一起生活,后来我们各走各的路,哪想到现在竟然又碰见了呢?缘分,只能这么说了。"

嗯,麦芽哼了一声,并不去接他的话,却说:"小灯会不会蹬被子?"

"是老天爷让我们又遇到了,"老钱说,"老天爷记得我小时候的愿望,它让我在多困难的时候都活了下来,就是为了实现这个愿望的。麦芽,咱们结婚好不好?"老钱再一次提到这句话。

麦芽转过身来,他们的脸就快挨上了。老钱忽然觉得,麦芽并没有平时看起来那么好看,近距离端详,她的五官都很精致,但有点过于紧凑了,特别是下巴,确实有点大,使得整个脸比例有些失调。老钱忽然一愣,警觉地想起,所谓的比例是他在当裸模的时候,从美术学校的学生们那里听来的。他们一边画一边赞叹:老钱,你绝对是上帝造人的精品,你的身材每一部分的比例都刚刚好,而且组装时形成了一种完美的协调。

结　婚

老钱花了三天时间,使出了浑身的招数,给黄毛扎了三十个物件,有动物,有人,也有房屋,组装在一块儿竟然就是农贸市场里最繁华的那一块儿，别看是草棍扎的，可看上去栩栩如生。

黄毛看了，抱着老钱的脑袋就猛亲一下：老钱，你他妈就是个天才，我他妈太喜欢你了，这就是现代版的清明上河图。老钱想这些搞艺术的都有些变态，挣脱了说，我交差了。黄毛把物件一样样装在泡沫箱子里，说老钱你就等着扬名世界吧。

屁，老钱说，你以为外国人都是傻子啊？骗得了一时，骗不了一世，你到时候没钱回来，可别给我打电话。

黄毛打了个口哨，撤了。

麦芽对结婚的事情不置可否，尽管老钱时不时就提两句，但麦芽始终不松口。就这段时间，农贸市场柜台的租约到期，市场涨价，但老钱和麦芽都狠下心续了五年，他们认准了这两个小买卖，打算在这里扎根下去了。

两人还商量了一次，要不要把两个摊位合起来，后来一想还是算了，一是两个摊位都卖水产或鸡鸭，不如分着卖好；第二个是他们毕竟还没结婚，合起来利润不好算。生意就这样，时好时坏，总体上是向好处走的，他们吃着彼此卖不掉的货物，每周两到三次去老钱的出租房幽会。

为了方便，老钱把隔壁那间房也租了下来，一个月要多掏五百块钱租金，但想想值。他找市场里卖涂料的买了点便宜涂料，自己重新粉刷了一下，又淘了几件二手家具，整个房子看起来像是新的。厨房里的锅碗瓢盆和油盐酱醋，也一天比一天多起来，慢慢地，有了点家的意思。老钱让麦芽把地下室退了，跟自己一起住，但麦芽说我可以跟你睡觉，但咱们没结婚，不能住到一块。

那就结婚，老钱说。

麦芽却又说，我得给小灯洗裤衩去了。

又一次，市场下班了，他们两个人收拾完各自的摊位之后，一道往回走，老钱说你到底在担心什么？

麦芽静默了一会儿，说，老钱，我其实是担心小灯，不知道他能不能接受你，而且，就像你说的，我们再次遇上，实在是太巧合了，巧得让人有点不敢相信是真的，像做梦。

你别胡思乱想，小灯很喜欢我，你看到了，他多爱跟我在一起玩。

麦芽停下来，盯着老钱看，眼睛里像是探出了两条响尾蛇的信子，直接钻到了老钱的身体里。

你真想跟我结婚？

老钱毫不犹豫地点点头。

那我只有两个条件，对小灯好，还有就是永远也不能离婚。

行，老钱说，咱们先租两年房子，我手头攒了点钱，等够了，咱也买一套房子，你放心吧，我会对小灯好，我死也不跟你离婚。

我信你了，麦芽说，我拼出命来信你了。

老钱使劲地搂住了麦芽。

结婚前，麦芽跟老钱说，我家里没什么人，就小灯一个亲人，你呢，你家里爹妈都在，还有兄弟姐妹，也不请他们过来吗？

老钱摇头，说，不请了，等在这边办完婚礼，过年的时候咱们一起回去，再办一桌。我现在把他们叫来，还不知道会出什么事。

我无所谓，随便你，麦芽说，但市场的那些人，总归要请来吃喜酒的。

那是，老钱在清点婚礼要用的烟，他买了四五种香烟，把每一包都拆开，然后再分散着装满，这样每盒烟里就有四五种了。我得让他们出点份子钱了，这些年，光是我出钱了。

婚礼也就是普通的婚礼，在农贸市场附近的一个餐馆里摆了七八桌，主菜就是海鲜和鸡鸭，摊位里有的是快要过期的存货。好在这些对食客来说并不差，掏份子钱的时候，也就还算痛快。

老钱带着麦芽挨桌敬酒，按规矩他可以不喝，让客人喝，但高兴的老钱每桌都喝一杯，就有点醉了。就在婚姻达到了高潮的时候，从门口来了两个人，登记的礼金是5000元，把所有人都吓了一跳。

老钱醉眼一看，酒醒了三分之一，他一眼就认出来了，来的人是春桃和孙大胖子。孙大胖子看起来好像瘦了，也比原来帅了，但脸色发黄。春桃还是那么漂亮，越发丰满，脸上光光的，不用涂脂抹粉也唇红齿白地好看。

春桃走上来，说：老钱，结婚也不说一声，我这还是在市场买菜听人说起的，就赶紧和孙立过来给你道喜来了。

孙大胖子手里还拎着两瓶茅台，搁在老钱旁边的桌子上：祝贺啊，百年好合。

麦芽不知道这俩人干吗的，推了老钱一下。

老钱说：谢谢，哪敢惊动你们大老板啊。

孙大胖子打开一瓶茅台，倒了两杯，递给老钱一杯：我本来不能喝酒,但今天你大喜的日子,必须得干一个。

老钱不想示弱,跟他干了差不多二两多白酒。

孙大胖子龇了下牙,说:老钱,今天来是两个事,一个是祝贺你新婚,另一个是给你送钱来了。

啥意思?老钱问。

春桃从小包里掏出两张纸,递给老钱。

老钱一看,是两份终止协议书,大致内容是让老钱他们终止跟农贸市场签的合同,离开这儿。

我不明白,老钱把那两份协议递给春桃,春桃却不接着,麦芽接了过去。

老钱一把抢过来,直接撕了,说:"今天我结婚,是我最大的日子,别的都是瞎扯,你们要是想喝酒,就留下来喝喜酒,不想喝,我也不送。"

春桃笑着说,酒我们就不喝了,协议多得是,明天我们再给你送一份。

孙大胖子清了清嗓子:"祝贺,祝贺。"

两人出了饭店。

咋回事?麦芽问老钱。

"没事,"老钱说,"走,接着敬酒,让大伙多喝点。"

老钱本以为这一天自己会醉得一塌糊涂,但竟然没醉。之所以没醉,很大一部分是因为春桃和孙大胖子的出现,让他一瞬间从现在的生活里抽离了出来,回到了几年前。他眼前浮现出南城医院楼顶的景象,还有王婆子的叫喊声,以及春桃骑在自己身上时的呻吟。

这些声音一直在他的耳朵里响着,赶也赶不走。

等把客人们全部送走,跟饭店结了账,又把小灯哄睡了,他跟麦芽两个人坐在新房里时,老钱的心才回到现实里。

老钱虽然没有醉,但还是喝了不少酒,胃里一直往上涌。他不想吐出来,使劲压着,就像不想曾经的那些事情被回忆起来一样。麦芽给他倒了一杯白糖水,冰冰的,他喝下去好了很多。老钱觉得今天是新婚之夜,必须跟麦芽做点什么才行。他脱掉了衣服,赤裸着身体,说:脱。麦芽没动,说你去洗个澡,一身的酒气。

老钱说不想洗,我就想借着酒劲来,做完了再洗。

麦芽没有坚持,把自己的衣服脱了。这一次灯光明亮,老钱把麦芽身上的伤痕看得更清楚了,恍惚间,老钱竟然有一种冲动,不是扑到麦芽身上,而是像黄毛他们那样,拿一支铅笔,拿一块画板,给麦芽画一幅素描。他觉得麦芽的身体也是美的,特别是那些伤痕。

老钱不会画画,就算他会画,也不可能找到画板和画笔,他还是像个男人一样把麦芽压在了身下。

让我在你身体里画幅画。亢奋的老钱说。

啥?麦芽有点晕,你喝多了。

第二天,农贸市场最繁忙的时候,老钱正在杀鱼,一条接一条地把它们从水箱里拎出来,拍死,剖腹,去除内脏,清洗。这活老钱干了许多年了,驾轻就熟,那些滑腻腻、不停地扭动身子的鱼在他手里,像在一堆刺之中,一动都不动。每次杀鱼的时刻,老钱都觉得自己有点像武侠小说里的侠客,刀光逼人,手法精湛。

旁边的摊位上，麦芽的脸红扑扑的，不时看老钱一眼，她手里在拾掇一只鸡。麦芽杀鸡，和老钱杀鱼一样利落，两个人像是在进行无声的比赛。

这时候，孙大胖子和春桃再次出现了。

你还真来了，老钱说。

孙大胖子拧了下鼻子，打了个喷嚏：你这儿腥味太重了。

春桃又掏出一摞协议来，递给老钱：你怎么也得看看。

老钱抽出一份来，直接包了案子上的鱼内脏，扔到了垃圾桶里。

有事直接说，这玩意我看不明白。

孙大胖子说，老钱，那咱就爽快点，没别的，就是农贸市场这整块地我都买了，我要在这里盖大商场，国际化的那种。现在最麻烦的是拆迁，你知道，这里的产权很清楚，可是承包给了上百家摊位。

你什么意思？老钱说，你是要拆我的水产摊是吧？

哈哈哈，孙大胖子笑了几声，笑得爽朗，一点也听不出虚伪的意思。

我不是要拆你的摊位，因为摊位不属于你，属于农贸市场，而你只是租的而已。我呢，为了加快进程，只是想买断你的租约，当然了，不可能全价买断，五分之一，也不少了，什么也不用干，你就能拿到10万元。哦，我调查了，你还有个相好的，加在一起20万元，够你去买个房子了。

你说得轻巧，我这些年的心思都放在这点生意上了，我还指着这个赚钱养家呢，20万是不少，可那是死钱，花起来容易得很。我不要你的钱,我就要我的摊位,还有麦芽的摊位。

春桃走上来,挎着麦芽的胳膊:哟,麦芽呀,别听名字像个乡下人,可长得真水灵。

你是谁?麦芽挣开手臂。

我叫春桃,老钱没跟你提起过,这老钱,心思也太细了,过去的事有啥怕呢?

哼,麦芽听了哼了一声,麦芽土,春桃也没好哪儿去。

春桃不以为意,接着说,我跟老钱认识很多年了,是吧老钱,就因为这个,我才劝我们家老孙跟你商量。春桃放低了声音:你们只要第一个签约,我们就能打开局面,后面的人也不敢怎么样,当然了,不会让你们白干的,我们会再多给你们 5 万块钱,但这 5 万块钱绝对不能跟其他摊位说。

合着你还是照顾我了?老钱听了,彻底明白了他们的意图,从水族箱里抽出一条鲇鱼来,啪地扔在案板上,一刀下去,狠狠地拍在鱼头,那条刚才还挣扎的鱼打了个挺,晕了过去。老钱手起刀落,把鲇鱼的头剁了下来,鲇鱼巨大的嘴张着,几条胡须抖了一下。老钱利落地剖开鱼腹,把里面的鱼鳔、苦胆之类一把扯了出来,扔在旁边的垃圾桶里。

老钱手里的刀高高举起,砍在案板上:麦芽,晚上咱炖鱼头豆腐,把我那半瓶酒拿出来,喝了它。

孙大胖子和春桃见状,知道没说动老钱,两人都有些尴尬。

孙大胖子上前一步,对着老钱说:给你三天时间考虑,我是看在春桃的份上,先礼后兵……

哈哈，老钱笑了起来。看在春桃的份上？你是看在我也×过春桃的份上吧？而且还比你×得早。

孙大胖子立刻惊住了，春桃和麦芽也都吃了一惊。

老钱再次拎起菜刀，怒吼着：我今天就看谁敢拆我的摊位。这时候，周围聚集起很多人，有农贸市场的摊贩，有来买菜的人。老钱站到了案子上，想挥舞着刀喊一嗓子，可案子上滑溜溜的，他差点摔倒。众人一阵哄笑。老钱终于站稳了，大声说：同志们，他们要强拆咱们的摊位，农贸市场已经把这块地皮卖给开发商了，咱们就要失业啦。

老钱这么一吼，农贸市场的摊贩们都震惊了，纷纷叫嚷起来。

老钱光顾着自己喊了，没注意孙大胖子和春桃已经从人缝溜走了，等老钱从案子上下来，嗓子已经喊哑了。摊贩们都嚷嚷着，开发商太欺负人，农贸市场管理部门不作为，老钱，咱们找他们去。老钱就被簇拥着到了农贸市场管理处，好像早有人给他们报信了，到了那儿除了一个刚来实习的大学生，一个人影没有。

咋办？老钱问。

砸他们这帮龟孙，不知道谁喊了一声，就有人涌起来。别砸，老钱哑着嗓子喊，别闹事啊。可是已经来不及了，玻璃碎了，饮水机也被推倒了，电脑也没能幸免。老钱还是喊，但完全没人听，直到一声枪响，管理处才立刻安静下来。警察来了，冲天放了一枪。这说老钱第一次看见这么多警察，几乎有一百个人，把管理处层层叠叠地围了起来。

老钱瞬间发现自己是他们包围圈的中心，警察的枪也对着自己，他后背一凉。已经有警察在用大喇叭喊了：放下武器，赶紧投降。老钱喊了一声，大家都放下手里的东西，没人应。最前头的那个警察喊：说你呢。老钱手一抖，刀子当啷一声掉在水泥地上。

趴下趴下，手脚着地。警察大喊。老钱趴在了地上，因为刚才有人把饮水机推倒了，水桶里的水洒了一地，老钱几乎是趴在水涡里。他感到有人别他的胳膊，把他两只手铐在了一起。

回　家

三天后，老钱被放了出来。他差一点就被以聚众闹事给定罪了，幸亏管理处半年前刚安上的摄像头，经过对比分析，警察认为老钱确实不是有意带领人来砸管理处的，录像里那些砸东西的人清清楚楚。

刚进拘留所的时候，老钱心里有点后悔，他不该太冲动，刚跟麦芽结婚，就进来了，人家怎么放心跟自己过一辈子。老钱想，出去后跟孙大胖子谈条件，20万拿来，协议给你，换个地方照样能做水产，卖鸡鸭，犯不着跟这群人对着干，没好处。

但真正出来的时候，老钱却改主意了，原因是在他进去的第二天，麦芽带着小灯来看他。麦芽哭着说，老钱，你咋样啊。老钱说，没事，他们又不打人，我是清白的。麦芽说老钱，咱们要不就赶紧把协议给孙大胖子吧。老钱说咋了？麦芽说，昨天晚上是孙大胖子把小灯送回家的。那咋了。老钱还不明白麦芽的意思。

麦芽说，他这是在威胁咱们啊，用小灯威胁咱们。

老钱腾一下站起来，这孙子。

麦芽刚走不到十分钟，孙大胖子就进了接待室，拿着一份协议，两摞钱，让老钱摁手印。老钱看着他，突然觉得自己如果今天按了手印，这一辈子都完蛋了，他不知道哪儿来的勇气，直接把钱扔在了孙大胖子的脸上。

二锅头好喝吗？老钱问。

孙大胖子本来恼羞成怒，跳着脚喊着要宰了老钱，却被他这突然的一句问蒙了。

我问你二锅头好喝么。

哼，孙大胖子冷笑一声，老子天天喝茅台。

屁，老钱说，春桃这碗酒，老子喝的才是原浆的，你喝的也就是二锅头，二锅头都不如，成洗脚水了，哈哈哈哈。

孙大胖子气得心脏病犯了，抖着手在怀里找出速效救心丸来吞了，白着脸，拎着一兜子钱走了。

老钱想好了，出去就跟麦芽离婚，把手头的钱都给他们娘俩，自己要跟孙大胖子死磕到底。

出来后，他回到家，还没等跟麦芽说这番话，一个晴天霹雳就等着他了。麦芽说，老爹没了，就在昨天。老钱因为大闹管理处的事，上了新闻，他在卫校念书的妹妹大梅找来，告诉麦芽爹死了。大梅一直在给他打电话，可出事那天老钱的电话摔坏了，怎么也联系不上。

老钱颓然地坐在了地上，这回，他什么也顾不得了，得回去给老爹奔丧。老爹扎了一辈子花圈，他走了，总不能用自己扎的花圈送行，老钱得亲自给老爹送行。吃晚饭的时候，老钱跟麦芽说了离婚的事，麦芽不同意。老钱很坚持，麦芽说，就算要离，也得回去给爹奔丧完了再说，我跟你一起回去，让老爷子知道你结婚了，有媳妇了，也算是对他的一点安慰。

老钱不反对了。

三个人坐车回到丰镇。老钱到家了，一句话也没说，就钻进父亲扎花圈的小屋子里，噼里啪啦地破条子，给老爹扎东西。一把条子拿在手里，老钱忽然发现自己根本不知道老爹喜欢什么，汽车、楼房、美女、手机、电视，这些平时他老给别人扎的东西，他好像都不喜欢。老爹一辈子都在扎各式各样的东西，他早已经无欲无求了。应该是看透了，什么人最后都难逃一死，生前再眷恋这些东西，最后不过是一把条子几张彩纸，最后一把火烧个精光。

老钱想着，悲从中来，他更发现自己是何等的不肖子孙。枯坐了一个晚上，老钱终于想好了扎什么。

送葬那天，所有人都准备好了，弟弟妹妹和麦芽披麻戴孝，棺材都抬了起来，就差老钱和他扎的东西了。人们在小屋门口静静地等着。

门开了，老钱脸色枯槁，抱着一个纸人走了出来，又搬了两个出来。麦芽看见老钱和纸人，哇的一声哭了出来，那个纸人看起来几乎和老钱一模一样，另两个则像极了大梅和大喜。众人也看出来了，纷纷惊叹。老钱一挥手，送葬的队伍出发了。等棺材下了土，填了坟包，老钱跪着把纸人烧了，嘴里喊着：爹，我知道你这辈子什么都不恋，可你心里恋着我们三个呢，我知道，儿子扎了我们兄妹三个，下去陪你。大梅和大喜失魂落魄。老钱又从怀里掏出一把花花绿绿的票子，扔到了火堆里，是黄毛给他的美金。

老钱准备回南城了。临走前一天晚上，母亲把他叫到小屋里，说你爹没了，这些东西都没用了，扔了吧。老钱点点头，看着父亲一辈子用的家伙，拿起了一把小巧锋利的刀子。我留一个念想，老钱说，其他的都扔了吧。老钱揣着这把小刀，不是为了念着父亲，他是想用这把刀子杀了孙大胖子。

母亲说，你结婚，也不给家里来个信。老钱说，结就结了，来个信也是一样。对了，妈，把户口本给我。你干啥？

我有用，我弟弟已经单过了，我妹户口在学校，爹没了，户口上就咱俩，你拿着它也没用。

母亲说，是没用，你有用你拿走。

老钱掏出一个信封递给母亲，是一万块钱。母亲看了他好一会儿，接了过去。

拆　迁

老钱一路上都在激动地想着，怎么用小刀像爹破柳条一样把孙大胖子切成丝。麦芽觉得他这些天都不正常，问他怎么回事。老钱说，麦芽对不起，咱们还得离婚。麦芽说我已经在你钱家的坟头磕了头了，我是你老钱的媳妇了，我不离。而且你答应过，死也不离婚的。

离，必须离。老钱说，这事比死还大。

麦芽就哭起来，说：老钱，我这辈子已经离了两次婚了，我死也不离了。

老钱长叹一声。

他俩赶到农贸市场，却发现农贸市场已经不存在了，就在他们回家的这两天，整个市场已经被推土机磨平，成了一片废墟。有一个黄头发的人，穿得稀奇古怪，正在给废墟拍照。

黄毛？老钱喊了一声。

黄头发转过头来，真是他。

黄毛看见老钱，惊讶地叫了一声：我靠，真是你，他们说昨天晚上拆的时候，还有人没出来，砸死在里面了，我还担心是你呢。

老钱说别提了，没死也差不多了。

黄毛收了相机，说：老钱你要放眼世界。

屁，老钱说。

老钱被黄毛拉着去了一趟美术学院，四处看了看，盖了两栋新楼，但路还是到处挖，校园里一样走着造型奇特的男男女女。有时候，过来一群学生，黄毛会指着老钱说：中国最美的身体。老钱很尴尬，但那些学生并不觉得突兀，反而会带着好奇地说：是吗？能看看吗？

黄毛摇头，说，这不是最重要的，最重要的是他是世界级的艺术家。

这时候，学生们表示出了不相信，连带着最美的身体也不相信了，叽叽喳喳散去。

路上，黄毛告诉老钱，他的那些艺术品现在正在意大利的一家博物馆展出，每天都有无数的订购电话打给他，想收藏老钱的作品。我是在待价而沽，黄毛说，艺术品这东西第一锤子买卖很重要，如果第一件卖不上价，后面再想起来就难了。所以，这第一批必须得卖给大买家，而且得大价钱。

老钱想，黄毛出了趟国，精神更不正常了。他可能是得了那种叫……幻想症的病，整天做着国际范儿的梦。黄毛，陪我喝几杯酒去，我有话跟你说。

两人到了学校附近的一家小酒馆，点了几个小菜，要了一瓶二锅头。看着二锅头，老钱苦笑了下，他想起了春桃，想起自己那天跟孙大胖子说的话。

他们倒上酒，端起来碰杯，仰脖干掉。空酒杯还没放下，老钱就哭了出来：黄毛，哥哥我的生意没了。当年那么困难，我都没趴下，可这回真完了，我还连累了麦芽他们娘俩。老钱把自己这段时间的前前后后都跟黄毛说了，一把鼻涕一把泪，间或喝着二锅头，很快就醉了。老钱的酒量还可以，但今天醉得快，他心里头委屈，不晓得自己的生活怎么刚起来就又下去，从来不能随心从容。

仓皇，黄毛说。

啥？什么黄。

仓皇，黄毛摇了摇酒瓶子，似乎酒不多了，都倒在了自己的杯子里。你这种状态，如果用个文雅点的词，就是仓皇，从你离家出走以来，过得一直就如丧家犬，这是你的命，老钱。但老天爷对你够公平的了，还给了你一副好身体，美，给了你一双伟大的手，没有这双手，你也扎不出那么牛逼的艺术品。

老钱还陷在那个他从未听说，也完全不知道什么意思的词语里。仓皇，仓皇，仓皇……他一遍又一遍地念着，渐渐似乎从发音中找到了进入它的入口。他在想，也许这个词发明出来，就是为了说明自己现在的心情的，有那么一瞬间，他感到了某种安慰：至少，这个世界还为我单独准备了一个奇怪的词。

我只想过安安稳稳的生活，老钱说，跟麦芽一块儿，原来我的幻想是有钱，有特别多的钱，可现在我不这么想了。孙大胖子有钱，但他还是人吗？我回家给我爹奔丧，他竟然就把农贸市场给拆了。

你得这么想，黄毛说，幸亏你不在这里，如果在，死在废墟底下的可能就是你。得了，甭说这些没用的了，接着我的话，老钱，我这次回来，还是要把你带出国的。我和意大利的几个经纪人达成了协议，我们要为你开一个极其盛大的发布会，我们要向全世界的现代艺术界宣布，一个来自东方的有着完美身体的伟大艺术家诞生了，一种全新的既古老又现代的艺术形式诞生了。

仓皇啊，老钱喊了一声，歪倒在桌子底下。黄毛去扶他，手伸到他身下，被一个东西划了一下，出血了。黄毛骂了一声，一看，是他怀里的小刀，还有户口本。黄毛掏出户口本，装在自己身上，把小刀又塞到老钱怀里。

拍了拍老钱的肩膀，黄毛扔下几百块钱，走出了饭馆。

第二天，老钱亲眼见消防队员从废墟里把埋着的几个人挖了出来，没有一个是全乎的，都断胳膊断腿，有一个半拉脑袋被砸烂了。老钱就是在这一刻，决定跟黄毛出去的。那几个人被裹了白布拉走了，过一会儿，才有十几个男女老少哭号着冲过来，对着废墟喊亲人的名字。哭了好一会儿,有人告诉他们,尸体已经拉走了,他们就又离开了这里。

老钱一直在这看着,他一转头,发现不远处停着一辆奔驰,老钱恍惚觉得自己认识这辆车。这是孙大胖子的车,老钱蓦然想起,这家伙竟然一直躲在旁边监视着。老钱的手不自觉地摸向怀里,那把月牙形的小刀一直揣着,摸上去还是冰凉的。老钱快步走向那辆车,车里的人似乎发现了老钱,发动机轰鸣,但刚好旁边一辆车别住了奔驰,它无法动弹。老钱使劲地敲车窗,过了一会儿,车窗摇了下来,露出孙大胖子那张肥脸。

不等他说话,老钱的小刀已经抵在他的脖子上,透过刀刃,老钱都能感觉到他脖子上的肥肉的抖动。

孙大胖子惊恐地说,老钱,别这样,有话好好说。

老钱说,我能把你片成一万片,信吗?

信,信,孙大胖子想点头,可脑袋一动,刀子就会插进肉里,只能拼命眨眼睛表示认同。

但我不会杀你,老钱说,之前我想过杀你,可现在不想了。我就想告诉你,好好对春桃,就算是二锅头,她也是瓶好酒。

老钱收回刀,一把插在车的前轮上,狠狠地划了一道长长的口子,车胎立刻没气了,车子向左前方一轻。

老钱回到家里,发现门口有一个快递包裹,他拿进屋,打开,里面是三十捆钱,一共三十万。还有一张字条,写着:老钱,钱拿着。老钱知道,这是春桃给自己的。

麦芽对老钱出国的事十分不满,她觉得老钱出去后,很可能就不再回来了。老钱跟她发誓,说自己一定会回来的。我得出去,把身上这两个字彻底洗掉了才行。

哪两个字?麦芽问。

仓皇,老钱说。麦芽一样听不懂,在她看来,这就是黄毛随口一说的玩笑话,是老钱的心魔。但老钱去意已决,他跟麦芽说,我把所有的钱都留给你,我再留下一份签好字的离婚协议书,如果你哪天睡觉起来,觉得我不靠谱,也不值得等了,摁上自己的手印,你就能再找个好人家。

麦芽哭着搂住了老钱。

罗　马

他们是从北京坐飞机到罗马的。这是老钱第一次坐飞机,一路上,他总是有打开门出去透透气的冲动,发动机的声音更是让他耳朵难受。黄毛却一直在睡觉。

到了罗马,睡了一路的黄毛还是哈欠连天,时差反应严重。倒是第一次出国的老钱,完全没有时差反应。老钱自己都感到意外,他置身异国他乡,却丝毫没有新奇感,就好像他从南城到了另一个中国城市那样。一切都不是一样的,但都在同一种现实里,同一种仓皇。老钱用黄毛的手机给麦芽打了个电话,麦芽也是哈欠连天的,她一直没睡,在等老钱的电话。

我到了,老钱说,小灯睡了没?

早就睡了,麦芽又打了一个哈欠,那边冷吗?

不冷，行了，我就是报个平安。

哦，别忘了多拍点照片回来，麦芽叮嘱。

老钱挂了电话，使劲想了一下，才想起麦芽的样子来。其实我还是有时差反应，老钱想，只不过并不是表现在困上而已。

一切都开始怪怪的，唯一让老钱欣慰的是，他的心跳似乎变得平和了许多，心头压着的那团气，一下子散去了，没有了任何紧迫感。现在，他把一切命运都交给了黄毛，黄毛让他做什么，他就做什么。

他跟着黄毛去见一堆外国人，有意大利的，有法国的德国的，还有日本的，跟他们握手，听他们惊叹地赞扬他的艺术品。黄毛告诉他，开幕式将在一周后举行，到时候全球最重要的当代艺术家和媒体都会出席。

老钱特别想念他吻过的那个意大利女人史芬娜，但是他没见到她。他问过黄毛，黄毛说，她听说非洲有一种很独特的蛇，非要去见识一下。

老钱心里有点失望，躺在宾馆的房间里，回忆起自己和史芬娜的激情时刻，这是他生命里最绽放的瞬间。这个不远万里来到中国的意大利女人，用她的烈焰红唇，开启了老钱封存半生的情感。他忽然想起，从那一刻开始，其实自己一直想来意大利的，但是又有着某种说不清道不明的担心。要不然，怎么会在父亲死后，跟母亲把户口本要了回来呢？怎么会跟着黄毛去办理护照呢？他也想起了麦芽和小灯，觉得有点对不起他们，特别是麦芽。

老钱进到浴室里，脱掉衣服，对着镜子看自己的身体。他看到镜子里的肉体已经呈现了某种灰色，肌肉不再结实，肚腩已经浮现，他伸直了胳膊，一丛腋毛露了出来，而且还有两根是白色的。他找出那把小刀，对着自己的腹部轻轻一划，一道血痕出现了。

这时突然响起了敲门声，老钱赶紧胡乱地穿上衣服，打开门，是服务生，手里拎着一套浆洗好的西装。给我的？老钱诧异地问。是的。他没想到服务生会中文。谁？黄头发。是黄毛，老钱明白了，这是他给自己准备的开幕式衣服。

老钱点点头，把衣服拎了回来，挂在衣橱里。

老钱这时才发现，宾馆的房间里有一个案子，很小，案子旁边一只高腿椅子，可以旋转的那种。案子上摆着几种果汁和两瓶酒。这是房间里的吧台，老钱不懂吧台，只是觉得有点像市场里的小案子。他打开了那瓶写满洋文的酒，倒了半杯，酒的颜色是黄褐色的，有点像对了水的啤酒。老钱喝了一口，一咧嘴才咽下去，这东西跟中国的白酒很不一样，不辣，而是很涩，喝到肚子里也不烧。这时候，老钱特别想念二锅头，哪怕是酒精勾兑出来的二锅头也行，最好度数高一点，喝起来才过瘾。这洋酒喝上去不伦不类，但老钱别无选择，他现在唯一能喝到的就是这个酒。他想找点下酒菜，四处翻，只翻到一桶薯片和一块巧克力，不可能有泡面。

就着薯片和巧克力，老钱竟然拧着鼻子把一瓶酒喝下去了。他觉得头晕晕的，好像还在飞机上，也可能是地球在旋转。坐飞机来的时候，座位上的屏幕显示实时的飞行路线，老钱清晰地看到飞机的轨迹是沿着地球的弧线在飞的，地球是圆的，而且地球在不停地转动。

醒来的时候，老钱发现自己躺在浴缸里，浴缸里没有水，反倒是有一大堆呕吐物，老钱就睡在呕吐物上。老钱一阵反胃，赶紧冲到马桶那儿，掀开马桶盖吐了出来。他知道自己喝醉了，没想到这不辣的洋酒这么有劲儿。再站起来的时候，他觉得地球旋转加速了，他好像站在一枚陀螺上。老钱摇摇晃晃地打开水龙头，把浴缸里的秽物冲刷下去，但是因为呕吐物里的零碎堵住了下水口，秽物不但没有被冲走，还漂浮了起来。

老钱只好关了水龙头，用卫生纸堵住鼻子，开始一点一点清理自己吐出来的乱七八糟的东西。黄毛进来的时候，他正在冲刷最后的残渣。

怎么回事？黄毛问，打你房间电话老是占线，我只好找服务员开了门。

黄毛看到了吧台上撕坏的薯片和巧克力包装，还有倒掉的酒瓶子，明白他喝醉了。他催促老钱赶紧洗个澡换衣服，开幕式一个小时之后开始，他给老钱写了发言稿，得提前熟悉一下，翻译到时候会根据稿子翻译的。老钱嘭的一声关上了浴室的门，里面响起了莲蓬头淋水的声音。

黄毛在老钱的房间里四处走了走，确认再没有什么意外了，才坐下来。

十分钟后，老钱披着浴巾出来了，脚步还是虚浮，眼神有些呆滞。黄毛递给他一张写满了字的纸，让他赶紧看一遍，有什么不认识的字就问他。老钱看了看，字倒是都认识，但话一句也搞不懂，什么真正的艺术就是用最原始的力量创造日常的形式以抵抗存在的虚无,什么中国文化的根底其实是在民间原生力量在遭遇现代化时所唤醒的本能……

这啥玩意?老钱问。

发言稿啊,我写了一个多月了,这就是你作品的核心价值。

屁,老钱骂了一句,我看都看不懂。

你不用懂,你念完就行了,那些个艺术批评家和观众自然会帮你去解释一切,他们什么都能解释,放心吧。

老钱又拿起那张纸来看,那些话绕得他心跳不匀,呼吸也一会儿快一会儿慢,终于完整看了一遍。这时黄毛已经把老钱的西服拿出来,说,穿上衣服赶紧走,开幕会马上开始了。老钱默默地穿上衣服,把发言稿折叠后放在了口袋里。

半个多小时后,一场名为"来自东方的人类艺术"发布会开始了,黄毛作为主导人,几乎是喊叫着在介绍老钱:神秘东方古国的神秘艺术家,只要一双手,就能创造一个世界。他还说,在一定程度上,老钱就是一个上帝,他说有什么,就有了什么。

开幕式展出了老钱给黄毛扎的那些东西,放在一个个玻璃展柜里。黄毛让老钱发言,老钱掏出了那张发言稿,可才念了几句就头晕目眩,他不得不咬了自己舌头一下,才稳住心神,再念还是如此,而且他再次感觉到宿醉引起的反胃。老钱一甩手把演讲稿扔掉了,说了一段他自己都感到莫名其妙的话:仓皇,我做的那些东西就是因为这个词,我不知道自己怎么就会扎这些东西,我也不知道它们到底有哪儿好,我其实也不太明白这个词的意思,只举得太贴切了。或者说吧,啥词都不重要。我对人类的命运保持悲观,我觉得人类不可能获得拯救。我用草棍扎的那些东西，怎么说的，黄毛，你发言稿里的那句话，对了，天地不仁以万物为刍狗，据说刍狗就是草狗啊，用草扎的狗。我父亲是一个农村扎花圈的人，就是用高粱秆或别的什么，捆扎成各式各样的人和东西，然后烧给死去的人……

黄毛在下面已经听呆了，而那个女翻译，则完全停止了翻译。

老钱觉得这些话自然而然地从嘴里跑了出来，甚至是拼命地跑了出来，就像他昨晚喝醉时胃里的东西跑出来那样，他看到了黄毛的反应，想住嘴，但竟然身不由己，他的嘴巴在自动地说着，越说越大声，越说越亢奋。

我是一个卖水产的，鱼虾蛏子鳗鱼生蚝扇贝海带等等。我用刀背把鱼拍晕，然后快速地刮去鱼鳞，剖开鱼腹，把里面的东西掏出来，清洗干净。我就是为了逃离做一个扎花圈的人才离开家的，现在我竟然因为扎了一些小东西跑到国外来了。前一段时间，我爹死了，我亲自给他扎了兄妹三个的纸人，烧给了他。我以后再也无法扎成任何东西了，那种技艺随着燃烧的纸人回到了父亲那里。所以，这个开幕式也是闭幕式，没有什么新的艺术形式，也没有什么伟大的艺术家，这一切都是个偶然事件。

说完最后一个字，老钱长长地吸了一口气，身子一歪，倒在了地上。麦芽，史芬娜，老钱昏迷前念叨了两个人的名字。

严格说，老钱并没有昏迷，他只是无法醒来，他深陷在一个梦里。

这是一个阴沉沉的世界，就像是持续了半年的雾霾天气，所有人都没有笑容，呼哧呼哧地喘着气。老钱和弟弟大喜、妹妹大梅在路上缓慢地走着，前面是父亲。父亲的那身衣服鼓鼓荡荡的，但路上并没有风。老钱喊了声：爸，咱们去哪儿？父亲回头过来，说：回家。老钱转头去看大喜和大梅，却惊讶地发现他们并不是平时的样子，而是一个纸人，跟自己扎得一模一样的纸人。老钱惊恐地摸了摸自己的脸，没有皮肤，而是一种褶皱麻沙的纸的质感，他知道自己也是个纸人了。

他们就这样跟着父亲往前走，路上的人都跟他们方向相反，没有人跟他们打招呼。突然天上的雾霾一下子就散去了，阳光和蓝天露了出来，老钱的眼睛被晃得睁不开，忍了一会儿，他慢慢睁开了眼睛，看见的是一张外国人的脸，然后是黄毛的脸。

他们喊着，醒了，醒了。老钱转转头，看了看四周，手臂上的吊瓶告诉他，自己在医院里。他动了动手臂，动了动腿，并没有感到明显的疼痛。黄毛跟那个外国大夫在说着什么，过了一会儿，大夫走了，黄毛过来。

老钱，你吓死我了，我还以为你就这么玩完了呢。

我怎么了，老钱问。

屁事没有，医生说你昨天没休息好，刚才在开幕式上说话太猛太多，造成大脑缺氧，短暂性昏迷，没啥事，打完这瓶药就能回去了。

我做了个梦，老钱说，我梦见我跟我弟我妹都变成纸人了，就我扎的那种纸人，跟着我爹往回走。

正常，你脑子里出现啥幻觉都是正常。

我是说，我想回家了。

黄毛兴奋地说，老钱你知道吗，昨天你那番话太牛逼了，翻译都蒙了，但有几个老外懂汉语，听完了说你讲得太好了。现在网上到处都是你讲话的视频，展览每天都有上千人去参观，你的那些作品已经有好几个博物馆准备收藏了。而且你最后那段话说自己可能不再扎任何东西了，这个厉害，老外们疯抢你现在的作品。

哦，老钱并没多么兴奋，他还有点恍惚。

还有个好消息，黄毛说，史芬娜回来了，她后天有一场行为艺术表演，邀请我们去看，去不去？

老黄点点头。

两天后，在一个罗马广场上，史芬娜的行为艺术开始了。

史芬娜把自己封闭在一个用防弹玻璃制成的透明盒子里，盒子有一个房间那么大，她穿着宽大的黑色裙子，脖子上戴着一个小巧的东西，老钱看清了，竟然是自己扎的一只蟋蟀。史芬娜手里拿着一把枪。这个行为艺术的关键环节是，史芬娜会打光枪里的六颗子弹，子弹射到防弹玻璃上不停反弹，直到彻底停下。在这个过程中，史芬娜无处可躲，如果反弹的子弹射到她，她就会受伤甚至死亡。

老钱和黄毛站在史芬娜的正对面，他们对视了一眼，史芬娜微笑了一下，枪口对准了老钱。嘭的一声，枪响了，老钱本能地一叫，但子弹射到防弹玻璃上反弹到旁边的玻璃，再次反弹，如此四次，才跌落到地上。史芬娜的脖颈擦出了一条血痕。她继续开枪，但第四枪的时候，那枚子弹直接反弹到了史芬娜胸口，嵌进了身体里。史芬娜摇晃着，慢慢倒在了地上。

史芬娜被送到医院抢救，可还没到急诊室，她就死了。

老钱和黄毛没能参加她的葬礼，他们的签证到期了，必须回国。跟着他们一起回来的，还有 20 万美金，是老钱的那些作品的转让费。黄毛跟他商量，每人 10 万，将来再售出老钱的作品，则按六四分成，老钱六，他四。老钱同意了。

下了飞机，老钱没有回家，而是直接到银行把美元换成了人民币，开了一个账户，存了进去。他想现在有没有农贸市场已经无所谓了，他和之前春桃给的钱加起来，有一百万了，在南城能买一个非常不错的房子，还有富余。他还想，也许自己可以干点别的，不一定非得卖水产，开一个彩票售卖点，或者开一家小饭馆都行。

他回到家的时候，还没开门，就闻到一股香味。等进了屋里，香味就更浓烈了，小灯从里面跑出来，手里拎着一个塑料玩具，是一头驴子。

什么这么香？老钱问。

厨房的门开了，麦芽的脸闪出来：回来了？我在蒸包子，韭菜鸡蛋馅的，我知道你喜欢吃。

太香了，老钱使劲吸了下鼻子。

洗个澡吃饭吧，麦芽说，我还有一个菜。

老钱嗯了声，就进了卫生间，打开淋浴开始洗澡。热水不足，一股一股的，勉强能洗澡。得换一个热水器了，老钱想，要不就开个包子铺吧？麦芽做的包子真香，特别是韭菜鸡蛋馅的。卖彩票也行，不用什么本钱，还清闲。

Part 2

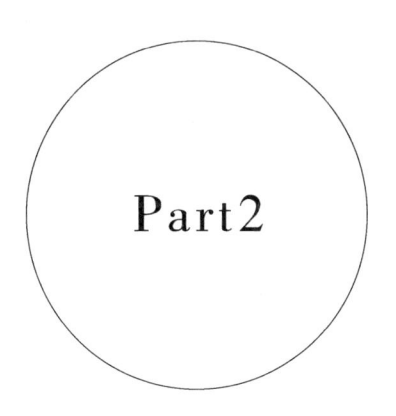

评
论

小说之道和刘汀的创作

张 柠

1

刘汀应该属于"80后"那一代作家里的"实力派"。但他并没有去赶那个"青春写作"的潮流和时髦，而是沿着一条循序渐进、扎实而专业的写作训练道路走过来的。刚开始练习写作的时候，他还是一个中文系的本科生。像许多初学写作的人那样，他也写自己的青春故事，写校园生活，写那些年轻的骚动不安的灵魂，写那些深夜莫名其妙地在街道上喊叫、朝着远处的女孩子打呼哨的人。比如长篇小说《布克村信札》和《浮的年华》（还可以算上中篇小说《铁狮子坟》）。但他一开始就试图摆脱校园这个"象牙塔"的囚禁，摆脱叙事中"学生腔调"的束缚。他试图以一种貌似"老到"的语调，将故事的触角由校园伸向了校园边缘的街道和市井，偶尔也将记忆的触角伸向北方的故乡和麦地。因此，即使早期的小说，在"残酷青春物语"的缝隙中，我们也可以嗅到城市小吃街上散发出来的泔水味道，闻到来自故乡的羊粪的气息，听到北方乡村驴欢马叫的声音，偶尔夹杂着农妇的啜泣。但无论如何，他早期创作的总体风格，依然带有《在路上》《麦田里的守望者》的痕迹，或者说还是属于

"自白"式的写作,是"自我意识"在故事中的投射。

大约两年前,刘汀将《布克村信札》和《浮的年华》送给我。我读后觉得,刘汀完全具备了写那种畅销长篇读物的能力。但他后来为什么没有强化这种写作能力,反而转向了一种令一般读者感到陌生的写作方式呢?这得益于他在创作之初就有了较为成熟的文学观念,并自觉地警惕文学之外的强力侵入他的创作。那种充斥在阅读市场的畅销读物,它的基本元素大致是这些:叙事流畅、情节时尚、青春反叛、校园爱情、颓废和无聊、为赋新词强说愁等等。这种写作其实并无难度,只需要作者具有基本的文字能力,有足够的体力和耐心,能迅速将个人经验转化为文字不断地"播放"出来,就像一个无休止的长篇电视连续剧一样。大量这类作品,经验雷同,情节类似,风格全无,它的确印证了一句名言:"作者死了。"也就是说,究竟是谁写的都无所谓,只要有足够多的消费群就行。最终"作者"与"明星"合二为一,"明星作家"进而又通过市场分身术,催生出更多的相貌雷同的"写作者"。这种写作的诱惑性,不来自作品的"文学性",而来自作品的"消费性"和市场份额。不重视文学性,不重视叙事技术,只关注如何制造噱头以便畅销,这种写作潮流,已经或者正在吞噬一大批年轻的有才华的写作者。

2

尽管刘汀在他的小说中,经常讽刺他所熟悉的"学院派"的文学观念,但真正的文学教育给予他的艺术和思想养分,一直在左右着他的创作思路。因此,当他初尝文学创作的甜头(比如2010年获得"新小说家大赛"新锐奖,出版了两部长篇小说)之后,便开始调整自己的写作姿态,以摆脱那种青春宣泄式的写作。能够自觉地意识到自己小说在艺术上的不足,并有意识地在写作中强化技术意识,是一个初学写作者进步的前提。刘汀似乎感觉到初期小说在叙事技术上存在的问题。叙事技术的训练，最好是先从短篇小说写作开始。那种一上来就写长篇的做法，往往会掩盖叙事技术上的漏洞，洋洋洒洒十几万、几十万字的篇幅，便于藏拙，会将叙事、情节设置、结构等方面的粗糙，遮掩起来而不自知。在短篇小说中，作者技术上的毛病将会暴露无遗，它会逼迫你去追求技术上的精益求精。

自2010年以来的这段时间里，刘汀几乎放弃了长篇小说的创作，写了不少的短篇小说。这些短篇小说收集在他自编的小说集《中国奇谭》中，包括《旅行记》《秋收记》《审判记》《换灵记》《归唐记》《神友记》《石囚记》《虚爱记》《制服记》等，共11篇，大多写于2011年。他将这本正在等待出版的小说集打印给我。最近，他又将2012年和2013年所写的几个短篇小说寄给了我，包括《有关一个著名小说的几个谜团》《人生最焦虑的就是午饭吃些什么》《南方》《铁狮子坟》等。通过读这些小说，我发现刘汀的小说叙事在技术上有了很大的进步，其中有几篇写得非常精致，技术上趋于上乘。我惊喜地发现，刘汀不再是那个写青春焦虑症、写理想破灭的沮丧、写故乡摇篮曲的青年写作者了。他开始成为一个敢于写任何事物、任何题材的人了。他能写熟悉的人和事，也能写陌生的人和事。他能写生活经验，也能写幻想经验。在日趋精巧的艺术结构中，装下了那么多事物：当代的、古代的、城市的、乡村的、现实的、幻想的；拆迁故事、流浪汉、失业者；满街乱窜的狗崽队，写字楼的白领，国际文化骗子；被拐卖的农妇形象，乡村的母亲形象，蒙冤者形象。这些小说的写法不拘一格，有现实主义写法，也有现代主义写法，有卡夫卡风格，也有卡尔维诺和博尔赫斯风格（缺雷蒙德·卡佛风格，或者海明威风格，这是刘汀的一个弱项）。

刘汀这几年的写作训练中尝试了写各种题材，采用各种写法，讲述各种故事，成效卓著。但这只不过是技术层面的问题。我要强调的是，在刘汀这些五花八门的题材，各种写法的尝试，日趋精细的技术操练背后，有着一种非常珍贵的统一性，那就是，他一直在力求将自己的"文学情怀"与"人文情怀"交融在一起。他将大部分笔墨，给予了底层生活。他正在使自己的写作，从写"自我"向写"他人"和写"世界"转变的道路上健步前行。

3

短篇小说《倾听记》，写的是一个底层人的悲剧。主人公名叫陈东升，因暴力拆迁而成了植物人。这种题材最忌讳的是"新闻式写法"，结果是既没有"艺术性"，也没有"新闻性"，左右不讨好。在大众媒介如此发达的今天，文学创作如何关注现实，对作家是一个严峻的考验（余华的长篇小说《第七天》，也遇到了类似的问题，他是通过死者的魂魄在阴间相遇和对话来完成的）。刘汀向我们呈现的，是一个植物人倾听中的世界。由于除了听觉之外其他所有感觉器官的能力都丧失了，所以，主人公对外部世界的悲剧事件的反应，既不能用语言来表现，也不能用四肢来表现，甚至连流眼泪的能力都丧失了。可是他的心的感受力并没有丧失，也就是说，植物人陈东升的心灵产生"悲伤"的能力没有丧失。小说用叙述语言呈现了这位植物人内心巨大的悲伤。这一点很有表现力。当然，我也有不满意的地方。那就是小说为什么要这样设计情节，这样设计对于表现不为人知的世界和经验有什么帮助。比如，陈东升成为植物人之后，他听到了什么正常人不能听到的吗？如果这样，这篇小说会更具有震撼力和更强的艺术效果。这需要作者具有"追寇入巢"的精神，将某种艺术效果推到极致，而不是在现实和想象之间搞平衡。

小说《秋收记》，属于乡土文学的套路，篇幅不长，写得干净、节制、传神，结构均衡、笔法老到。小说塑造了一位叫秦婶的农妇的形象，并没有复杂的技术，而是通过秦婶与世界和景物之间的简短对话呈现出来的。秦婶一边劳动一边喃喃自语，其实她是在与狗聊天，与吹过的北风聊天，与驴和马聊天，与死去的亲人聊天。对话场景写得那么热闹，主人公秦婶的内心的凄苦、悲伤和无助，却跃然纸上。我想，好在这是在乡村，动物、植物，还有山水星月等自然景物，一切都像是亲人一样，可以对话、闲聊、倾诉。我们设想，假如村子不远处那个可恶的铁矿，它的开发规模越来越大，以至于吞噬了乡村，秦婶将跟谁去说话呢？小说结尾留下了一个令人惴惴不安的话题。与此主题相关的是小说《南方》，写一位被村民李金虎拐到村里来的青年女子的形象，还有叙事者"我"，一位少年对"女子"和"南方"好奇心理。但小说的叙事结构有欠缺。少年去南方打工，与他对北方村里的"南方女子"的想象之间，缺少叙事逻辑上的必然性，使得这个小说的结尾勉强。

小说《人生最焦虑的就是午饭吃些什么》，写的是城市写字楼里的白领的生活，塑造了老洪的"吃货"形象，是大都市这一弱势群体的生动写照，语言是戏谑的，风格是"悲催"的。但叙事有点松散，像"长河小说"的笔法，语言不够节制，且结尾也差强人意，老洪最终移民新西兰这一情节设计有疑问。要知道，小说的结尾与人生的结局不是一回事，人生结局只有一个，那就是"死亡"，而小说的结尾则可以千变万化。文学既不是哲学，也不是政治，它有它自身的要求和逻辑。小说是一个"故事"或"叙述"的世界，它要求的是"故事"自身在叙事上的结局，而不是人生的结局，特别是短篇小说。关于这一点，我不打算展开来谈，请参阅俄国理论家什克洛夫斯基的《散文理论》（百花洲文艺出版社）相关章节。

4

就我对中国当代小说的阅读经验而论，我觉得，"如何写"这样一个古老的也是极其重要的常识，至今依然经常被人忽略。没有一位优秀作家不是从技术训练开始的。比如，目前创作势头依然十分强劲的"先锋小说家"：余华、格非、苏童等人，还有稍晚一点出道的李洱、毕飞宇、邱华栋等人，他们当年初习写作的时候，就十分注重"怎么写"的问题，十分注重叙事技巧本身的训练，注重小说叙事自身逻辑严格的合理性与合法性。这些技术训练是他们在创作上走得远、走得久，腿力强健的重要原因。一个作家如果不关心写作道德中最内核的技术问题，凭什么成为一个作家呢？难道仅仅凭"胆儿大"和"嗅觉灵"就可以成为作家吗？我知道，尽管有很多问题，不是用"技术"可以解释的（比如，"天才"就不遵循"技术"，而是发明"技术"，可是"天才狂想症"则是创作的大敌），但技术问题是最常规的最基本的问题。在刘汀近期的短篇小说中，写得最有形式感的，在叙事上最成熟的，是《换灵记》和《有关一部著名小说的几个谜团》。我觉得，这是两个献给"小说艺术"的小说，它们的共同特点是"无中生有"的能力，是幻想的能力和结构的技巧，是讲故事本身的冲动，是故事叙述中的自信和气势。有意识地训练并做到这一点，对于年轻作家而言，实在是太重要了。下面我想简要地分析一下刘汀的那篇《有关一部著名小说的几个谜团》的小说。

故事发生在 10 年前。一部英文小说《失魂国度》的汉译版在中国出版并成为畅销书，在国内引起了研究热潮，成为学位论文选题的对象，同时引起了国际出版界的关注。但小说的作者却是一个谜。最后发现，美国人 Alan（10 年后成为著名汉学家艾龙永），还有汉译者海归学者郑永恒、北京某出版社编辑刘十三、民国时期杂志上的某作者，都可能与这部作品有关。故事围绕寻找作者而展开，情节扑朔迷离，叙事节奏显得自足自信，结尾也出人意料：这部小说的英文原版失踪，中文版成了它的母版，德、法、日、俄语等各语种的译本，都只能从这个简体字汉语版本译出。可能的原作者 Alan，为了弄清楚这件事，努力学习汉语，最后成了汉学家艾龙永。读着汉语版的《失魂国度》，艾龙永感叹说：这的确是一部了不起的书，但与我自己无关。这是一部没有作者的书，或者说是一部具有众多作者的书。

毫无疑问，这是一个"解谜"的故事，当然也具有"侦探小说"的结构。叙事中的迷宫结构带有博尔赫斯风格。我之所以着重提到这篇小说，有两条理由，第一条理由，讨论这篇小说的时候，你无法讨论它的主题（比如底层啦，苦难啦，奋斗啦，理想啦），只能讨论它的形式。如果形式上不成立，那它就只能是废物一件，苦难、底层、理想，什么也救不了它。第二条理由，它是属于"幻想题材"，也就是属于"无中生有"的写法。这对一位小说家而言十分重要。我们见到太多将真实故事写得像假的一样的差小说。我们很少见到能将假的（虚构）事情写得像真的一样的好小说。究其原因，就是缺乏技术训练，缺乏小说意识，缺乏创造力。更何况，一个在技术上真正成熟的好小说，其实也不仅仅只有技术，它的内涵也一定是丰富的。因为他是作家创造出来的"另一个世界"，与现实这个恶习不改的世界相对应。比如这个《有关一部著名小说的几个谜团》的小说，也完全可以解读为现实世界的"象征"。小说，文学，想象的艺术世界，正是现实世界的"镜像"，或者说，它们就是现实世界倒映在水中的影子。我们不能说"影子"不真实，更不能说水面不真实，它们就是一对离不开的爱恨交加的"冤家"。小说不是现实世界的应声虫，不是对现实世界的"抄袭"。小说应该是对"虚无"世界之"有"的表现（比如"幻想小说"），或者说是对"实有"世界之"无"的呈现（比如"写实主义小说"）。只有这样，小说艺术才能够摆脱各种权力话语的纠缠，从而突显出自身的意义。

刘汀的创作道路还只能说是刚刚起步，而且取得了很好的成绩，但也存在许多缺点，好在他是一位具有自省能力的人，自我纠正能力超强。我写下这篇小文，主要是想通过对一位青年作家成长轨迹的追索，来讨论小说创作中的一些基本问题。希望对刘汀和跟他一样在写作道路上摸索的年轻人有借鉴意义。

写作的船和风

项　静

　　最早认识刘汀是因为读过他的散文集《别人的生活》，喜欢他写散文的感觉，步履不停，一个小小的细节可以漫散成长篇幅的现实述说：过去记忆和对未来的某种臆测，顺着那些朴实而灵动的跳转，我看到了一个愿意交付自己生活的作家，坦荡地面对和探索世界，写作之于他就像是一个人的影子，步步跟随，又像一个潘多拉盒子，可以无限拉扯下去，总有惊喜或者出人意料之事。刘汀的小说读得不多，记得擅长理论和小说的韩少功说过一句话，"说不清楚的写小说，说得清楚的写散文"。这有时候真的是具备以上两种笔墨的人最合理的分工方式。马拉默德的学生杰伊·坎托有一篇文章谈论自己的小说写作：为写故事采用确切的措辞，到它们引领你去的地方去以及/或者到作家领它们去的地方去，这种快乐就像成了船和风，永远偏离我自己。偏离与自己都是有确切指向的词汇，但船和风不是，它是文本自身的快乐。

　　与散文写作采取了不同的进入世界的方式，小说在模仿世界之前，已经从这个混沌、复杂的现实中提炼出了某些规则、特征、规律，然后回转回去，假装并不知道这些提炼和审视，模仿那个自然存在的世界。无论是自我审视，还是审视他人，是众多现实主义小说创作的潜意识动作，小说中出现的荒诞、对比和反省莫不由此而生。刘汀的《小镇简史》是一篇类似于回乡偶感的小说，返乡者甫一出现就占据了病人的自我修辞和认证，"我从汽车站出来的时候，太阳很高，又热又亮，北方的夏日中午的那种干燥，让人觉得像是被摁在一眼黄土灶坑里，特别不舒服。站在车站广场上，我觉得自己眩晕了好几分钟，类似于那种高烧到40度时猛然站起来的感觉"。在空间的移动中，陷入梦幻氛围，一方面觉得天下莫不如是，又放大此地的感官经验，突出一种破败感，"这景象和我工作生活的河北小城的车站外面，和我打工的深圳郊区车站外面，和我出差时去过的所有小城车站外面，几乎一模一样。每一个商店门口，都站着一个两个中年妇女，嗑着瓜子，摇着扇子，闲等着有人来买东西"。漫溢于文字中的是急促焦躁，没有耐心的情绪一直伴随着这个回乡的叙事者，从开头被抢钱包的幻觉到最后喝到假冒矿泉水，他不满意于一切都变了样，更不满意堂妹的人生选择和生活方式，似乎一直有一个快要点燃的引爆点牵引着故事往前走，但是走向哪里又茫然无知，小说最后"我"在离开家乡的车上，忍不住流下眼泪。

相比而言，《制服记》冷静而理性，一个关于制服与人的故事。本来不习惯在日常生活中穿制服的人，却被妻子要求穿着，并制造出这种权力的威力来。后来因为制服被盗，他经常便服出行，在普通人与警察的身份变换中享受其中的微妙乐趣和苦恼：没人能看出他是个警察时，他觉得有点像怀揣着百万美金的乞丐，可以随时让对方自惭形秽；从见义勇为的荣耀变成被谴责的对象等等，不但他不适应，连别人也不适应。被城管打是一个分水岭，他被侮辱且失去了制服带给他的所有尊严，从而走上了失控的人生，性情大变和暴力倾向，被制服这个大网给挟持了，在制服和身份的变换中，他变成城管，打学生，沦为罪犯，成为建立自我身份的反面，也给失序的人生彻底画上句号。

同样是表现精神疾患，《黑白》比《制服》要平实得多，它写一个经常在夜间活动的公交车司机老洪遇到了精神上的烦恼，他无法适应白天，但又担心因为疑似心理问题而被送到心理诊所去测试，以及可能由此而丢掉工作，这可能给他的人生带来极大的问题。老洪人生故事的一个插曲，是认识了一个年轻漂亮却依然要去整容的姑娘，正是这个姑娘无意中发给他一条短信，让他把公交车开出既定轨道。偶然事件，姑娘的出现和简单的交流，让他骤然感觉到来自陌生人的些许温暖和失落，比如一天，老洪收到女孩的微信，她说不要等她，先走吧。老洪有些惊讶，不知道她怎么了，忍不住回了一条：你没事吧？女孩却再也没有回他。老洪只好打着火，开车，这一路就有点悻悻然，并且在白天睡觉的时候失眠了。女孩转给老洪一篇文章《他沿着同一条线路开了17年公交车，有一天他终于烦到了极点……》，让老洪心情变得烦躁，白天睡不好，终于在一次出车途中，他开车驶上高速，"我是去看孙子，一个老人想看自己的孙子了，这太正常了。我可没觉得什么非得逃离啥啥的，我对自己的生活挺满意的"。三篇小说中，我最喜欢《黑白》，把很多小说家会用力凸显的地方有意淡化，非典型病人老洪的潜意识里有极大的不安全感，但他又给自己穿上一层正常人的制服，对一个陌生姑娘的依赖，他在内心深处进行了各种安排，排除了各种不合伦理的可能性，但又无法去除她的存在，这是他严丝合缝生活的一点缝隙。即使他开车脱离轨道，依然对姑娘这个情绪爆发的引线保持怀疑，为之解脱嫌疑，找各种生活伦理把自己的小脱轨合理化，小说在老洪的内心戏部分处理得非常细腻可信。

刘汀这三篇小说在精神上有相似性，它关注并拷问人们的内心世界，感受一种悲伤，又在这个过程中呈现某种无力感。三篇小说结构具有一致性，紧促而完整，是那种自我圆满的形式，开头结尾都在刻意地圆融起来，好像在担心和防卫某种溢出和脱轨，他制造了牢靠的房间,然后吞下并消化了开门的钥匙。这种写作的特权有时候只能属于年轻的写作者,他们开启世界迅速闭关,害怕洪荒世界的能量冲决自己的能力范围。很显然小说写作的分量之于刘汀很重要,在经历了优秀的散文写作之后,应该上升到另外的层次。谈及写作,意大利作家金斯伯格说过要觉得事情有分量,就要赋予它们让我们感动、困惑以及让我们担心的能力。担心什么呢?对于一个作家来说,总是担心——一定会担心的——担心欺骗和不诚实,担心会言不由衷,担心会讨好读者,或者担心我们写了其实我们自己并不具备的词句。这些模糊含混但又紧张真诚的担心,与刘汀共勉,愿他获得船和风,偏离已有的"自己"。

一个经验主义者的小说人生
——读刘汀

杨晓帆

1

每次想起刘汀,就想起他乱蓬蓬的头发,好像刚从一堆歪歪斜斜的书堆里艰难地昂起来,还挂着几粒铅字。虽然很早就开始关注刘汀的写作,但最初的友情支持里更多轻视。就像读他的长篇小说《浮的年华》,并不觉得比一般校园题材更胜一筹;读《布克村信札》,则终在缓慢的叙事节奏中,半途而废。同是中文系科班出身,我们周围不乏文学青年,许多人只是玩票,释放完多余的青春荷尔蒙,再在纯艺术的暴风骤雨中嘶喊两声,就各奔东西了。在这一点上,刘汀要严肃认真得多,但我始终怀疑,单纯依靠激情和技巧是否可以撑起一个伟大的作品?

直到几年前,我开始成为《老家人》系列的忠实读者。在这些关于故乡人与事的散文随笔里,我竟被作者"欺骗",忘记了小说家的有意经营。我认识了四叔、舅爷、表弟们,我开始渐渐熟悉那个小山村里唱大戏的热闹、白魔黑魔的传说,好像自己也曾蹲在灶炕上嚼着花生,听老人感慨,"生活丰富了,人心复杂了"。没有知识分子观照农村现实的底层姿态,刘汀把小说家的写作欲望藏了起来,从一开始就把自己放在"失败者"的位置上,承认自己对乡村世界认识的失败。就像《四叔》一篇中,尽管"我"也曾犀利地指出四叔苦难的根源是他虚妄的自尊,但又很快承认了这种洞见的无用:"我们难以深入交流,因为对农村人来说,交流不解决任何问题,他们面对世界上的一切,只是把自己无意识地投入进去,活着,一天又一天地过日子。"而《舅爷》的开头:"到死为止,舅爷都只是个光棍。"——虽然一句话就彰显了它可能成为优秀短篇小说的潜力,但作者将这种小说笔法收敛起来,甚至自嘲起小说家的天真:"我"幻想舅爷打工时遭遇了一段浪漫爱情,或者因为找小姐、蹲班房的饱尝屈辱,"这像一篇小说的情节,然而,相比较他一辈子循规蹈矩所走过的刻板的正途,我宁愿他有这个版本的一段人生……哪怕仅只是形式上的"。于是,为舅爷树碑立传的前提,是承认写作的无力,小说的最后,总要留给读者一个归途,不管是大团圆还是自我救赎,可人生却不能,正是这一点让"我"更能体会到舅爷的"孤独"。就这样,一切清晰的理性知识,在重返乡村的经验中被打乱;一切自负的文学观念,都重新回归认识自我、认识生活的最初命题。

再读刘汀时,我们与文学的亲密接触,已经掺杂了许多庸俗的成分。我在疲惫的学术训练中把文学肢解得破碎不堪,他则成为一名被文字淹没的编辑、一个被生活咀嚼的北漂。见面闲谈的话题变得琐碎而沉重,像是颈椎病犯了去做推拿,最近又着手编辑一堆烂稿子……现实的压力,正在渐渐让虚构失去魅力。但与我的麻木不同,文学反而成为他日常生活里不可缺少的构件。在拥挤的地铁上阅读,在清晨空无一人的办公室里写作,一个隐蔽的身份,最大限度地调动起他的感官世界。与《老家人》的创作同步,刘汀开始写他自己,写他身边的人和事。它可能是地铁上听到的一则笑话,可能是一次看病就医的疲惫遭遇，可能是这样一些被人们认为没事找事的问题："究竟该如何解释世界""灵魂是什么东西""自由是什么"。从《别人的生活》《我们选择的路》到《身边的少年》，这些有难度的思考为刘汀在微博、豆瓣上聚集了大量读者。当人们越来越习惯在140字的范围内就各类热门话题不吐不快、自鸣得意时，刘汀展示了他的谦卑。他并不急于提供某种观点式的人生智慧，反而盲人摸象一般，耐心整理那些尚未定型的个体经验，用解剖自己的方式，寻找进入他人世界的另一种可能。

与此前刘汀已出版的两个长篇相比，这些散文随笔是吃力不讨好的，但我看重它们之于刘汀的意义。关于《别人的生活》，刘汀说，这本书必将是他生活的一个里程碑——"它朴素到几乎失去了形式。"它们所提供的并不仅仅是小说素材，而是一种不间断的自我反省，一种在身体疼痛的最基本层面感知现实的能力。它们真正延长了《浮的年华》与《布克村信札》中最有生命力的问题：如何面对"回不去的乡村"？如何面对不再年轻的自己？刘汀曾做批评语："中国当代小说家缺乏诗人本质，他们可以很好地写出作为小说的小说，却无法提供一种基于人性的恒久的诗性。"当下小说创作并不缺乏好故事，更不缺乏艺术技巧与形式创新，反倒是因为作家们太清楚什么是"好小说"，在对"文学性"的追求中，轻视了在经验层面对生活的直接把握。现代主义洗涤下的当代小说家们唾弃个人经验，"作者死了"——作者是谁，他有过怎样的人生遭遇，他的政治立场与哲学洞见如何，他打算成为怎样的人，这些问题变得微乎其微，仿佛作家仅仅借助语言媒介与虚构的力量，就可以越过个人的有限视域，直接俯瞰现实与人性。与之相反，在这些日常生活的闲笔中，我读到了"刘汀是谁"。就像《人生最焦虑的是午饭吃些什么》，不管它是不是真实发生在刘汀编辑部里的事儿，从老洪、叙事者"我"到作者刘汀，他们都在为同一个难题挣扎：生活需要一个继续下去的理由。而正是这种看似与虚构相距遥远的朴素方式，说服我相信写作的力量。

2

用刘汀自己的话说，他是一个"经验主义者"。这并不意味着作家看到多少就以为看到了全部，以武断的文体区分，刘汀的主业是写小说的，但虚构显然要求他进出表象的真实。在《别人的生活》里，有一篇题为《母亲和她的生活哲学》，它也是小说《秋收记》的前奏。所有文字都起源于同一个场景：月夜，黑魆魆的田野，母亲一个人挥舞镰刀，一棵一棵把成熟的玉米秸秆割倒，从田垄的这头，到田垄的那头。寒来暑往，秋收冬藏，时间被静止在看不到头的劳作里，把跌宕起伏的情节杜绝在外，这一创作缘起仿佛从一开始就是反小说，可是追溯现代小说的发生轨迹，这看似单调的场景，又恰好迫使小说家将叙述对象由外在的故事摹写，转向人物的内心世界。母亲体验到了什么？相比散文，小说虚构的难度在于，如何将经验作者推开，从"我"的母亲，到《秋收记》中的"秦嫂"，从"这一个"秦嫂，到"每一个"秋收时节的生命，不是"我"在讲述，而是让人物发出他（她）自己的声音？

《秋收记》就是这样一个关于"说话"的故事。循着秦嫂一个人的念叨，读者不难清理出一部乡村破败中的人生史：秦嫂二十出头嫁人，六月天山窝里积雪未融就要上山采药营生，如今三十年过去了，大儿子蹲了监狱，小儿子做了大学教授还得问家里要钱买房，四年前，老秦为了给儿子凑钱去内蒙古贩马，摔沟里死了，留下一屁股赌债……这个故事一点不亚于"阿毛被狼给叼去了"，但祥林嫂还能反复跟柳妈等人说她悲惨的故事，秦嫂的听众却只有四野无人的荞麦地，两条狗，刷刷的风声和坟堆上惨白的月色。当鲁迅先生写下《祝福》中"我"与祥林嫂关于灵魂有无的对话时，不难让人联想到此前《故乡》中"我"与闰土再次相遇的场景,研究者一眼窥见它们如何充分暴露出乡村知识分子与农民之间的隔膜,但从小说写作本身来看,这样写,才真正让祥林嫂和闰土们能够用自己的方式"说话"。试想如果没有"我"的内聚焦叙事,只是作者全知全能的讲述,祥林嫂的"我真傻,真的"并不足以让人走进她心底的绝望,闰土"灰黄的脸"和被海风吹肿的眼睛,也只能呈现身体遭遇的苦难。而正是"我"的出现,取消了叙述者代言底层或行使国民性批判的权力,就在"我很悚然""我似乎打了一个寒噤"的那一瞬间,祥林嫂和闰土无法被语言名状的生活世界被敞开了。需要一个对话者,这是鲁迅的启示。

然而几乎采取了与《祝福》截然相反的方式,刘汀把"我"隐匿在秦嫂身后的茫茫夜里。秦嫂才是这出"秋收记"的主角和导演,为自己挑选和她搭戏的演员:她念叨风,"风哎,快去别处吹吧",风便不好意思再掠夺秦嫂的荞麦粒子;她叫唤奔头,"你来咱家几年了",小狗就汪汪地呼应,引着秦嫂往回忆里去;她安慰毛驴"儿孙自有儿孙福",其实也是在安慰自己……而她镰刀伺候着的荞麦们则是最投入的观众,叽叽喳喳插话,沉默,听秦嫂哭,听她忘乎所以地唱。其实哪里又有什么对话发生呢,山风飒飒、狗吠或荞麦的窸窸窣窣,这些声音也是一道隔音墙,提示作为读者的我们,当秦嫂需要一个人和她说说话时,使用同种语言的我们只是集体沉默了。

说话是因为孤独,就像劳动那样。当"劳动"被赋予太多沉甸甸的隐喻——它是人民大众的德性之美,又是乌托邦幻灭后的苦难与隐忍——刘汀并没有让这个劳作的女人仅仅成为余华笔下福贵式"活着"的注脚。小说这样写道:"这一小块地本不是秦家的责任田,几年前还是一块荒地,满是石头。老秦没了,秦嫂日子愁苦,在家里看啥都想到老秦,就哭,就难受,后来便领着两条狗到山上来,从土里往外刨石头。小块扔沟里,大块堆起来,三天一毛驴车拉回去垄了猪圈。整整一个冬天,秦婶生生把这块地翻得平平整整,第二年开犁就种了大豆。哪想这小块地平整归平整,却贫,没营养,大豆长不起来,干干枯枯,不到一尺高。秋收了,秦婶只能跪着割,从这头到那头,膝盖就肿了,后来垫了块羊羔皮,才把这块秋给收了。一种几年,每年都多往这小块地上粪肥,就喂熟了,种啥都长得壮实,就今年的荞麦,都比旁的高出二指去。"开荒、劳作,年复一年,劳动不仅仅是为了糊口,为了讨生活,对于丧父的秦嫂来说,劳动最初只是为了填补生命中突然被穿刺而过的空洞,但生命就在这样的劳动中慢慢复活,希望在丧失中被重新种植并生长。

于是,秋收之夜,秦嫂又去找老秦说话了。说儿子、说还债,在这些早已重复了千百次的伤心话后,秦嫂终于说,要找个人帮忙,要跟村里的胡瘸子一起过日子——"你同意不?"接下来的场景,我以为是《秋收记》中最撕人心肺的一幕。坟头突然有响动,秦嫂骇然了,是老秦不乐意吗?秦嫂再也支撑不住,一屁股坐在地上,大口地喘气。等她找回掉落在荞麦堆里的镯子,非要往手腕上套,干了一宿活后的手浮肿很多,啪的一声,镯子断成了两节。秦嫂的一整晚倾诉,终于有了真正的回音,鬼魂篡了权,让秦嫂从"说"变成了"听",说话里绵延展开的一生,重新又回到这短暂的一夜。秦嫂听到了未知的新生活里让人不安的声音,听到了庄稼人清早出来收秋的动静……"秦嫂听见,便觉得许多个年月过去了,从内心生出一种苍老。"这不是知识分子式的伤春悲秋,这是一个普通农妇会有的情感表达方式,刘汀让声音与秦嫂作伴,让秦嫂自己为声音赋形。是并不顺遂的生活本身,给秦嫂的声音、给她所听见的声音打上了旁白。

从这一点看,刘汀并不是《秋收记》的执笔者,而是他自己小说的听众。他曾在随笔《声音的舞蹈》中说,"我们常常只关注影像而忽略了声音。在'凝视'之外,应该还有一种同样重要的生理和精神动作——'听'"。在我看来,这并非只是显露了一个小说家优越的敏感性,其中更包含了一个有关"写作伦理"的问题。与"观看"的主动和强势不同,"听"是被动的、谦卑的,它首先不是为了审阅与评判,而是为了了解。"听"不去捕捉实在的形象,我们说"用心听",仿佛耳朵只是声音进出的通道,而声音最终的归宿是"心"的共鸣。当作家以"看"的方式写作,世界是清晰的,作为叙述者的"我"安全地坐在台下,看着台上的悲欢离合;当小说家以"听"的方式写作时,世界是个谜,"我"在脑海中为声音赋形,声音也重置了我的感官世界。而后一种创作伦理意味着,小说终将是"我"与世界的再次相遇,写作一定会回到对"自我"的重新认识。

从《母亲和她的生活哲学》到《秋收记》,刘汀并不仅仅完成了一次文体实验,《秋收记》的故事和主题可能是十分老套的,但它贡献了一种声音、一种语调,因为秦嫂的"说话"与"劳动","我"可能在寻找一种文学表达的过程中,去重新认识我们,和我们的生活世界。《秋收记》完成了"我"的后退,但即使在秦嫂的孤独里,我们还是能体会到"我"的乡愁。它已然被编织到刘汀的文学地图里,如《母亲》的一节诗行,"全部时光都被打包/像割完的麦子/我来到城市/每一个清晨到夜晚,背着它/不觉得沉/也不思念故乡"。秦嫂的故事并不来源于"底层文学""乡土小说"等当代文学的"大传统",它更直接来自刘汀个人的"小传统",一个出生在内蒙古草原的农民的孩子,怎样背着打包的时光和麦子,在城市中聆听自己和别人的生活。从经验到虚构并非易事,但正是因为对经验的尊重,他不会轻易用技巧或思想,去覆盖或伪装那个等待被听见的声音的世界。

3

看重经验,并不意味着刘汀轻视写作技巧,相反,正是在这两三年里，刘汀创作了大量题材各异、形式创新的短篇小说。在他的自编小说集《中国奇谭》里，既有像《虚爱记》这样带有元小说意味的作品，让小说中的人物跳出来指摘作者的"虚伪"，形式感十足；也有他最擅长的乡土题材创作，如《审判记》，用成长小说的形式，叙述所谓现代政治在农村伦理世界中的扭曲变形。而最具刘汀个人原创性的，则是《旅行记》《换灵记》等，在题材与文体层面都称得上"奇谭""怪谭"的"中国故事"。

读者绝不会对这些故事感到陌生，屡治不绝的矿难、暴力强拆、城管打人、权钱交易和家庭危机，杀人与自杀……它们是被我们嬉笑为比魔幻现实主义小说还要出人意料的荒诞现实。太富于戏剧性的日常生活，正挑战着小说家的虚构能力。一部分作家以政治压力为借口，逃遁到虚构历史与文学性的自足世界中去；一部分作家则干脆转向当下火热的非虚构写作，仿佛声称客观中立，就可以免去叙事者解释世界的责任。与那些紧贴生活经验的散文随笔一样，刘汀选择在小说中强攻现实。他非常清楚这种写作的危险性，小说很可能仅仅成为社会新闻的复述，或者各种网络评论、意见领袖的华丽附庸。对日常生活经验的淘洗，为刘汀建立了"感同身受"的精神基础，但他还需要一种特殊的叙述形式。这必须是小说文体所独有的能力，既要让读者在对故事原型的模糊识别中认可小说的"现实感"，又要借助现实与虚构之间的距离，制造一个在既成事实之外容纳更多异质声音的讨论空间。

"奇谭"就是刘汀找到的形式。在《旅行记》里，他借用科幻小说中地球旅行的桥段，让山西王家岭矿难的矿工在地球另一端的智利矿井里获救。这种设计为现实事件的发生，提供了一个不可能却又相当可信的参照。粗看之下，《旅行记》中戏谑的语言，对政府瞒报、媒体帮凶的极尽讽刺，并不比各种网络段子高明多少，但小说的重头戏其实在最后。当王麻子等工友费尽周折、在两国政府相互妥协后回到祖国时,等待他们的不是妻儿团聚,而是坐在阶梯教室里听故事。在同一个故事的不断复述中,工人们从塌方遇险、垂死挣扎到集体获救的整段经历被重新编排,甚至场景再现。"旅行记"不再仅仅是工人们在空间意义上地球两端的怪诞穿越,它还是时间意义上的,是现实对过去的侵蚀,是故事对现实的篡改。小说的结尾,王麻子似乎只是无意识地想用赔偿金到智利圣何塞铜矿去旅行,"麻子看见几座远山的影子,但又不真切"。旅行的终点,并没有与现实的起点更加接近。热闹一时的奇谭最终归于寻常,正是在这一点上,刘汀表达了他对写作的自觉,他所追求的绝不仅仅是呈现荒诞的事实,而是现实荒诞的本质。只有在这种由表及里的过程中,形式的意味才会发挥出来,它必须真正具备重新结构现实的力量,否则就会像被畅销小说和肥皂剧用烂了的穿越题材那样,沦为浮在叙述表面的一个噱头。

于是,我们读到了灵魂交换(《换灵记》),读到死神来了(《神友记》),读到了古今穿越(《归唐记》),但每一篇都不让人觉得形式大于内容。不要误会"奇谭"仅仅是超现实的灵异故事,刘汀只不过先把事件发生的环境扭曲变形,让读者在虚构的保护下,安全地接近一个个极端处境,然后再不动声色地让故事走向与现实逻辑完全一致的结局。这种写作当然是有难度的,一不留神,就可能危机四伏。例如他首先就面对了写小说的一大忌,即主题先行可能对现实丰富性造成的封闭。剥去一个打工仔与死神成为挚友的玄幻外壳,《神友记》就是一个主题先行的作品。死神的所见所闻所感,承担了小说家对我们这个幽暗时代的思考:他看到人们求死,因为遭遇不公后的悲愤与屈辱;他吞吃人们怕死的恐惧,却品尝出人的贪欲;他看到电视和网络报道中每天发生的灾难、谎言、肮脏交易,被人世间的情绪充塞,潸然泪下。如果说《神友记》只有这么一条线索,它不失现实批判的力度,但绝对是主题单一的。还好小说在后半段加强了对另一条线索的处理。"我"每天挤公交上班,被老板骂,蜗居在北京城的底层,过着卑微的生活,"我"嘲讽死神的同情,向死神展示人性中的善与爱,"我"要死神杀人,在仇恨里流露怯懦。与作为旁观者的死神相比,这条线索更能从内部呈现人与现实的紧张关系,看上去,"我"的故事只不过为死神的现实考察多增加了一个具体案例,但事实上,"我"不仅仅是被观察者,与死神相遇后的种种,逼迫"我"更直接地面对自己,重新思考"我"对生活的态度。正是"我"的存在,避免《神友记》陷入单方面的沉重与温情。

同样是主题先行,《制服记》就显得更加成熟。警察暴力执法、城管以公谋私,这类题材不新,来源于我们对特权阶层的嗤之以鼻,但刘汀抓住了"制服"这个象征身份的道具,追问权力的来源。小说家先是让无能的中年男人因为"制服"重建家庭权威,然后又让他丢掉制服,让这个身份不明的"王警官"被穿另一种制服的城管们拳打脚踢,陷入无法脱去制服的恐惧。在不变的空间场所里,卧室、办公室、小吃店,身着不同制服的"他",一次次遭遇相似的极端处境,再走向出其不意的结局,他表现过人性的淳厚,但他同样轻而易举地成为施暴者,让人惊异于人心之恶。《制服记》明显运用了重复性叙事的结构,但刘汀的高明之处在于,他并没有满足于重复表述权力异化这一个主题。在《制服记》里,尽管"制服"才是主角,刘汀还是立起了一个人物,他是默默无名的失败者,他被"制服"操控了的人生,正是大多数人正在经历或在所难免的。"制服"可以不断获得新的替换项,它不仅仅发挥了推动情节发展的线索功能,也生产出主题之外的其他意义。

刘汀曾说他受阎连科所谓"神实主义"写作的启发,在形式上遵循非现实的"零因果"逻辑,这种策略为他的习作带来了极大自由。我仍然记得刘汀不断在这条思路上尝试并佳作迭出时,那种溢于言表的兴奋。我陆续读到《中国奇谭》中的作品,我看着他如何奇兵一击，找到叙述当下现实的突破口，也看着他如何不断超越这种形式的局限，把它真正内化为观察世界与解释世界的方法。

4

就这样，我渐渐忘记了刘汀其实是一个80后作家。在批评家和读者眼中，关于80后作家的一大指责，或说偏见，是认为他们普遍缺乏厚重的生活体验，要么沉迷于小情小调，要么过分依赖文字世界的自我繁殖。刘汀最不缺少的，恰恰是经验。如果说在《铁狮子坟》里，你还能读到纯粹极致的情感，读到愤怒青年的性、谎言与暴力，读到刘汀对"80后"命名的嘲讽，读到这一代人与时代、他人的紧张关系，那么，你一定会在别的作品里，读到更多内敛与自省，更多理解与同情。《旅行记》被收入海外《今天》2013年冬季号"80后小说辑"时，《今天》以发刊词的形式，对刘汀自己和同代作者提出了这样一个问题："80后，怎么办？"——当老一辈们仍旧把80后看作是营养不良的叛逆者时，80后已经纷纷步入"三十而立"的中年危机——告别青春写作，不仅仅是刘汀，小说需要一种新的观看方式，去为现实生活赋形。

是对社会现实和他人生活的持续关注，催促着少年成长。当人们以为，成长意味着世故，意味着远离思想冲突，所谓文字老辣意味着懂得了避重就轻时，刘汀并没有选择这条捷径。原因正如他自己所说，他是一个经验主义者，把日常生活的细节看得很重，反对将人生化约。的确，经验主义让刘汀保持着对生活的敏锐，为他积累了大量高质量的小说素材；经验主义让他不轻易人云亦云，用叙述完成更为复杂的思辨；但经验主义写作是不是也在刘汀的写作之路上埋下了陷阱？

比如情感节制的问题。怎样避免用写作主体的经验，完全覆盖住虚构人物可能提供的另一种现实？就像《倾听记》里的植物人陈东升,他所体会到的悲哀,是否真正来自那个残缺的感官世界,它与小说所创造的那个极端现实之外人人可感的悲哀有何不同?进入写作时的小说家当然不是一张白纸,但写作主体的经验不是现成的,它应当在写作过程中一边呈现,一边寻找。

再比如刘汀小说中经常出现的套盒式结构。因为存在不同层次的故事叙述者,小说家不仅要处理好结构上的衔接与过渡,还要在不同层次故事之间、不同人物之间,建立起一种恰当的逻辑关系。以《石囚记》为例,小说的外层结构,是身为狱警的父亲把儿子囚禁在监狱里的故事,内层是儿子臆想世界中隔壁囚徒的人生。在这篇小说里,内外层故事之间的连接,是依靠儿子的母亲与囚徒李四之间的孽缘完成的,背叛、偷情、乱伦、谋杀,通过一系列巧合与悬念的破解,人物被重新分布在相互关联的网格里。小说从结构上来说是高度完整的,但是这种基于经验的合理性真的这么重要吗?小说最精彩的部分并非那些悬念迭起的故事,而是少年如何在黑暗中用他所听到的微弱的声音,创造出一个与之为伴的囚徒的世界:不管是少年还是囚徒,他们的存在都是一个错误,他们是被社会抛弃的,而更大的悲剧在于,他们能够被重新关注的唯一手段恰恰是毁灭自己,把自己变成石内之囚。叙述结构的问题,归根结底还是如何处理经验的问题。经验主义写作要求多方位地展示生活,这对短篇小说的有限篇幅提出了更大挑战。刘汀绝对是讲故事的高手,但就像另一篇小说《劝死记》,类似罗生门式的结构,虽然有助于串联起更多故事,在横向范围上扩大对不同社会事件的关注,但如何在纵向层面上通过质的分析打破经验的整一性,并让不同层次间故事的起承转合更为自然,仍是刘汀需要持续关注的创作难题。

《中国奇谭》之后,刘汀完成了他的第三个长篇小说《小镇简史》。从 1968 年到 2025 年,时间被再次打乱重编,人到中年的"我",在回乡途中遭遇少年的"我",那些被隐匿在历史空格符里的人们，依旧经历着中国北部农村小镇的沧桑变迁。写作侵入记忆，本来清晰的经验重新变得暧昧不明。他还在耐心修改着这部新作，我知道《小镇简史》之于刘汀的意义，它不仅仅是刘汀写作上的又一次飞跃，它更是一个人的经验史。

Part 3

创作谈

叙事泛滥时代的小说写作

我们总是试图用一些词语来把握自己身处的时代和世界，比如新媒体时代、智能时代、信息爆炸时代，等等。我们倾向于认为，这个世界总是具有某种可被标签化的特征，并且能根据这个特征理解、适应甚至改变它。事情的本质是，这即是叙事之一种，因为任何一次命名都意味着把世界纳入某种话语体系，纳入一个以不同风格和面貌出现的故事里。这些标签当然具有相对的正确性，但同时又是片面的，复杂的现实必须通过无数大小不一的标签拼凑完整。然而，在这些标签中，我们总是忽略掉那些非物质化的领域，比如文学、电影、音乐，更何况是根植于这些艺术门类内部更核心的元素——叙事。对于那些试图"一言以蔽之"来命名时代的思想家们而言，文学之类既过于虚幻，又过于卑小，不能成为左右历史车轮的力量。因此，我们总是会看见蒸汽时代、电气时代、网络时代等词语，却很少见到某个文学时代，即便有也被局限在文学内部。

现在，这种情况正在悄然发生改变，我们似乎可以在文学的立场上给时下贴一个标签了——"叙事的时代"，甚至是一个"叙事泛滥的时代"。因为"叙事"已经成为现代人无时无刻不面对、从事和受之影响事物。那些之前提出的所谓新媒体、自媒体、媒体融合等等，其实无非是传播工具和渠道的变化带动了内容和形式的变化，而其根本构成的"叙事性"既是不变的,又是被凸显的。在 2004 年上映的电影《天下无贼》中,葛优扮演的贼头说:二十一世纪最贵的是什么?人才。他只说对了一半真相,另一半真相包含在紧接着的追问中:什么样的人才?答案现在可以明确了,是叙事人才。叙事能力正在成为这个时代的核心能力,写作不过是其中最具有传统而明显的"叙事原教旨主义",其滥觞已流播于我们生活的所有领域。君不见,大到国家的大政方针发布、重要案件报道、对国际形势的分析等,中到企业的广告宣传、危机时媒体公关、企业内部文化建设,小到个人微博、朋友圈等社交媒体、年终总结等,无一不在通过"叙事"而重塑自身,或者说得更为精确些,无一不在讲什么和怎么讲之间斟酌推敲,以期实现自己的目的。我曾跟友人戏称,纪委反贪腐的真正困难并不在抓贪官,因为在如今发达的信息网络里,要找到一个人做坏事的证据易如反掌,真正的困难在于如何向人们讲述贪腐故事。这的确是一个叙事泛滥的时代,那么,在这样的语境中,作为叙事的本来含义的小说写作,又该如何自处?

现如今,我们讨论文学时容易受到大问题的诱惑,认为主义、思想、潮流、人性等才重要,这有点像游乐园的那种旋转的飞椅,当整个机器旋转起来时,飘荡在空中的一个个大问题因其惯性确实会带动整个机器的旋转,但最根本的仍然是那个给它动力的东西,是叙事,是内容、风格和讲述方式。凸显小说叙事的本体地位,这并非一个行将消亡的行业的自救或自怨自艾,只是小说作为最主要的叙事文体,必须抛开杂念,直接面对自己所处的时代了。经典性著作已经为我们建立起一座又一座大厦,我们可随意进出其中,但真正能够躺卧安眠的三尺之榻,则必须由我们自己亲自建造。正是基于此,我才在小说集《中国奇谭》的后记里提出"新虚构",目的也不过是希望重新强调虚构之于叙事的核心作用,让小说回归其本源。这里的虚构当然不该被理解为表面的"构造原本不存在的事"

那么简单,网络小说里的玄幻、奇侠之类的不可谓不虚构,但它们并不能真正构造现实。因为在我看来,虚构的真正力量恰恰就在于它的现实性,或者说虚构本身必须被当作一种现实来对待,其存在的意义才能被最大化。

当然,我们必须指出的是,虚构所构造的现实,并不是具体的物理空间和存在物,而是一种主体经验。托尔斯泰的《战争与和平》所虚构的,是俄罗斯十九世纪的整个社会生活,他不仅仅是用文学的方式重现了其中的景物、形象、场景,更让读者体验到了置身那个时代的真正触觉、嗅觉、感觉,其根本目的是让读者的精神和思维"穿越"到十九世纪的俄罗斯。卡夫卡的《变形记》,表面看起来是虚构了格里高尔一觉醒来变成甲虫这一超现实现象,而他真正所构造的东西,则形成于每个读者和全体人类的经验内部,他用具象的形式为现代人头脑植入了无法定义的压迫感。所以,我们现在可以进一步明确提出的是,虚构所重新构造的不是现实,而是我们的"现实感",也就是我们的精神和思维对于现实所形成的感受、认识、理解。现实和现实感并不难区分,一句"何不食肉糜"的傻话即可令二者形象立判,对于身处高位的国王来说,没有粮食完全可以靠吃肉糜果腹充饥,他并非真正不懂底层的疾苦,而是对他的现实感来说,事实就是如此,在他的主观经验中,肉糜和粮食并没有差异。甚至可以极端点说,我们的现实感更多是通过叙事性的方式得到的,而并非现实世界,比如,曾引起全社会关注的幼儿园虐童事件,除了这些事件的具体当事人,幼儿园虐童对绝大多数人来说并不是一种"现实",而是媒体报道、网友爆料、官方发布会、小道消息、处心积虑的谣言以及我们内心无意识的恐惧等集体构造的一种"现实感"。

好了,我感觉自己已经把要说的话讲清楚了,或者讲得更不清楚了,但这不重要,重要的是,我终于在虚构和现实之间找到了一个中间物——现实感，也就终于找到了主体和客体之间的脐带。而我们的叙事，特别是小说叙事，所实现的则是为其赋形，是让脐带发生效力，输送血脉和养分。不妨做一个比拟，现实在形态上是水，全部的水都由氢和氧元素构成，但每一种水却各有其特性。因此，即便是同一片大海、同一个游泳池、同一杯清水，对不同的人来说所提供的现实感也是不同的。小说之所以能够帮助我们认识和体验这些不同，就是因为它具有虚构的本领，只有通过虚构，我们的意识才能被植入我们并未亲身经历和体验的事物。

对我个人来说，虚构对叙事的意义是本质性的，因此我的小说创作，必须首要解决这个问题，也就是必须首要解决写作的方法论问题，只要解决了方法论，小说才能获得持续生长。这就是我为什么在七年前写了《中国奇谭》，同时这也是我为什么后来中断了《中国奇谭》式的"虚构"特征明显，甚至带有某种魔幻和超现实色彩的写作，而回头开始捕捉和描摹日常生活，吃喝拉撒睡，写了"吃饭三部曲"（《早饭吃什么》《午饭吃什么》《晚饭吃什么》），写了《夜宴》以及其他小说。因为在我看来，经过这个阶段后，虚构不再需要被放大和强调，它已经内置于每一篇小说的内部，就像水已经不需要再强调，它流淌在每一株植物的内部。

回到具体文本上来。你为什么会写吃饭呢？许多朋友对此提出疑问。我想回答的是，我并不是追摹现在流行的日常生活叙事，也不是放弃了虚构的力量，回归到某种直接的现实主义。我想写的依然是能够提供更真切的"现实感"的小说，但不再通过魔幻和超现实的方式去直接刺穿隔膜，而是抽丝剥茧一样把整个隔膜分解掉。比如在《早饭吃什么》里，有关北京大街小巷的鸡蛋灌饼、包子、油条等早餐，我们实在是习以为常，但其实并不知道它们怎么运作的，也不明白那些从业人员是什么状态。我所关心的也并非一个早餐摊具体怎么摆设、每种食物怎么做这些问题，而是作为一个元素，它如何与个体的人和整体的城市空间发生关系。所以，我放弃了这个故事的另一种写法：单纯的写实主义，写成一个主人公如何具体地处理开早餐摊和连锁店的困难并最终成功的故事，一个创业故事。支撑我的选择的仍然是虚构，不是细节，或者说是为整个故事赋予一种虚构色彩，比如那个车祸，比如女主人公最后离去时所用的借口。我相信只有这样的东西能让整个故事浮动起来，也就是让现实感脱离具体现实浮动起来。

所以你看，在强调了半天虚构之后，我又开始拼命走向"现实感"。这难道是天秤座的命运吗？每当出现一点失衡，便马上千方百计去寻找平衡之路？不，这是我们所有人的命运，每个人都生活在这样的平衡木上。小说所要做的，恰恰是抽掉所有辅助设施，甚至让脚下的大地变成虚空，读者和作者一样，只有这一条窄窄的木头可以去行走。我既想让读者感受到一步一步踩在木头上的踏实感，也想让读者感觉一脚踏空的失重。

当我在写这篇文章的时候，我发现自己其实有几个模糊的假想敌，或者说，当你要表达一个观点的时候，必须设置某个假想的言说对象。我的假想敌可以概括为近些年甚嚣尘上的非虚构作品、方兴未艾的科幻小说、读者甚众的新言情小说。作为读者，我对这几类作品都心存敬意，并且完全支持它们应得的关注和地位；但作为写作者，我同时警惕着它们无意中消解了小说的叙事本质。比如，非虚构作品总是把自己打扮成真实和现实，而让读者忽略掉其中扮演关键角色的虚构性，事实是，正是这些借用自小说叙事的虚构性，才是其文学性的主要来源。比如科幻作品在强调自己的幻想性，认为只要是逻辑自足的就对现实有意义，但我认为，一篇真正有价值的科幻作品，无论你的幻想多么出人意料，多么精密、宏大或新颖，只有在构造了具体准确的"现实感"，才算得上是纯粹的文学作品而不是类型文学。而所谓的新言情小说，通过情绪和文艺范儿的日常细节，构造了一定的"现实感"，但这种现实感中更多的成分只是个体感觉，和广大的现实无关。我不反对任何一种写作，但我反对让这种写作占领不属于它的位置，反对它侵蚀更重要的东西。

作为读者，我们可以兴趣广泛，作为作者，必须有所选择。我不是一个决绝的作者，选择一种方式一条道走到黑；我是一个妥协派和骑墙派，愿意尝试所有的可能性。如果把这些选择当成一个线性过程来看的话，很容易就发现不同时期的作品在自我反对。比如《中国奇谭》之后，我写了《人生最焦虑的就是午饭吃些什么》，从一系列魔幻色彩的奇谭故事转变为讲柴米油盐酱醋茶、吃喝拉撒的生活叙事。但我不是认为这是矛盾，相反，这恰恰是一个写作者的内在和谐。如果我要写芸芸众生，我自身必须是芸芸众生。在叙事泛滥的时代，小说写作必须守住自己的根本，哪怕采取极端或保守的姿态。

新虚构：我所想象的小说可能性

1

谈论"虚构"这样一个话题，我首先想摒弃所有学习过的相关理论，或者那些伟大人物的论调，因为既然不可能梳理清楚，反受其乱，倒不如完全不顾，自说自话。

在人类的文明史上，虚构是关键的一环，正是虚构让人类掌握了重新认识和安排世界的方式。试想一下，在远古时期，古老的人们把所有的见闻都当作确凿的事实，连宗教和幻觉都是，人和世界真正不可分割，互为一体。当第一个虚构的细节——哪怕是第一句可以构成叙事的谎言诞生时，世界就完全不同了，人类的意识世界也完全不同了。在某种程度上，这不亚于"上帝说要有光，于是就有了光"的初命名之意义。那个混元一体的世界，终于被虚构撕开了一条缝隙，二维的观念，终于有了第三个维度。虚构是人从自然世界独立出来的重要步骤。

虚构的最终结果也是最重要的结果之一，是小说诞生。只有小说成为一种稳定的虚构方式，人类才能在一定程度上模仿了上帝和神，叙事赋予人呼风唤雨、左右天地的能力。极端一点，我们甚至可以说虚构是建构我们观念世界的本质方式。所以，真正有关小说的问题，都要回到以"虚构"为线索的人类发展史和文明史上来讨论。如果有可能，写一部《虚构的历史》，将会是极有价值的事情。

2

我们已经说了很久，小说的根本特征就是虚构；小说家，是从空中抓取现实的人。

但我们正在淡忘（同时也是淡化）这一点，对客观真实的追求，正在慢慢吞噬虚构的力量。我们似乎正经历非虚构类文体大张旗鼓的年代，网络直播、新闻报道、自媒体文章等等，以真实之名大行其道，每个都被细小到 PM2.5 的现实事件包围着。当然清醒者会对所有被标为事实的东西保持警惕：时间流逝，世事难料，很多曾经言之凿凿的真实，后来被发现来源于另一种更大的虚构。

虚构已经成为一种基本元素，并且统领了小说写作数百年之后，人就走向它的反面，开始尝试追求一种真实。人会选择性地忘记真实并非确凿的某个东西，而所有一切都有赖于人们的观念对它的认识，即便是有一个 360 度无死角的摄像机所拍摄的，也依然只能是有限的真实——所以，真实只是一个能指，并没有固定的所指。

人们对非虚构的热诚，来源于对生活自身的隔膜和冷漠。事实上，那些非虚构所记录者，大部分为人们所日常经历的事物，但我们并不去注视，或者懒得去思考，当有人做了这个工作之后，我们会兴奋地说：看呀，这世界竟然是这样的。

而且，在几年前我就在一篇文章中写道，非虚构作品中的核心动人处，并不是真实，真实只是它的底色，而是它的"虚构"部分，也就是用文学的叙事手法去建构、描述和呈现的部分，一栋高楼大厦的最终样子，要受制于它的设计图纸，而不是材料。材料是真实的，但只有虚构才能建造大厦。

在小说的领域里，有关真实的追求也日渐走出了应有的范围，

"接地气的"成了判断很多小说的第一标准,越来越多的作者被单纯的现实写法拖下了深水。是的,在深水里物产丰富,光线昏暗,我们无需考虑太多,只要放松身心,漂浮在其中就可以了,总有无数的现实生活提供可写的素材。在这股潮流中,我们放弃了,甚至不断嘲笑有重新建构世界企图的宏大叙事,我们执着于甚至崇拜于日常生活;而在日常生活里,我们又深陷男欢女爱和个人情绪之中,我们并不低入尘埃,而是和尘埃亲密无间。

有必要辨明的是,写现实是要有人间烟火气,而不仅仅就是人间烟火,这二者的区别被忽略了。这一点,毋论小说,连诗歌都不例外,君不见当下的诗歌中充斥着叙事的幽灵,而且是欧·亨利式的叙事,是相声和小品般卒章抖包袱的幽灵。诗歌中的虚的部分同样被忽略了。这就像是,上帝放弃了祂创造世界的伟力,而每天去管柴米油盐、吃喝拉撒。上帝应该通过祂的传说和叙事在人间,而不是自己在人间,小说家也应该如此。

3

作为读者,同时也是作为作者,我无法满足于看到的小说只是描摹现实生活,或者如部分批评家所言,某些作品深刻地反映了我们的生活,如果只是这样,作家存在的必要性就岌岌可危了。我们同处在一个时代里面,你所表达的东西没有超出我的经验,对我就是无效的。

小说所写的并非被认为是确定的那一部分,恰恰相反,我们要表达的就是人类所无法用其他语言诉说的那部分:我们要用一整部书写一种痛苦,一种孤独,一种无聊,但我们不能直接说。只有虚构的缝隙之中,才可能蕴藏读者可以体味的情感因素。

我的第一部小说《布克村信札》出版后,给家里寄去了一本。我本以为那本书他们不可能会读,但有一天我接到母亲的电话,她说那本书她戴着老花镜一个字一个字地看完了。怎么样？我问她。她只有一句回答：编得还行。这句话足矣，她无意中完全确认了小说的虚构本质就是编，编瞎话，编故事。

编。字典会告诉你一个意义，但生活会告诉你另一个意义，文学就是把这些意义凝固下来。

4

文学大势，虚久必实，实久必虚。而就我的观察，在经过了几十年对真实的孜孜追求之后，小说的虚构性正被人们重新打捞起，再次找回它的位置感。我在很多前辈作家和同辈作家的小说里，越来越多地感受到虚构力量的生长，变形、夸张、隐喻、象征，所有曾经叱咤风云的十八般武器又被人握在了手里。那些扎根于现实的故事，借此突破地表和日常逻辑，在我们的经验世界里伸展枝条，绽放花朵，结出果实。

但是毕竟时代与语境天翻地覆，我们的虚构和曾经的虚构，总有着不同。我偶尔在想，既然如此，要不要遵循套路，在虚构前面加上一个新字呢？

新虚构——这当然是一个拼接词，这种词在文学史上很多，新小说，新写实，新浪潮，等等，万事各有其新，万物各有其老。每当一个事物面前被冠以新字之时，就是它的衰老之时，也是它的新生之时。但这不是推倒重来，而是像蝉蜕，脱去那层已经失去光泽的壳，重新露出新鲜的血肉来，只有新鲜的血肉才能重新感知这个世界的冷与热、痛与麻。这本质就如人类的繁衍，抵抗死亡的唯一方式，就是繁衍，用一种接龙的方式去追求永生，在这个意义上，所有人活的都是同一个人。这个意义上说，新生命，其实就是老生命，新虚构，其实就是老虚构。

把固有的事物加上一个"新"字，这是一个套路，但套路有套路的作用,其中之一就是可以和固有的观念形成有效的对接。是概念,也总要给它几个或模糊或清晰的界定,以提防它被其他概念吸收掉。

那么,新虚构可能有什么样的界定呢?说实话,我没法给出确切的定义,我甚至自己都不知道这个词究竟有没有意义,但我对此有所想象。

新虚构的意思,可以是从战略上忽视虚和实的概念和界限,更不在乎手法是写实还是玄幻,一切以最后的文本来判定:它能否自足,并以自己的方式向外发力;它能否努力拓展实的边界,但更丰富了虚的可能;它能否在已有的小说之观念中凿除一丝空隙,让文本呈现不同的面貌;它能否关于世界认知的新角度和方法;它是否产生陌生的阅读和接受快感……

新虚构,不是新的虚构,甚至它都不针对某种旧东西;它针对的也并非真实和事实,而是对任何一种写法或风格的固定认知;它是流动的,每当一种虚构形式具有了文体般的稳定性,它就要寻找新的躯壳。它应该是一个不死的魂魄,借助不同的小说文本而生。

我依然坚信现实主义,但我更希望看到它和虚构有更多的结合方式,非科幻,非魔幻,非现实,非新写实,它提倡虚构和现实的无缝衔接和自由转换,它以更新人类的精神体验为目的。

新虚构应该是那种可以为现实赋予"灵韵"的虚构。灵韵是借用本雅明的词语,但和他的本义有出入。

我要举到《变形记》的例子。

我无数次跟别人讲,你们在阅读伟大的作品《变形记》时,难道就没有发现其中一个非常关键的问题吗?而这个问题,正是伟大的虚构所创造和提出的。此问题就是:当格里高尔·萨姆沙一夜醒来变成一只甲虫之后,他自己和家人竟然丝毫不感到恐怖和震惊。作为一个变形的人,他所担心的是如下这些事:

"啊，天哪，"他想，"我怎么单单挑上这么一个累人的差使呢！长年累月到处奔波，比坐办公室辛苦多了。再加上还有经常出门的烦恼，担心各次火车的倒换，不定时而且低劣的饮食，而萍水相逢的人也总是些泛泛之交，不可能有深厚的交情，永远不会变成知己朋友。让这一切都见鬼去吧！"

"起床这么早，"他想，"会使人变傻的。人是需要睡觉的。……不过眼下我还是起床为妙，因为火车五点钟就要开了。"

我相信，在任何一种现实生活里，我们都会被一个人变成甲虫而吓坏的，但唯有在卡夫卡那里不会，为什么？因为他让人变成甲虫这种虚构就是真正的虚构，相比较于之前的虚构，这就是新虚构。在这里，现实和非现实、想象和观念无缝对接了，或者说在这样的时刻，我们应该摒弃固有的有关虚构和真实的观念，而进入另一种思维层面，即一种更高的、纯粹的思维层面。只有在这样的语境里，变成甲虫才没什么可担心的，而且不断地担心赶不上火车才有力量的。或者说，所有有关日常生活的现实焦虑，只是以其本来面目表现出来，是无意义的；但它通过作家的虚构，以文学的面相给世人看，就产生了神奇的效果。

我们的悲哀就是，自从卡夫卡让人类变成了甲虫，我们就再也不可能回到过去了。我们再也不可能回到古典的，人与自然、人与他人、人与自身一体的时代了，并且我们再也无法直接去认识任何事，所有的认识都必须通过文学手法——隐喻、象征、寓言，才可能实现，在我们和自身与世界直接，必须通过媒介才能沟通。这听起来有点耳熟，正如在古典的世界里，必须通过巫师才能和上天沟通一样，只不过我们更为降格而已。如果说文学（或者艺术）是现代生活的宗教仪式，那虚构就是这个仪式的核心部分。也就是在这个意义上，虚构应该被看作是小说的之为小说的本体性元素。

5

抛出这样一个话题，只是想借此机会重新讨论小说的必要性和可能性——如果它真的必要并且可能的话，事实上，我应该换一种说法，不是小说，而是叙事。就算小说这种文体消失了，叙事却永远不会消失，叙事中的虚构叙事更不会。虚构是人类的本能，是天然的集体无意识，没有虚构的世界将失去全部"活"的特征。

所以，我们应该强调"虚构"，强调它在叙事中的核心作用，当然也就是鼓励和接受所有对虚构的尝试。或许在这篇文章的前面，我都在强调"虚构"的"虚"这个字，现在则必须强调"构"。并不是所有的虚，都能构成一个有逻辑和内容的叙事。只有具有创造性的"构"才能让虚具备实的效果，让实含有虚的柔软性。虚是原则，是方法论，构才是具体的方法，也才是考验和证明一个作家能力的地方。

新虚构，这是我此刻所能想象的小说可能性，之一，至少是我个人写作的可能性。

Part4

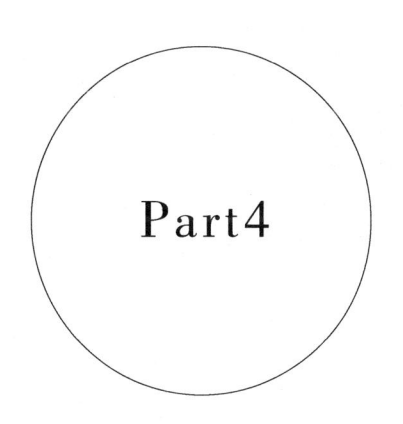

访谈

有关文学，我们能聊些什么
——徐刚、刘汀对谈

一

徐刚：很荣幸能借这个机会和刘汀兄聊一聊文学。我们在对作家形象进行建构的时候，总是会追溯到他的童年时期，作家的童年总是具有某种起始的意义。我从不同场合了解过你的早年经历，从内蒙古赤峰到北京，我们这一辈的很多人都有这种从乡村到县城再到首都的人生经历，感觉特别不容易。匮乏的童年打下的人生烙印，勤勉中包含的卑微感，不仅是你，也是我们具有类似经历的人所共有的。有时候我本人也会心存感激，那时候的个人奋斗，一路拼搏，依然具有相当的普遍性；当然更多的还是唏嘘和感慨，颇有些幸存者的慨叹的意思，因为现在，这种农村青年的上升通道早已关闭。因此回头来看，就特别能理解你面对高考时的屡败屡战，因为除此之外，人生别无他途。所以想借这个机会请你谈一谈，这些经历对于走上写作之路的你来说究竟意味着什么？为你的写作打上了怎么的底色？

刘汀：谢谢徐刚兄，我更高兴和荣幸能同你一起深聊一次。我们算是老朋友，因此你对我的经历也较为了解。说起青少年时期的生活和写作的关系，现在想来只能是回溯性地去寻找和印证，甚至可能还包含着一定程度的"建构"，或者说，因为我现在成了一个作家，所以那些农村种田采药、小镇读书打工等经历，都与我的小说或文章有了互文的可能。我们总能找到千丝万缕的联系。但我常常想，这个问题存在另一个面向，那就是如果我没有从事写作，我的这些经历又会对我另一种人生起到怎样的作用？似乎有点绕，其实我的意思就是说，我试图从童年和少年的经历中寻找到一种必然性——从乡村孩子到一个写作者的道路的必然性。

到现在的年纪，我似乎可以说，这种必然性是存在的。兄提到的匮乏、卑微、幸存者，都非常准确，这些因素都在我的作品中存在，而且很容易就能分辨出来。但还有另一种难以被清晰辨认的东西，那就是一种"不甘"。我曾许多次跟家人朋友讲过，是从有自我意识开始，我就对"自我"产生了较为明确的一种感受，那就是我应该与别人有所不同。这里的别人，当然主要指的是身边人。我丝毫不清楚，这种不同应该是什么，但我就是觉得应该有所不同，这几乎是一种本能。

这本能反映在我的现实生活里，就是读了四年高三，复读三次。复读并不是考不上大学，而是没有考上理想的大学。当然在那个偏僻的北方小镇，在信息闭塞的九十年代末，什么是理想的大学，我也丝毫不清楚。对我来说，所谓的名牌大学就是理想的大学。2000年，在新千年的复杂境遇中，我到大连读书，读了一个月退学回去复读。击败我的是一个算盘，作为税务专业学生的必须掌握的一门手艺。一个村里少有的大学生，竟然为了一个算盘而退学回家种田，这种事即使在几十年后的现在也依然有点难以想象。但这就是我当时义无反顾的选择。支持我的最初的冲动，就是一种"不甘"，或者说，那个在税务学校打算盘的我，绝对不是我能接受的一种生活，相反，我完全可以接受一个在田野里扶犁耕地的自己。这件事对我的写作非常重要，它至少在心理上让我沉入水底，然后再浮出水面寻找生机，因此我的写作在任何时候也都具有"探底"的冲动，不论是题材上，还是思考上。

二

徐刚：大概正是因为这种生活经历的缘故，我觉得你的散文比小说更好，乡村题材小说比城市题材小说好。就小说来看，我特别喜欢那篇《秋收记》，评论者对这篇小说的评价也特别高。在《秋收记》里，乡村的自然性背后蕴藏着人事的悲苦，以及与此相连的严峻现实，而这一切都是通过沉重的心理独白和情感倾诉展开的。小说质朴而真切，读来令人动容。这也大概是我这些年读到的 80 后作家写乡村的最好作品。如今的青年作家普遍没有乡村生活经验，而《秋收记》则让人看到了新的可能。你是在一个什么契机下写作这篇小说的？乡村经验对你意味着什么？我觉得这一类小说还可以继续推进，不知道你还有没有这方面的写作计划？

刘汀：如你所言，我们有着大致相似的成长和生活经历，所以兄对我的散文更有感触也是顺理成章的事。我对自己的写作，应该说还是有一定的认知的，前些年因为各种原因，写得比较杂，散文、小说、评论、诗歌、剧本，什么都写。这两年已经集中到小说上，兼顾着诗歌和散文。具体到《秋收记》，这也是我自己比较偏爱的一篇小说，因为它的根底就是我的乡村生活和童年经验。秋收这件事我经历过太多次了，我在童年时参与了其中的许多细节：收割，捆绑，打场，捡麦穗，捡被丢弃的土豆。我见识过四季的田野，我躺在麦田或谷子地里午睡，我一次又一次经过田头，看见父老乡亲们蹲在垄沟里拔草，镰刀割破过我的手……这些事物和经历是构成我的世界的最初元素，是不需要任何思考就能浮现的，具有强大的"原生性"。所以《秋收记》就成了一篇必然的小说，但它具体应该是什么样,写成一个怎样的故事,我却一直在等那个"灵感"的降临。

这篇小说有一个直接的灵感来源,是我母亲给我讲的一件事。某年秋天,因为父亲是小学教师,要每天上课,家里的田只有她一个人来收。而有些庄稼在成熟后,会被一夜大风吹落,她更不甘心自己的进度比其他人落后,所以总是半夜就去收割。母亲说的时候轻描淡写,因为这样的事在乡村也并不稀奇,家家户户都可能有,但对我而言,母亲在月夜下一个人静静地收割庄稼的场景,始终萦绕心头。我知道我要为此写点什么,我先写了一段散文,可是这远远不够,后来就诞生了这篇小说。

这篇小说印证着乡村经验对我的意义。我其实在散文集《老家》出版后的访谈中提到过,可能不仅是我,所有的作家都一样,童年经验是帮我们构成对这个世界"第一印象"的基础,而我的童年经验是和乡村经验重叠的。但是,对很多人来说,他们离开乡村之后,会用各种方法将自己的乡村经验剔除、稀释,让自己变成一个"城里人"。我也经历过这种阶段,拼命"去农村化",但大概从硕士毕业我正式工作之后,则开始在精神维度上走了一条相反的路,重新激活乡村经验,并且让它成为我写作和生活的一种基本经验。我曾经形容过这种变化,如果说当年考学进城是"义无反顾地向前走",那现在对乡村的叙述和打捞就是"深思熟虑地回头看"。无数具体的生活让我感受到,我曾经试图抛弃的乡村生活所塑造的行为和思维方式,不仅牢牢地潜伏在我的思维之中,而且它们还有着更具有普适性的力量。我现在很喜欢用乡村的方式来思考城市的事情,就是说,当我们用城市思维来面对当下的生活时,常常产生困惑和犹豫,这时候,我就想如果在老家,如果是我母亲或随便一个农人,他们会怎么看怎么想?在他们的视角中,事情一下子变得简单了。可以打一个比方,乡村经验帮我打了一个地基,甚至帮我设计了人生大厦的最初草图，而后来的城市生活，只不过将砖瓦和钢筋水泥按照图纸砌进去，然后装修粉刷，挂上各种标牌，以示众人。

兄提到的第二点，是我的一个痛点。这两年的确在乡村小说上写得少了，而是把这部分经验都转用到了散文和诗歌方面。这主要和我最近的文学观念有关，当然也和现在乡土社会本身的变化有关。再有就是中国的乡土小说传统实在太过强大，一个有追求的小说家，想在这个传统之中写出新的有价值的东西，是非常难的。我并非回避难度，只是还没有找到最为恰当的突破的方式。我看到了一点曙光。这两年也写了几个与此有关的小说，比如《人人都爱尹雪梅》《魏小菊》，都是乡村女性，一个年老的，一个年轻的。我非常好奇，如果她们的自我意识在新媒体时代被唤醒，她们该如何面对自己的人生？她们的确会出走，离开乡村之家，但她们只是新时代的中国娜拉吗？而鼓动她们的那个"自我"，究竟在多大程度上是基于这个人的内心的自我，而不是被媒体、朋友圈、鸡汤文、励志文等所"询唤"出来的自我？这是我所关心，也是我所探寻的。这个系列计划写四篇小说，除了这两篇还有《少女苏慧兰》《何秀竹的生活战斗》，将来结集就叫《四姐妹》，四个女性，竹菊梅兰。另外就是，我有一个计划了多年的长篇小说，也是从乡村写起的，写到城市，最终还会回到乡村。

三

徐刚：你在北京师范大学求学多年，从本科一直读到博士，这既是时间的积累，更是情感的羁绊。你的很多小说都是围绕这部分经历展开的，比如《铁狮子坟》等。从这些小说中，我们能够看到某种青春写作的印记，令人感怀的青春岁月，那种潮湿的欲望，不拘一格的表达，都令人印象深刻。北师大是一所具有优良的文学写作传统的高校，莫言、苏童都曾在这里求学。能不能稍微介绍一下你在北师大学习的情况，在你漫长的求学过程中，哪些人对你的影响最大，在这个过程中你是怎么走上写作这条道路的？想必有许多特别有意思的事情和大家一起分享吧。

刘汀：如果说我作为一个人、一个作家的精神世界有两个主要支柱的话，北师大十年求学肯定是其中一个。从 2001 年到这里读书，到 2008 年硕士毕业工作，再到 2012 年回去读博，2015 年博士毕业，我现在所具有的大部分生活，都与这十年息息相关。甚至我现在所居住的地方，也是在北师大周围，我对这所学校有着无比深厚的感情。大学时的小说，很多都是以这里的人和事为背景的，兄提到的《铁狮子坟》是比较有代表性的。这篇小说最初开始的时间我记不清了，应该是读硕士的时候。我还有一部长篇叫《青春简史》，也完全是以北师大中文系为背景的。其实当时的想法很简单，就是为自己的青春留下一个印记，对一个作家来说，最好的方式当然是把这些印记文学化。

在北师大，特别是在中文系的生活，对我有着巨大的影响。不用去细数师大中文系从五四时期就有的文学大师们，给我更多影响的是我周围的老师和同学，他们的存在，本身就是一种强大的"辐射力量"。大家肯定还记得 2003 年，北京闹"非典"，很多学校都封校了，学生也停课了。师大也是，一位给我们教古汉语的老师，每天往宿舍打电话，除了叮嘱大家保重身体，就是督促我们学习，完成作业，或者电话给学生答疑解惑。对我现在的思维构成影响最大的三位老师，也正好是三个阶段的导师，本科的班主任陈雪虎老师、硕士生导师季广茂老师、博士生导师张清华老师，他们分别在我人生的三个阶段，扮演不只是学术导师，更是人生导师的角色。我永远对他们充满感激。

我进北师大的第一天，老师就说：你们来中文系，不是来当作家的。但另一位老师也同时告诉我们：如果你认认真真写一百万字，我保证你会成为一个知名作家。但对我来说，走上写作的道路并非中文系的召唤或老师们的引导，这是很天然的一件事。我在初中高中时已经在写了，写民间故事，写武侠小说，但是中文系的学习让我看到文学世界更为丰富和深刻的一面，让我知道写作的乐趣和难度。那时候北师大文艺学网有一个原创版块，中文系的师兄们还办了一个斑驳文学网，我经常在上面发自己写的东西，跟网友交流，这种氛围让我保持了写作的激情。但回到根本上，还是一种出自本能的热爱，那些当年一起写东西的朋友们，现在几乎只有我一个人还在写了。借用兄前面的那句话，对我来说，"除此之外，人生别无他途"。

四

徐刚：可能完全是出于一种创作无意识，你的很多小说都会涉及一个相似的情节：替代者过上"别人的生活"。比如，《完美的马》里的"孙利"便幻想着替代"张学"，并努力付诸实践。这种"换一种活法"的人生替换，在你的小说里会重复出现。《虚构》里的高考顶替者，为了钱和地位，去过别人的生活；而《关于一部小说的几个谜团》里则充斥着各种冒名顶替者，一环一环特别烧脑。这里有意思的还有《换灵记》，小说中宁愿拿所有诗才去交换一份美好生活的雅阁，终于过上了好的生活，但却依然焦虑，依然心神不宁，因为他心里始终藏着"伟大的诗"。小说以一种近似科幻小说的戏剧性，向我们呈现了艺术与日常生活的矛盾，以及由此滋生的焦虑。这让我们想到诗人的当代命运，以及生活重压下对于艺术的不懈追求，这种意涵我们相对熟悉。你似乎特别着迷于去描绘这种被替换的命运，我不知道你有没有意识到这个问题，情节的重复，或许源于审美的焦虑。对于你来说，这种命运的替换究竟有着怎样的意义？

刘汀：我还真没有意识到你总结的这个问题，也没有从这个角度上思考过这些小说，从这个角度上讲，它们的确存在着相似性，但也可以理解为普罗普所说的"故事原型"。事实上，如果做足够的文本分析，原型素材库足够大的话，这一样的情况我们可以从绝大多数作家那里找到。但我想兄这个问题的关键是，我何以着迷于描绘"被替换的命运"，或者可以说，我并非执迷于描述"别人的生活"，而是我的写作一直致力于面对一个较为根本的问题：自我与他人之间的关系。我并不认为自我和他人可以真正区分，相反，它们相互交织在一起，共同塑造着"我"和我以为的"世界"。这也是当年写那本随笔集《别人的生活》的基本动因——在一定程度上把自我从别人那里分出来，又在一定程度上把自我融进别人。

聊到这里，我想不妨具体说一下这几个小说。很有趣，它们刚好产生在四个阶段，《换灵记》大概是 2010 年，《有关一部小说的几个谜团》应该是 2014 年，《虚构》应该是写于 2016 年，《完美的马》则是 2018 年。从这些小说来看，如果说有焦虑的话，可能并不是审美的焦虑，而是自我的焦虑，是一个人如何认知自我，如何理解自我的生活的焦虑。《换灵记》中诗人和商人灵魂互换，也并非他们向往彼此的生活，恰恰相反，他们更想继续自己的生活。但是自己的生活出现了难以解决的问题，人们最初的心理就是：如果我像别人一样，那我的问题便都能解决了。事实果真如此吗？雅阁获得了一切生存能力，但是失去了那首他最看重的诗，最终他并不能接受这个结果，他选择了结束一切。

《虚构》诞生于我对我们所处的世界如何被构成的思考，特别是我们对真和假、原生和建构的认识，如果说，存在着一个本源的、固定的世界，那这个世界呈现在不同人的意识中时，却被媒体、讲述、自我意识改造了，不同人的世界完全不同。其中的一个故事是高考冒名者和受害者，但在"虚构"的背景之下，这个故事的可信度本身是存疑的。而《有关一部著名小说的几个谜团》想写的，是借助于一部作品来寻找到底有多少种力量来塑造它。就算拿最简单的例子来看，在蛋糕店里买一份蛋糕，这份蛋糕的真正作者是谁？是糕点师？是和面的人？是把麦子磨成面粉的、挤牛奶的人？是种麦子的、养奶牛的？是养育麦子的土地和养牛的草原？一个蛋糕的诞生过程中，有太多事物参与到其中了，而我们常常只追认最后那个人为它的制造者。大而化之，我们现在所处的一切都面临着这一点，特别是我们的文学界。我在前些年做图书编辑，因此买了书之后，很注意一本书的版本、装帧、封面、宣传语、推荐语等等所有文本外的信息，批评家和读者常常忽略到这一点，但事实上这些因素都在影响着人们对那个核心文本的认知。这篇小说本身是一个没有固定谜底的谜语，我只是以文学的方式写出了谜面。

《完美的马》起源于我们村里的一个日常事件。一个人死掉了，他的妻子又招赘了一个人，在乡村秩序里，这个人被称为"后某某"，这是非常有趣的。这篇小说写完后，曾经给一个编辑朋友看，她看完的意见是前夫变为马回来复仇的设定太局限了。我想了很久没想好怎么回复她，因为她说的是对的，可这种对却又并非我小说的重点。或者说，真正的主人公可以是晚张学，可以是那匹马（作为马的马），但绝不是本来的张学。我其实想写的是一个人在符号意义上被强行变成他者，他到底能否找回自己本来的"符号意义"，如果能找回，到底通过什么方式、需要付出什么代价。当然这么一自我阐释，好像这篇小说变成了一个主题先行的故事了。

所以总体来讲，它们都是有关自我和他者的故事，是人在复杂的现实世界里，如何判断、面对、分离、融入的故事。

五

徐刚：有时候读你的小说，那种字里行间的社会批判性，让人明显感觉到你对现实的愤怒。比如在那篇《归唐记》的结尾，你会直接点出，唐朝虽然有种种问题，依然比今天要好。这种愤怒可能只是出于某种人生境况，因为小说的现实感，往往带出的也是个人的情绪底色。现实主义写作总会涉及主体对客体的选择，在这种情绪的熔铸、裹挟和聚焦的过程中，主体的状态无疑至关重要。但问题有时候也会出在这里。我注意到一些年轻的作者，往往对现实缺乏宏观理解和微观把握，因此会将人云亦云的知识，以及某种与当下状态紧密相关的情绪感觉视为绝对真理。这种主体的唯我独尊的写作状态，使得一旦涉及现实问题，很容易把个人情绪裹挟进去，形成某种情感的偏执，让小说呈现出詹姆斯·伍德批评拉什迪意义上的"歇斯底里的现实主义"。我在不同场合对这种现实主义写作方式提出过批评。那么问题来了，我们今天的现实主义显得越来越重要，但现实主义写作却鲜有突出进展。文学与现实的关系总是让人特别困惑。那么，你是如何看待当今的文学写作与现实的关系的？小说应该如何切入现实，呈现所谓的"现实感"？

刘汀：这一点，兄的观察是直接而准确的，《归唐记》在艺术上不是很成功的小说，它的价值可能是帮助我开启了一种写作思路，就是纯文学偶尔用一下"穿越"的梗，能不能获得更多的书写空间，能不能写出有意思的东西。我记得咱们在联合文学课堂的研讨会上说过，这批小说写于六七年前，后来出版的时候我完全可以修改，让它显得并不那么"愤怒"，或者并不那么直接，更符合某种小说面貌。但我没有那么做，主要原因是我个人其实很珍视创作这些小说时的"直接情绪"，我不希望因为我后来有了更好的处理方式，就把最初的东西抹杀掉。如果我的作品将来可以看作是一片树林，我特别想为自己保留一部分没有经过任何剪裁的树木，哪怕它们长得奇形怪状、矮小难看，只有这样，我才能知道自己的起点何在，也才能辨析自己到底走过了怎样的写作道路。当然我也不是反对作者对作品进行无限制的修改。另外一点就是有点偏激的想法，这种偏激即便现在仍然有所保留，那就是我们的文学作品特别是纯文学作品，不能总是不温不火，不能总是柴米油盐吃喝拉撒你情我爱，不能总是只描写个人生活的幽微和隐秘，而忽视整体性叙述，而放弃对宏大叙事的把握。我甚至还批评现在某些作家的小说是"新言情写作"，说到重复这件事，有的作家所有的小说都是男女，尽管描摹出有趣的细节、隐秘的情绪了，但在我看来，依然是言情作品，因为你对人、对社会、对时代毫无态度。

兄提出了特别重要的问题：今天的文学到底该如何处理现实，如何写我们的"现实主义"，最近大家也都在讨论这个话题。前几天《文汇报》的编辑约稿，问我最近有没有想写的文学话题，我跟她说了一个题目，叫《究竟有多少种现实主义》，文章还没写出来，兄很清楚这个题目来自有名的《论无边的现实主义》，也很清楚文学史、理论史有关现实主义的讨论。既然说到这，我也可以谈一下我现在粗浅的认知。在我看来，在现在的文学语境里，"现实主义"这个概念应该被装置化，或者应该被个人化。我可以把它比喻成手机，现在每个人都用手机，但即便你用的是同款手机、同样的操作系统，我们打开两个人的手机看一下，就会发现它们的内容很不相同。我觉得"现实主义"可以看成这样一个手机，在任何理论家和批评家去使用的时候，都首先要给它设定桌面、密码、下载应用程序，等等，也就是给它个人化定义。不怕有成千上万个定义，现在的情况恰恰相反，现实主义仿佛是普适性的，仿佛我们共用着一个内涵相似的理论资源，仿佛只要一说现实主义，大家都心知肚明怎么回事。我觉得不是这样，现实主义已经抽空了，我们必须重新用成千上万和具体的定义把它装满。在这个意义上，我们可以提出新现实主义、科幻现实主义、科学现实主义、现实魔幻主义等等，只要你的这个定义能为你解释具体的文本问题，能有助于我们对一部小说的真正价值有所理解。大浪淘沙，百家争鸣，没有沙，何来金子，没有百家，何来儒释道，没有无数的现实主义，也就没有具体的现实主义。

我在这两年的一些创作谈和文章里，一方面在强调"虚构"，另一方面在强调"现实感"。兄的问题是文学如何切入现实，我的看法很简单，就是虚构。在这样一个新媒体时代，真相到处都是，而事实似乎短缺，人类只有通过文学的方式来确认哪些为真哪些为假的。我所谓的虚构，是作为方法论意义上来理解的，这个等会还可以专门聊一下。

六

徐刚：依然沿着这个文学与现实的关系来讨论。我特别感兴趣的是你关于"新虚构"的提法。大家今天普遍对虚构文学表示不满。认为小说不如新闻，不如深度报道，并且追问我们今天为什么还要花两个小时去读一篇虚构的小说。今天的文学要不断面对社会新闻的挑战，不知道这对于以虚构为本质属性的文学来说究竟是福还是祸。因为我们知道，"虚构"是20世纪80年代的文学变革建立起来的核心观念，马原的那篇《虚构》就是当代文学中具有划时代意义的一部作品。然而，我们今天的虚构似乎出了问题，这当然也是纯文学自身的问题造成的。所以我对你提出的"新虚构"特别感兴趣。我看你的这一理论主张，多多少少受到阎连科"神实主义"的影响。但在我看来，阎连科的小说还是存在一些问题。他所谓的"神实"其实绕开了对于社会现实的具体描摹，这种简化的寓言有时候过于轻巧地建构了所谓的深度模式，而且这种深度模式又已然预设了它的阐释方向，这便缺少蕴藉和更丰富的审美内涵。所以我想追问的是，你所谓的"新虚构"究竟"新"在何处？面对今天的文学态势，

"新虚构"究竟该如何化解虚构所面临的挑战？

刘汀："新虚构"的提出，其实是为了解决我自己的写作问题。一个作家不能总是闷着头写，写出来发表出版，然后等着批评家来阐释，阐释为什么就是什么。我不太愿意这样，这可能和我多多少少有过理论训练，也写了一些批评文章有关，我希望自己能对自己的作品有一个认知，哪怕这个认知是偏执的、错误的。就现在而言，我的判断是这个认知还是算准确的。至于阎连科老师的"神实主义"，我不能说没有受到影响，因为我作为图书编辑编过他几本书，他有一本书专门谈到了概念。他提出神实主义，本质上也是为了解决自己的写作问题的。在这一点上我们是相同的。另一点其实跟我们今天聊的好几个问题有关，比如《有关一部著名小说的几个谜团》所叙述的故事，我也担心自己的作品被过度误读。不是担心误读，而是担心误读彻底压制了作者的本意。这就好像，一个厨师端出一盘宫保鸡丁，吃饭的人尝了尝说，不对啊，你这道菜不像鱼香肉丝啊，尽管都是酸甜口的。所以我在自己的小说集后面，加上了一个标签：这道菜是宫保鸡丁，请您品尝，至于有了标签之后大家品尝出什么别的菜的味道，也就没关系了。

我在《新虚构：我所想象的小说可能性》里，把这个并不新鲜的概念抛出来了，其实是有期待的，不是期待大家对我的小说有什么评价，而是期待有更多文学界的朋友对这个发言。现在看来，大家都没怎么有兴趣。只有庆祥看了这篇文章说过，他也想过写一篇叫"新虚构"的文章。我其实无力给"新虚构"下一个定义，但我特别想说的是，虚构应该被重新强调。

新虚构所要抵达的，恰恰是前面提到的"现实感"，或者说，只要是能抵达我们完整、真切的现实感，同时又具备一定艺术性的小说作品，都可以称之为新虚构。在这个意义上，比如说，李宏伟的《国王与抒情诗》是"新虚构"，而石一枫的《借命而生》也是新虚构,即便是白俄罗斯作家斯韦特兰娜·亚历山德罗夫娜·阿列克谢耶维奇创作的所谓纪实文学,我也愿意把它归入新虚构里。它不针对"非虚构"或"旧虚构",它只针对具体文本。所以,新虚构的新就是"重新"的新,而不是新旧的新。其实大家认真看一下就可以辨别出,所有那些号称纪实的作品里,真正打动人的恰恰是用小说笔法所构造的部分,比如说一个《大兴安岭杀人事件》,或《太平洋大逃杀》,这些案件固然震撼人,但人们真正感兴趣的不是一个人杀了其他人,而是这个人为什么、怎么、何以杀了其他人,这个人有什么样的生活和内心,等等。再举一个极端的例子,如果一个人被360度24小时无死角进行直播(比如《楚门秀》里的楚门),观众感兴趣的是那些固定的演员吗?不是,是楚门那些所有即时的反应,那些看似可被预期但又总是出人意料的东西。

另外一点是,我这些年有一个观察,我不知道兄是否注意到或是否这么看,就是到了二十一世纪之后,整个文学界、思想界、艺术界已经无法再提供一种整体性的理论创新了,连有关媒介的最新理论都还是麦克卢汉、布尔迪厄几十年前提出的,到现在为止,虽然我们拥有强大的快速的网络媒体、自媒体,但有关它的认识并未向前推进。就我粗浅的了解,近几十年的哲学界和思想界,我们数得着的那些大师们,巴丢、齐泽克等已经不能再像二十世纪那样提出整体性的社会认识,而是回到了对具体事件的批判中。大背景是如此,具体到文学领域也是这样,在二十世纪八九十年代,一个文学命名就能引领一种写作潮流,甚至是思想潮流,比如寻根、先锋、新写实、新感觉,如今种种命名比以往更多,却不再有这种效用。所以,我提出一个"新虚构",更多的是基于一个小说家对于自身创作的思考,而不是一个理论家对于一种理论的建构。这个概念现在最大的问题可能倒不是缺少准确的定义,而是缺少具有标志性的文本,我的《中国奇谭》可以说是一种尝试,但要撑起这个概念远远不够。还有就是，如今任何一个概念都很难找到"同志"，每个人都更愿意相信自己的认识和判断，对其他人提出的事物抱有谨慎的敌意。所有的概念都会方生方死，又在另一个层面上方死方生。

说了这么多，其实也没有回答好兄的问题，抱歉。

七

徐刚：在小说之外，对于你的其他创作我也一直比较关注。你不仅从事小说写作，诗歌和散文也特别出色。前面我也谈到，我其实更喜欢你关于老家的一系列散文，里面的人与事有一种如在目前的熟悉感，特别朴实，也特别真挚。当然，你的主要工作是杂志编辑，作为《人民文学》的编辑，在看稿审稿编稿之余，写小说写散文写诗歌，这并不稀奇。但大家容易忽略的是，你偶尔还会从事文学批评。我们经常会忘记你的现当代文学博士身份，这也难怪，小说创作者的角色会很容易掩盖专业文学研究者的光芒。从在北京师范大学读博士至今，你一直在坚持文学批评工作，这方面的成果同样出色。记得给我印象特别深的是一篇谈余华小说《第七天》的评论文章，"从正面强攻到正面佯攻"，文章曾获得《中国图书评论》的年度书评奖。由此可以看出，你其实是一位多栖写作者，特别全面，这便能以不同方式来实践自己的写作理想。五四时期这样的写作者比较多，而如今比较少见，唯其如此才特别难得。在你这里，编辑视野和批评视野的叠加，以及写作者在不同体裁不同文类之间的转换，会让自己拥有更多的反思空间，也具有更多的创作自觉。你是如何看待自己这种多重身份的？这对于你的写作来说有着怎样的意义？未来你的主要工作精力会如何分配，创作计划怎么安排的，能不能提前预告一下？

刘汀：兄提的这一点，也是我前几年被人批评的地方，首先是我的写作确实横跨了很多文体，除了小说散文诗歌和评论，我还写过电视剧。用我母亲的话说,这叫作"狗揽八泡屎",就是一个人什么事都掺和一点。这和我个人的一些经历有关,从上大学开始,我为生计所迫干过各种各样的活儿,当然主要是和文字有关的,写歌词、写企业文案、写宣传稿、写纪录片脚本,等等,这些一方面锻炼了我掌握不同文体风格的能力,另一个方面也帮我消除了文体的概念。还有一个较为根本性的原因,我在《老家》出版后的新书活动中曾说过,一个传统的农民是种什么的?种谷子、麦子、大豆、玉米、荞麦?不,他们一定什么都种,一定是在自己的土地、劳动力、时间、资料的整体性上来考量该种什么。我无法根除自己从小就浸润的农民思维,甚至我也依赖这种思维。

对余华《第七天》的评论文章,也是很多年前的了,是不是获奖的那篇,我记不清,因为那个奖连个证书都没有,只是给了一年的杂志。那几年给《中国图书评论》写了一些文章。当年《兄弟》出来时,我也批评,不过没写文章,我觉得《兄弟》是"半部作品",但是这几年我对《兄弟》的看法有些变化,它固然不是令人满意的作品,但一个作家努力去尝试写现实,这是很值得钦佩的。作为晚辈,我其实对余华比其他几个同等层次的作家更佩服,因为他还是敢于写自己没有真正把握的东西。这是很冒险的,写成了就成了,写败了可能损失很大。写作者也有必要走出自己的"舒适区",冒冒险。现在很多成名的作家,都躲在自己的舒适区里,在另外一个意义上重复劳动。那些作品他们多写一本少写一本,真是没什么区别。

但是我这两年已经有了一个整体考量,每年可能会写一两篇短文给刊物,也不是为了写批评,一是有话要说,另一个是我想通过这种训练保持一种批评的思维和语感,业精于勤荒于嬉,两年不写,再捡起来会非常难。兄提到了我的求学经历,前面我也说了受到大学老师的影响,这种影响固然是为人处世为学上的,但也是思维方式上的，我们为什么要学习理论？就是为了换个视角看待世界和自身，看到的结果会很不相同。很多作家一提起理论就嗤之以鼻，觉得都是一群知识分子在那里自说自话，我其实觉得他们很可怜也很可笑。说实话，我现在读文学作品有时候已经麻木了，但常常能从一些理论作品里找到阅读的快感。

　　从二〇一五年开始，我又多了一个杂志编辑的身份。这个身份现在看来也很重要，它帮助我理解当前文学创作的基本状况，也让我更直接地了解到一部作品完成的路途。前面我们还提到《有关一部著名小说的几个谜团》，那个是我当图书编辑时写的，但当了杂志编辑之后这种感觉更强烈了，我几次在朋友圈感慨说——只有看过一个作家的原稿，你才知道他写作的成色有多少，你也才知道编辑做了什么工作。大胆一点说，很多蛮有名头的作家原稿发出去，读者会大跌眼镜的。有时候收到一个稿子，你会觉得有点错别字、标点误用什么的，很正常，但是通篇语病呢？句子杂糅，介词掩盖主语，重复啰唆，随意，这种时候编辑出手了，才出来大家在杂志和书上看到的样子。

　　就我这两年的创作来说，小说肯定是主体，现在是写中短篇，有一个开了头的长篇，也得尽快重启；诗歌和散文是两翼，诗不太花时间，有感觉了就写一点。我一直以为我写得挺多的了，可前段时间编诗集，我把十多年写的诗编了一下，能拿出来的才将将够一本集子，以后还是得尽量多写点。散文的话，我应该会持续写，两年出一本十万字的小集子。批评偶尔写一点短评吧，或者有特别感兴趣的话题，两年写一篇长文。我其实自己还是清醒的，我知道这些写作，都是为着将来的一部大作品做的训练和铺垫，它们在本质上是一种东西——表达。是的，表达，但人认识和情感何其复杂，仅仅靠一种文体怎么可能表达充分而完整？对我来说，有些东西只能通过诗，有些则必须借助散文的直接性，另一些就需要通过虚构才能实现。

八

徐刚：最后还想和你谈谈今天的青年写作的问题。一直以来，我们的文学梯队都是通过自己阅读文学经典，通过默默学习来摸索创作方法，慢慢走上写作之路的。这看起来更像是踢野球的，而不是职业运动员的搞法。这里的问题在于，经典文学的研习难度太大，需要长时间的阅读和浸淫；而另一方面，从通俗写作的角度来说，我们又缺乏创意写作的训练，不仅缺乏而且特别不重视，所以大量作品都显得两头不靠。此外，大家普遍倾向于从文学中找文学，而不是在文学之外找文学，都不太重视文学之外的社会学、经济学、政治学以及国际关系方面的知识，写出来的东西格局狭小，问题不明。所以我也想请你就这个问题谈一谈，作为一位写作者，你对更年轻的同行有什么建议和期待？

刘汀：这个问题太好了，指出了当下很多青年作者的根本问题，包括我自己。其实当下不只是小说写作上，我觉得批评写作也很类似。我每年能收到大量的投稿，百分之九十几是看一百个字就能知道作者的水准的，对一个职业编辑和写作者来说很简单。这里最大的问题是，很多年轻的作家不训练自己的文学基本功，也可能就和兄所说的我们的文学一缺乏写作训练，二主要是靠自学来的后果。比如说，你总得把句子写通顺，总得把每个字该怎么用有所琢磨吧？在我看来，写作基本功的训练所要实现的就是，帮作家培养出一种真正有效的语感。我们去看很多大作家的作品，不管是用日常语言写作的，比如老舍、汪曾祺、王朔，还是用较为书面甚至诗话语言写作的，比如莫言、孙甘露等，他们的作品读起来都是那么自然而通顺，绝不疙疙瘩瘩、枝枝蔓蔓。这背后都是有基本功打底的，要练成九阳神功，你就得打好少林长拳。

兄说现在的作家不重视经济学、社会学、政治学等，确实如此，但是有趣的是恰恰现在的年轻作家在我们的作家谱系里是文化水平最高的，我们本该接触和吸收更多学科的东西，事实相反，我们容易"躲进文学成一统"，不但在主题上只写自己的小情绪、小心思，而且在整个文学空间上也把那些具体的背景、事物抽空。大家不思考大问题，只想着我爱你你为什么不爱我，或者谁和谁怎么样了。这当然不是反对写日常，而是你的日常不能局限在柴米油盐吃喝拉撒之下，你得透过这些东西抵达更重要的东西。比如前些年的新写实，刘震云的《一地鸡毛》写小林家的二斤豆腐馊了，多日常啊，可这个小说读完你感觉到却是一种更深沉的无力感，一个普通人在生活里的左突右冲。我自己的写作这两年也在做这样的尝试，就是通过写现实生活的表层，而直接用一根线勾连到人心的底层，我写了一个有关吃饭的小说集，叫《人生最焦虑的就是午饭吃些什么》，马上要出来了。我肯定不是为了写吃饭，而是写吃饭这件事对一个人的影响和改变，通过吃饭写人心和人的生活而已。

　　说到对同行的建议和期待，我肯定没有资格来做，我只能说对自己的期待吧。希望能在接下来的几年里在小说空间上拓展得更丰富，艺术上也更精湛吧，争取把想好的东西都写出来，特别是那个长篇。

刘汀创作年表

2003 年

组诗 ｜ 《432 的人们》 《诗歌月刊》 ｜ 2003 年第 5 期

2004 年

短篇小说 ｜ 《蜂巢》 ｜ 《80 年代·他视觉》 ｜ 湖南美术出版社 ｜ 2004 年 2 月

短篇小说 ｜ 《致命水》 ｜ 《十月》 ｜ 2004 年第 3 期（《小说精选》2004 年第 7 期转载）

2005 年

散文 ｜ 《三环路上有个人》 《地下一层》 《杀羊》 ｜ 《先锋大作文：我就是一只八十年代的蛋》 ｜ 湖南少年儿童出版社 ｜ 2005 年 1 月

短篇小说 ｜ 《蒙古刀》 ｜ 《佛山文艺》 ｜ 2005 年第 5 期

2007 年

短篇小说 ｜ 《两只羊》 ｜ 《北京师范大学校报》 ｜ 2007 年第 158 期

短篇小说 ｜ 《回到老地方》 ｜ 《北京师范大学校报》 ｜ 2007 年第 160 期

短篇小说 ｜ 《伙伴》 ｜ 《北京师范大学校报》 ｜ 2007 年第 165 期

短篇小说 ｜ 《假期》 ｜ 《北京师范大学校报》 ｜ 2007 年第 168 期

诗歌 | 《枣红马》 | 《北京师范大学校报》 | 2007 年第 168 期

2008 年

短篇小说 | 《不带你玩》《回到老地方》 | 《青年文学》 | 2008 年第 5 期

短篇小说 | 《漫长》《咋俩不一样》 | 《青年文学》 | 2008 年第 10 期

2010 年

长篇小说 | 《布克村信札》 | 人民文学出版社 | 2010 年 5 月

长篇小说 | 《浮的年华》 | 新世界出版社 | 2010 年 10 月

2011 年

短篇小说 | 《秋收记》 | 《青年文学》 | 2011 年第 12 期

短篇小说 | 《换灵记》 | 《青年文学》 | 2011 年第 12 期

2012 年

散文 | 《老家人》 | 《青年文学》 | 2012 年第 5 期、第 6 期

评论 | 《空心美人的悲剧和希望——评〈美人〉》 | 《南方日报》 | 2012 年 6 月 3 日

评论 | 《作为事件的小说》 | 《文艺报》 | 2012 年 6 月 18 日

短篇小说 | 《颠倒众生》 | 《青年文学》 | 2012 年第 7 期

评论 | 《接受死亡要分几步——评〈墙上的画像〉》 | 《南方日报》 | 2012 年 7 月 1 日

评论 | 《暗恋与逃亡：阿乙和他的小说世界》 | 《文艺报》 | 2012 年 7 月 27 日

短篇小说 | 《回家过年》 | 《青年文学》 | 2012 年第 8 期

评论 | 《北京黑洞——评〈北京小兽〉》 | 《南方日报》 | 2012 年 8 月 26 日

短篇小说 | 《证件时代》 | 《青年文学》 | 2012 年第 9 期

评论 | 《神的桥梁，实的彼岸——阎连科访谈录》 | 《中国图书评论》 | 2012 年第 9 期

评论 | 《镜像里的中国》 | 《中国图书评论》 | 2012 年第 12 期

评论 | 《后知青小说的诗意与悖谬》 | 《文艺报》 | 2012 年 12 月 3 日

2013 年

短篇小说 | 《南方》 | 《作品》 | 2013 年第 1 期

评论 | 《诗就是让山峰飞起来》 | 《星星·诗歌理论》 | 2013 年 12 期

评论 | 《在精彩与失败之间——评〈中国情人〉》 | 《南方日报》 | 2013 年 5 月 12 日

散文 | 《声音的舞蹈》 | 《人民日报》 | 2013 年 5 月 29 日

评论 | 《郑小琼：诗与现实主义的 "铁" 以及其他》 | 《文艺报》 | 2013 年 6 月 10 日

评论 | 《〈一场事先张扬的凶杀案〉以及逝去的》 | 《文艺报》 | 2013 年 6 月 12 日

评论 | 《小说家的诗人本质》 | 《文艺报》 | 2013 年 7 月 10 日

评论 | 《余华与〈第七天〉：从正面强攻到正面佯攻》 | 《中国图书评论》 | 2013 年第 9 期

散文 | 《身边的少年》 | 《文艺报》 | 2013 年 9 月 9 日

短篇小说 | 《正在变傻》 | 《山花》 | 2013 年第 12 期

2014 年

短篇小说 | 《有关一部著名小说的几个谜团》 | 《上海文学》 | 2014 年第 11 期

评论 | 《托尔斯泰：精神的苦役》 | 《名作欣赏》 | 2014 年第 6 期

评论 | 《叙事的诗与诗的叙事》 | 《星星·诗歌理论》 | 2014 年第 6 期

评论 | 《时间里的人》 | 《名作欣赏》 | 2014 年第 9 期

评论 | 《苦难叙事与历史记忆》 | 《文艺报》 | 2014 年 3 月 31 日

短篇小说 | 《石囚记》 | 《北方文学》 | 2014 年第 4 期

评论 | 《〈炸裂志〉：书写中国现实的另类文学标本》 | 《中国图书评论》 | 2014 年第 4 期

《别人的生活》 | 新世界出版社 | 2014 年 5 月 1 日

短篇小说 | 《倾听记》 | 《创作与评论》 | 2014 年第 9 期

评论 | 《从繁华到繁花：文学中的上海》 | 《长城》 | 2014 年第 3 期

短篇小说 | 《午饭吃什么》 | 《人民文学》 | 2014 年第 7 期

评论 | 《知识的负累：论八十年代文学中乡村知识分子的精神世界》 | 《现代中国文化与文学》 | 2014 年第 1 期

评论 | 《旧梦伤痛现实：文学中的南京》 | 《长城》 | 2014 年第 4 期

短篇小说 | 《归唐记》 | 《西南军事文学》 | 2014 年第 4 期

评论 | 《"生活之秀"：从词语进入城市日常生活》 | 《长城》 | 2014 年第 5 期

评论 | 《从历史隐喻到强攻现实：余华三十年写作道路的一个回顾》 | 《当代作家评论》 | 2014 年第 6 期

2015 年

短篇小说 | 《虚爱记》 | 《小说界》 | 2015 年第 2 期

短篇小说 | 《管我叫爸爸》 | 《文学港》 | 2015 年第 4 期

2016 年

组诗 | 《当说好的雪变成雨》 | 《天津文学》 | 2016 年第 3 期

评论 | 《李宏伟的小说辩证法》 | 《上海文化》 | 2016 年第 3 期

评论 | 《疯狂的文本与历史 PTSD 症》 | 《南方文坛》 | 2016 年第 4 期

中篇小说｜《小镇简史（长篇节选）》《黑白》《制服记》｜《西湖》｜2016年第 12 期

2017 年

散文｜《夜温柔，夜深沉》｜《伊犁河》｜2017 年第 1 期

评论｜《"物世界"的辩证法：重评〈红高粱家族〉》｜《小说评论》｜2017 年第 1 期

中篇小说｜《老家》｜百花文艺出版社｜2017 年 2 月

散文｜《我喝下整个世界》｜《人民日报·海外版》｜2017 年 3 月

评论｜《新虚构：我所想象的小说可能性》｜《上海文化》｜2017 年第 2 期

散文｜《万家灯火》（1—3）｜《山花》｜2017 年第 4 期

散文｜《乡土小镇城市》｜《福建文学》｜2017 年第 6 期

组诗｜《我喜欢不停劳作》｜《青年文学》｜2017 年第 7 期

短篇小说｜《虚构》｜《江南》｜2017 年第 4 期

短篇小说｜《夜宴》｜《十月》｜2017 年第 4 期

散文｜《一块躺在海里的生铁》｜《人民日报·海外版》｜2017 年 8 月

中篇小说｜《晚饭吃什么》｜《长江文艺》｜2017 年第 9 期

中篇小说｜《速记员》｜《作品》｜2017 年第 10 期

小说集｜《中国奇谭》｜作家出版社｜2017 年 10 月

散文｜《每到深夜腹中饥》｜《文学港》｜2017 年第 10 期

散文｜《去他乡》｜《散文选刊》｜2017 年第 10 期

组诗｜《归山野去》｜《诗刊》｜2017 年第 20 期

中篇小说｜《表弟》｜《青年作家》｜2017 年第 11 期

组诗｜《日常生活短章》｜《海燕》｜2017 年第 11 期

评论｜《古老民族的青春叙事》｜《文艺报》｜2017 年 11 月 27 日

中篇小说｜《铁狮子坟》｜《作品与评论》｜2017 年第 23 期

组诗 | 《一瓢海水》 | 《钟山》 | 2017 年第 6 期

散文 | 《散文二题》 | 《广州文艺》 | 2017 年 12 期

2018 年

中篇小说 | 《牧羊记》 | 《大地文学》 | 2018 年第 1 期

散文 | 《疼痛有时》 | 《天津文学》 | 2018 年第 1 期

组诗 | 《为了把梦做完我拒绝醒来》 | 《长江文艺》 | 2018 年第 1 期

组诗 | 《远行的路上》 | 《上海文学》 | 2018 年第 2 期

散文 | 《卑与微》 | 《作家》 | 2018 年第 2 期

诗集 | 《我为这人间操碎了心》 | 中国青年出版社 | 2018 年 3 月

中篇小说 | 《白云死在远行的路上》 | 《江南》 | 2018 年第 2 期

中篇小说 | 《早饭吃什么》 | 《大家》 | 2018 年第 2 期

中篇单行本 | 《暴雨将至》 | 江苏文艺出版社 | 2018 年 4 月

中篇小说 | 《大师》 | 《青年作家》 | 2018 年第 6 期

中篇小说 | 《仓皇》 | 《广州文艺》 | 2018 年第 6 期

散文 | 《你呀你》 | 《青年文学》 | 2018 年第 6 期

短篇小说 | 《完美的马》 | 《临沂日报》 | 2018 年 7 月

中篇单行本 | 《暖暖：父与女的故事》 | 北京师范大学出版社 | 2017 年 7 月

中篇单行本 | 《仓皇》 | 西苑出版社 | 2018 年 8 月

组诗 | 《侧面》 | 《扬子江诗刊》 | 2018 年第 4 期

2019 年

中篇小说集 | 《人生最焦虑的就是吃些什么》 | 十月文艺出版社 | 2019 年 5 月

中篇小说 | 《尹雪梅》 | 《十月》 | 2019 年第 3 期

中篇小说 | 《魏小菊》 | 《大家》 | 2019 年第 1 期

短篇小说 | 《生活概要》 | 《长江文艺》 | 2019 年第 7 期

中篇小说 ｜ 《草青青，麦黄黄》｜ 《草原》｜ 2019 年第 9 期

2020 年

中篇小说 ｜ 《纠缠与交错》｜ 《芙蓉》｜ 2020 年第 3 期

中篇小说 ｜ 《何秀竹的生活战斗》｜ 《十月》｜ 2020 年第 4 期

中篇小说 ｜ 《少女苏慧兰》｜ 《作家》｜ 2020 年第 9 期

短篇小说 ｜ 《AI 概要》｜ 《青年作家》｜ 2020 年第 11 期

2021 年

短篇小说 ｜ 《恍惚概要》｜ 《作家》｜ 2021 年第 2 期

短篇小说 ｜ 《叙事概要》｜ 《大家》｜ 2021 年第 2 期

组诗 ｜ 《新旧之家》｜ 《扬子江诗刊》｜ 2021 年第 2 期

中篇小说集 ｜ 《所有的风只向她们吹》｜ 中信出版社 ｜ 2021 年 10 月

2022 年

长诗 ｜ 《在乡下》｜ 《山花》｜ 2022 年第 7 期

短篇小说 ｜ 《男厨》｜ 《收获》｜ 2022 年第 4 期

中篇小说 ｜ 《一岁一枯荣》｜ 《芙蓉》｜ 2022 年第 4 期

长篇小说 ｜ 《落日与少女》｜ 辽宁少年儿童出版社 ｜ 2022 年 4 月

中篇小说 ｜ 《水落石出》｜ 《十月》｜ 2022 年第 5 期

中篇小说 ｜ 《离离原上草》｜ 《鄂尔多斯》｜ 2022 年第 11、12 期合刊

2023 年

短篇小说 ｜ 《夜空》｜ 《长江文艺》｜ 2023 年第 2 期

中篇小说 ｜ 《野火烧不尽》｜ 《北京文学》｜ 2023 年第 7 期